Bockenheim
Mannheim
Ludwigshafen
Deidesheim
Saarbrücken
Maikammer
Speyer
Neckar
Heilbronn
Schweigen
Karlsruhe
Marbach
Saar
FRANKREICH
Stuttgart
Rhein
Strasbourg
Offenburg
Neckar
St.-Dié
Rottweil
DEUTS
Simonswald
Gütenbach
Freiburg
Ill
Schluchsee
Singen
Mulhouse
Konstanz
Basel
Bodensee
Doubs
Zürich
Aare
Vaduz
Luzern
Neuchâtel
Bern
SCHWEIZ
Chur
Thun
Aare
Vorderrhein
Lausanne
Rhône
Lac Léman

VINO-MIGLIA 2009
Etappenorte
Orte mit Durchfahrtskontrolle
0 20 40 60 80 100 km
Kartographie: U. Beha
Nürnberg
Ansbach
Altmühl
heim
Aalen
Ingolstadt
Isar
Landshut
Dillingen
Donau
Ulm
Lech
Augsburg
Amper
Inn
Iller
HLAND
München
Ammersee
Starnberg
Herrsching
Chiemsee
Starnberger See
Isar
Rosenheim
Leutkirch
Bad Tölz
Bad Kohlgrub
Murnau
Kreut-Alm
Garmisch-Partenkirchen
Kitzbühel
Axams
Innsbruck
Landeck
ÖSTERREICH
Inn
Sterzing
ITALIEN
Zernez
Sarntheim
Prad
Cortina d'Ampezzo
Moritz
Bozen

Markus Guthmann, geboren 1964 in Pirmasens, ist studierter Wirtschaftsingenieur und arbeitet im Management eines internationalen Konzerns. Er lebt mit seiner Familie an der Deutschen Weinstraße. »Weinstraßenrallye« ist der dritte Krimi mit dem unkonventionellen Staatsanwalt Benedikt Röder und seinem Freund, dem Edelwinzer Hellinger, der im Emons Verlag erschienen ist.
www.weinstrassenkrimi.de

MARKUS GUTHMANN

WEINSTRASSEN RALLYE

PFALZ KRIMI

emons:

Umschlagzeichnung: Heribert Stragholz
Druck und Bindung: CPI – Clausen & Bosse, Leck
Printed in Germany 2011
Erstausgabe 2009
ISBN 978-3-89705-637-4
Pfalz Krimi 7
Originalausgabe

Für Alexander und Felix,
zwei starke Jungs

»Wer Geld hat, kauft ein Auto.
Wer keines hat, stirbt auf andere Weise.«

Fernand Joseph Désiré Contandin (1903–1971),
bekannt unter dem Künstlernamen Fernandel

PROLOG

Geld verdirbt den Charakter, das war den beiden Männern klar, als sie ihren Pakt schlossen. Sie saßen in einem schönen Straßencafé in der Altstadt von Bozen und schlürften feine Kaffeespezialitäten aus filigranen Tassen. Weil die Sonnenbrillen ihre Augen verdunkelten, konnten sie die lauernden Blicke des jeweils anderen nur erahnen. Beiden war klar, dass ihre Zweckgemeinschaft von kurzer Dauer sein würde. Es fragte sich nur, wer als Erster aussteigen und wer übrig bleiben würde.

Es ging um viel Geld, sehr viel Geld, das nur darauf wartete, abgeschöpft zu werden. Nachdem die Versuche des einen, seine Gegner einzuschüchtern, wirkungslos verpufft waren, waren sie nun zu zweit im Team und hatten zusammen einen todsicheren Plan entworfen. Gemeinsam waren sie stark, das prosteten sie sich zu, als sie den Pakt besiegelten.

Die Übergabe würde in genau fünf Wochen stattfinden.

EINS

In der Pfalz war die Rebenblüte gerade vorüber, und die Winzer freuten sich über ruhiges, warmes Wetter. Nachdem die schwerste Arbeit in den Wingerten getan war, konnten die Weinmacher ein wenig verschnaufen, bevor die Weinlese losging. In den kommenden Wochen verwendeten sie ihre Energie auf die Pflege der Reben und Weinberge, um das göttliche Gewächs vor Schädlingen und Krankheiten zu schützen. Wenn es dann so richtig heiß auf der Deutschen Weinstraße zwischen Bockenheim und Schweigen wurde, galt Hellingers Lieblingsdevise: »Jetzt bloß nicht in den Weinberg gehen, sonst wirfst du zu viel Schatten!« Die Meteorologen sagten, es würde einen Jahrhundertsommer geben, was selbst ökologisch denkenden Winzern wie Hellinger den Glanz in die Augen trieb und sie die Erderwärmung vergessen ließ.

Röder und Hellinger trafen sich wie jedes Jahr an Christi Himmelfahrt, dem Tag, an dem sich Männer in bunt geschmückten Hängern von Traktoren in die Weinberge fahren ließen, manchmal wüste Lieder grölten und fast immer hemmungslos soffen.

Röder hatte versprochen, auf dem Weingut vorbeizuschauen. Er war etwas besorgt, denn Hellinger hatte am Telefon geheimnisvoll geklungen, was in letzter Zeit nie ein gutes Zeichen gewesen war.

Sie standen in der alten Kelterhalle, in der Hellinger jetzt seine Weinbergmaschinen abstellte.

»Na, was sagst du dazu?«, fragte Hellinger, nachdem er die Plane heruntergezogen hatte, und sah Röder gespannt an. Das Fahrzeug, das zum Vorschein gekommen war, passte nicht wirklich zu den groben, abgenutzten und teilweise rostigen Geräten in der Halle.

»Ich pack's ja nicht! Dein alter BMW! Du hast ihn tatsächlich hergerichtet.« Röder ging um das Fahrzeug herum, fuhr mit der Hand über den makellosen Lack, roch am neuen Verdeck und versuchte, einen Blick durch die Scheiben in den Innenraum zu werfen. »Stark, echt stark!«

Der BMW 1600 Cabrio, Baujahr 1969, war Hellingers erstes Auto gewesen. Er hatte es sich 1981 als Siebzehnjähriger gekauft und monatelang daran geschraubt und geschweißt, bis er es schließlich doch über den TÜV bekommen hatte. An seinem achtzehnten Geburtstag hatten sie gemeinsam eine Spritztour nach Landau, in die legendäre Punkerdisco »Mash« gemacht. Röder, der ein paar Monate jünger als Hellinger war, würde diesen Abend nie vergessen. Damals war er Manu begegnet. Die hatte ihn an diesem Abend zwar die meiste Zeit ignoriert, denn als Edelpunkerin wollte sie mit einem spießigen Normalo wie Röder nichts zu tun haben. Trotzdem war sie angetan, als er ihr ein Dosenbier spendierte und sich deswegen beinahe Krach mit ihrem damaligen Freund einhandelte.

Ein Paar wurden die beiden erst Jahre später. Aber Röder vergaß dieses erste Zusammentreffen nie. Er war in Manu schon damals ziemlich verschossen gewesen.

»Setz dich mal rein«, forderte Hellinger ihn auf.

Röder nahm auf dem Fahrersitz Platz, während Hellinger an der Beifahrerseite einstieg. Der Innenraum glänzte und roch wie ein Neuwagen.

»Du hast die Sitze polstern und mit Leder beziehen lassen. Die sehen besser aus als damals«, staunte Röder.

»Ich hatte sie damals nur geflickt. Schau, sogar das Kassettendeck geht wieder.«

Röder erinnerte sich noch gut daran, wie Hellinger geflucht hatte, als er ein sündhaft teures Blaupunkt-Radio eingebaut und zur Installation der Kenwood-Lautsprecher die Innenverkleidung der Türen falsch ausgesägt hatte. Von der verpfuschten Installation war jetzt nichts mehr zu sehen.

»Da hast du aber ein hübsches Sümmchen hingeblättert.«

»Es geht so. Mariusz hat die Karre aufgeladen und zu seinem Schwager in die Werkstatt nach Polen gebracht.«

Hellingers Vorarbeiter war auf dem Weingut in mehr als einer Hinsicht unverzichtbar geworden.

»Die Schüssel sieht heute besser aus als vor fünfundzwanzig Jahren. Willst du sie wieder anmelden?«

Ohne ein Wort zu sagen, stieg Hellinger aus und ging nach nebenan. Kurz darauf kam er mit einer Flasche seines Winzersekts, zwei Gläsern und einem Satz Nummernschildern zurück. »Gestern geschehen. Darauf lass uns enner dringke!«

»Aller gut«, antwortete Röder postwendend und nahm das volle Glas entgegen. Sie tranken den vorzüglichen »Pinot extra trocken«, der nur kleine Blasen bildete, und Hellinger hatte schon wieder nachgeschenkt, als er schließlich die Oldtimer-Kennzeichen anschraubte.

»Komm, wir machen eine kleine Spritztour, und dann lade ich dich zu einem Saumagen mit Rieslingschorle ein«, schlug Hellinger vor, als er die Arbeit beendet hatte.

Sie fuhren die Strecke, die sie immer fuhren, wenn sie sich gegenseitig einen neuen fahrbaren Untersatz vorführen wollten. Mittlerweile waren es bestimmt fünfzehn bis zwanzig Fahrzeuge, die sie auf dieser Strecke geschrubbt hatten. Unvergessen blieb die allererste Fahrt, als Hellinger sein erstes Mofa gekauft hatte und mit Röder auf dem Gepäckträger hoch zum Bismarckturm gedüst war. Auf der abschüssigen Strecke nach Höningen waren sie in einer engen Kurve ins Schlingern gekommen und gestürzt. Den Rest der Strecke, immerhin fünfzehn Kilometer, mussten sie schieben, weil das Mofa ziemlicher Schrott war und Röders Humpeln das Tempo zusätzlich bremste. Dreißig Jahre war das jetzt her.

»Weißt du noch ...«, setzte Hellinger an.

»Ja, ich weiß, was du sagen willst«, erwiderte Röder, und beide lachten über ihr ehepaarähnliches Verhalten.

Sie fuhren nach Leistadt hoch, und Röder blickte zurück in die Rheinebene. Er konnte den Dom von Worms erkennen und dahinter die Bergstraße. So klar war die Sicht selten um diese Jahreszeit. Als sie den Kreisel am Ortseingang passiert hatten, auf dem die schöne Sonnenskulptur aus Sandstein stand, die so gut die Gegend beschrieb, trat Hellinger aufs Gas, und die röhrende 86-PS-Maschine stieß eine eindrucksvolle Qualmwolke aus, als er in den höheren Gang schaltete. Wenn der BMW eine Verbrauchsanzeige gehabt hätte, dann hätte die Nadel am Anschlag geklebt.

Der Fahrtwind blies ihnen um die Ohren, während Hellinger

das orangefarbene Gefährt zur Lindemannsruhe hinaufjagte. Hier, auf dem großen Parkplatz, trafen sich die beiden öfter zum Laufen, besonders dann, wenn sie für einen Marathon trainierten. Dann liefen sie die Strecke, die sie jetzt fuhren. Siebenundzwanzig Kilometer, vierhundert Höhenmeter. Und die letzten neun Kilometer ging es nur bergauf.

Zurzeit stand kein Lauf auf dem Programm. Vor wenigen Wochen waren sie, trotz starker Hitze, in Mannheim gestartet und hatten den Stadtmarathon in einer respektablen Zeit gemeistert. Sie hatten kurz überlegt, ob sie im Herbst nach Berlin fahren sollten, aber Hellinger wollte sich wegen der Weinlese nicht festlegen.

In Höningen machten sie einen kurzen Stopp im »Jagdschloss«. Dort gab es freitags immer die besten »Dompnudle mit Woisoß« in der ganzen Umgebung. Heute tranken sie aber nur ein schnelles Bier im kleinen Biergarten und erinnerten sich an die vielen schönen Tage, die sie hier schon verbracht hatten.

Die Gaststätte befand sich auf dem Gelände des alten Augustinerklosters, das hier vor fast fünfhundert Jahren gestanden hatte und aus dem später erst eine gräfliche Lateinschule, dann das noch heute existierende Leininger Gymnasium geworden war. Als sie beschlossen weiterzufahren, wechselten sie die Plätze, und Röder hatte hinter dem Lenkrad einen Heidenspaß, während Hellinger ein altes Band von »Level 42« einlegte. Sie durchfuhren Altleiningen, blickten zur Burg hoch, in der sich jetzt eine schöne moderne Jugendherberge befand, und fuhren entlang des Eckbachs bis Kleinkarlbach, als die Kassette zu leiern anfing.

Hellinger fluchte und hantierte am Radio herum. »Fahr nach Freinsheim. Wir gehen in die ›Woistubb an de Bach‹«, sagte er und versuchte, die Kassette rauszunehmen.

Röder war lange nicht mehr in Freinsheim gewesen. Obwohl er die kleine idyllische Stadt mit der mittelalterlichen Mauer und den vielen Fachwerkhäusern sehr mochte, erinnerte er sich nicht gerne an die Ereignisse vor wenigen Jahren, als ein bewaffneter Topmanager mit einer jungen Geisel dort vollkommen durchgedreht hatte. Er war seitdem nicht mehr dort gewesen.

Sie durchquerten Kirchheim und Herxheim und fuhren den Berg nach Freinsheim hinunter. Hier bot sich ihnen ein phantastischer Ausblick über die Rheinebene. Vor Kurzem hatte hier die Herxheimer Weinwanderung stattgefunden. Für Röder war sie eher ein Stolpern von Weinstand zu Weinstand gewesen.

Weinwanderungen waren eine beliebte Alternative zu herkömmlichen Weinfesten und lagen voll im Trend. Die Weinmacher einer Gemeinde organisierten diese Feste und stellten Zelte in ihre Weinberge. Die »Wanderer« erhielten eine Karte, die sie von Stand zu Stand lotste, solange sie noch in der Lage waren, diese zu lesen. Wenn das Wetter stimmte und man nicht die Orientierung verlor, waren diese Veranstaltungen ein großer Spaß.

Während Hellinger fluchend das völlig verhedderte Band aus dem Kassettenfach pulte und dabei etwas von einer »einzigartigen, fünfundzwanzig Jahre alten Liveaufnahme« schimpfte, parkte Röder das Fahrzeug auf dem öffentlichen Parkplatz neben der Saftfabrik.

Hellinger stieg aus und pfefferte wütend die unbrauchbare Kassette in den Mülleimer. Dann ging er zum Kofferraum und holte eine grüne Zeichenmappe heraus. Röder musste lauthals lachen, als er die alte Decke entdeckte, die schon vor fünfundzwanzig Jahren im Auto gelegen hatte, damals allerdings griffbereit auf dem Rücksitz. Hellinger hatte die Decke aufgetrieben, nachdem er sich nach einem Date über die hartnäckigen Flecken auf dem Rücksitz geärgert hatte.

»Das Auto ist ja wirklich rundherum original!«, rief Röder amüsiert. »Aber wieso versteckst du das gute Stück im Kofferraum?«

»Jetzt habe ich ja Ledersitze, die sind strapazierfähiger und abwaschbar«, antwortete Hellinger augenzwinkernd.

Sie schlenderten durch das »Eiserne Tor«, das niemals eisern gewesen war, und gelangten in das wunderschöne Zentrum des Städtchens, das allerdings aufgrund seiner winzigen Größe diese Bezeichnung kaum verdiente. Jedenfalls befanden sich hier die wichtigsten Gebäude der Stadt auf einem Fleck. Die Kirche, das Rathaus, das mit seiner Freitreppe ein barockes Schmuckstück war, und das Gasthaus.

»Ich habe erst neulich gelesen, dass die Gebäude nach der Zerstörung im pfälzischen Erbfolgekrieg wieder in der Reihenfolge ihrer Prioritäten aufgebaut wurden«, sagte Hellinger lächelnd. »Wie es sich für die Pfalz gehört, haben sie zuerst die Kneipe, dann das Rathaus und zum Schluss die Kirche wiederaufgebaut.«

Sie lachten und gingen durch die Breite Straße, am Von-Busch-Hof vorbei, zum Eichbrunnen, wo die urige Weinstube im Freien servierte, und ließen sich an einem der freien Tische nieder. Zuvor waren sie noch kurz an dem winzigen, fast fünfhundert Jahre alten Fachwerkhäuschen an der Ecke stehen geblieben und hatten sich, wie schon oft, über die Jahreszahl gefreut, die dort prangte. Die Leute schrieben damals so, wie sie sprachen, und deshalb war die Zahl ein kurioses Kleinod. Sie lautete »5154« und offenbarte ihr Geheimnis nur, wenn man sie beim Sprechen deutlich betonte.

Sie bestellten zwei Rieslingschorlen und blickten lange in die Karte, bis sie sich jeder für eine Portion Saumagen entschieden. Bevor das Essen kam, legte Hellinger die grüne Zeichenmappe auf den Tisch, die er schon die ganze Zeit mit sich rumschleppte. »Mach mal auf«, ermunterte er Röder.

Der entfernte die Gummischnüre und zog ein geprägtes Rallyeschild in Blau und zwei auf Folie gedruckte Startnummern mit der Nummer 58 und dem Schriftzug »Vino Miglia« hervor.

»Na, was sagst du?«, fragte Hellinger.

»Was soll ich sagen? Du willst bei der Oldtimerrallye mitfahren. Das freut mich für dich.«

»Da ist noch ein Blatt Papier drin, eine Pressemitteilung.«

Röder kramte noch mal in der Mappe und fand den Text. »Prämierter Winzer fährt bei Weinstraßenrallye mit«, stand oben drüber. Daneben war das Konterfei von Hellinger abgebildet, der gerade in seinem Fasskeller das Glas hob. Der Text handelte von Hellingers Auszeichnungen, unter anderem die zum Winzer des Jahres, welche vom Gault Millau zuerkannt wird. Außerdem beleuchtete der Artikel seine sportliche Seite.

»Was, du bist im Organisationsteam der Rallye?«, fragte Röder ungläubig. »Das wusste ich ja gar nicht.«

»Tja, ich habe auch so meine Geheimnisse«, lächelte Hellinger.

Röder las weiter. Der Artikel hob hervor, dass Hellinger nicht nur ein passionierter Langstreckenläufer war, sondern auch in wenigen Wochen die »Vino Miglia« mitfahren würde, jene Oldtimerrallye, mit der die Partnerschaft zwischen dem Landkreis Bad Dürkheim und der Südtiroler Weinstraße gepflegt wurde. Die Rallye war ein fahrerisches wie touristisches Erlebnis und verband die beiden Weinstraßen durch eine zweitausend Kilometer lange, wunderschöne Rundstrecke. Das rollende Museum sollte auch politische Zeichen setzen, denn weder Grenzen noch Alpenpässe konnten das internationale Teilnehmerfeld aufhalten.

»Wer hat denn diese Lobhudelei auf dich verzapft?«, fragte Röder süffisant.

»Sei vorsichtig, was du sagst. Der Text stammt von einer besonders brillanten Journalistin, die dir sehr nahesteht.«

»Manu hat das geschrieben?«

Hellinger lächelte, als Röder sich an der Schorle verschluckte und hustete. »Hat sie dir etwa nicht gesagt, dass sie unsere Pressearbeit macht?«, fragte Hellinger unschuldig. »Ich habe sie vorgeschlagen, weil unser Pressereferent ausgefallen ist.«

»Das glaube ich einfach nicht. Sie hat seit über fünfzehn Jahren nicht mehr geschrieben.«

»Ja, sie war zuerst etwas unschlüssig, hat aber schließlich zugesagt. Ich glaube, sie will wieder arbeiten gehen, Ben. Eure Kinder sind ja schließlich schon groß.«

Röder fand den Gedanken gar nicht mal schlecht, er freute sich, dass Manu ihre Karriere wiederaufnehmen wollte. Bevor er jedoch etwas erwidern konnte, wurden sie unterbrochen, als die junge Bedienung ihr Essen brachte. Sie erwiderte Hellingers Zwinkern mit einem Lächeln und stellte den Teller vor ihm ab. Der alte Charmeur machte auch vor zwanzig Jahren jüngeren Frauen keinen Halt.

»Gastrium Palatii sui«, sagte Röder.

»Wie bitte?«

»*Gastrium Palatii sui*. Das ist Latein.«

»Das dachte ich mir, du Klugscheißer. Ich vergaß, dass du als Jurist das kleine Latinum hast. Sehr beeindruckend«, sagte Hellinger spöttisch.

»Nix kleines Latinum. ›Obelix auf Kreuzfahrt‹. Der pfälzische

Saumagen ist gemeint. Asterix zählt zur Bildungsliteratur, deshalb solltest du ihn öfters lesen.« Röder prostete Hellinger gut gelaunt zu.

Als sie ihre Portion halb verdrückt hatten, fragte Röder: »Was macht ihr denn mit dem kleinen Max, wenn ihr bei der Rallye mitfahrt?«

»Der bleibt bei seiner Mama. Die fährt nämlich nicht mit.«

Röder stöhnte. »Oh nein. Hast du schon wieder eine Neue?«

»Ach, Quatsch. Ich bin treu, das weißt du doch. Nein, sie will nicht mit. Sie will ihre Eltern besuchen.«

Röder blickte skeptisch. Er kannte seinen Freund nur zu gut und hatte mehr als einmal seine Eskapaden hautnah miterlebt. »Aha«, sagte er nur. »Und wen nimmst du dann mit?«

Hellinger lächelte. »Dass du das auch noch fragen musst?«

Röder stöhnte wieder auf. »Das ist doch nicht dein Ernst!«

»Doch, doch. Und die Journalistin ist auch einverstanden.«

»Das glaube ich nicht!«

»Und ob. Sie meinte, du brauchst mal eine Auszeit. Außerdem will sie mit ihren Freundinnen Anfang Juli ein Wellness-Wochenende machen. Und wenn alles klappt, dann kommt sie nach Südtirol und fährt mit uns heim, hat sie gesagt.«

Röder sagte nichts dazu, er war sprachlos. Aber Hellinger redete den Rest des Treffens von nichts anderem mehr als von der Weinstraßenrallye und wie viel Spaß sie dabei haben würden. Röder war dabei nicht ganz wohl zumute. Nur zu gut konnte er sich an ihren letzten Ausflug erinnern, der in München im totalen Chaos geendet hatte. So nach und nach ließ er sich aber für die Idee erwärmen. Warum nicht mal eine Woche ausspannen und auf schönen Straßen nach Südtirol fahren?

Zu Hause sprach er gleich mit Manu, die sich wegen des gelüfteten Geheimnisses und ihres völlig überraschten Mannes köstlich amüsierte.

»Tja, wärst du öfters daheim, dann bekämst du auch mehr von deiner Familie mit. Aber euch Männern kann man schon sehr leicht etwas vormachen, was euch umgekehrt selten gelingt.«

***

Das Bad Dürkheimer Stadtfest begann jedes Jahr am Vorabend von Christi Himmelfahrt und war daher schon seit zwei Tagen in vollem Gang. Es war nach dem Wurstmarkt die größte Veranstaltung in der Stadt. Mehr als fünfundzwanzig Weingüter und Gastronomen boten vor allem ihre Weine und so nebenbei auch etwas zum Essen an. Röder musste tagsüber arbeiten, hatte aber versprochen, dass er am Abend mit seinen Frauen auf das Konzert der »Anonyme Giddarischde« gehen würde.

Obwohl er pünktlich zu Hause war, kam es doch beinahe zum Eklat, als Marie-Claire sich über die neue Zahnspange von Felicitas lustig machte. Da sich Röders mittlere Tochter schon lange nichts mehr gefallen ließ, büßte die fast achtzehnjährige Marie-Claire ein paar Haare ein, was ihrem hämischen Grinsen aber keinen Abbruch tat. Röder war schwer versucht, den Ausflug abzublasen, zumal die beiden Älteren nur mitgingen, weil sie zurzeit pleite waren. Letztendlich entschied das Familientribunal unter dem Vorsitz von Manu, dass sich alle wieder vertragen sollten und gemeinsam und friedlich auf das Konzert gehen würden.

Staatsanwalt Röder hatte sein gefordertes Strafmaß zum wiederholten Male nicht durchsetzen können und trottete schlecht gelaunt nebenher, während sich die beiden Zicken schon wieder prächtig verstanden und über irgendwelche süßen Typen aus der Dreizehnten sprachen. Seine Laune besserte sich erst wieder, als ihn Laura bei der Hand nahm und ihm erklärte, dass sie im Lesewettbewerb der Schule den ersten Preis gewonnen hatte. Mit ihren neun Jahren hatte sie sich angewöhnt zu warten, bis sie zum Zuge kam, und ein untrügliches Gespür für den richtigen Zeitpunkt entwickelt. »Papa, findest du nicht, dass ich dafür eine kleine Belohnung verdient habe?«

»Doch, mein Schatz, das hast du«, antwortete Röder. »Was wünschst du dir denn?«

»Ich hätte gerne einen Crêpe mit ganz viel Nutella!«

Sie hatten die feiernde Innenstadt erreicht, und Röder schickte die anderen drei Frauen schon mal vor, da sie aus figurtaktischen Gründen auf die Kalorienbombe verzichten wollten. Er hatte zuvor noch einen kleinen Disput mit Manu gehabt, weil sie ihrer

Jüngsten schon ein neues Buch versprochen hatte und Crêpes nicht unbedingt zur ausgewogenen Ernährung beitrugen.

Röder bestellte sich ebenfalls einen Crêpe mit Zimt und Zucker und ließ sich die pappige Köstlichkeit schmecken, während Laura ihren gierig verputzte. Als er die etwas pummelige Figur seiner Jüngsten taxierte, kam er etwas ins Grübeln. Babyspeck, beruhigte er sich sogleich und nahm die Kleine in den Arm, was sie ihm mit einem dicken, klebrigen Kuss dankte.

Die »Anonyme Giddarischde« hatten sich gerade auf dem Schlossplatz formiert, als Röder die erste Rieslingschorle zu Manu schleppte. Seine beiden älteren Töchter waren irgendwo in der Menge verschwunden. Die »Anonyme« hatten sich offensichtlich vom Strohhutfest in Frankenthal in der vergangenen Woche wieder erholt und spielten zur Höchstform auf. Nach einer Weile gab es kein Halten mehr.

»Kumm schdoos mol uff moin Schatz, isch riesch die Lewwerworscht so gern ...«, schmetterten sie ihr »Liebeslied« in die Menge, und diese tobte.

Sie beschlossen, sich noch eine weitere Schorle zu genehmigen, und Röder machte sich wieder auf den Weg. Vor dem Schoppenstand ihres Lieblingsweingutes war eine lange Schlange, also beschloss er, eine kurze Runde über das Stadtfest zu machen. Obwohl er gebürtiger Dürkheimer war, hatte er in den letzten Jahren nicht oft Gelegenheit gehabt, durch sein Heimatstädtchen zu flanieren. Deshalb nahm er den Umweg durch die kleine Kirchgasse zur Schlosskirche. Normalerweise war der schön angelegte Platz zwischen der Kirche und der Pestalozzi-Schule um diese Uhrzeit verwaist. Allenfalls ein paar Halbstarke trieben sich hier herum. Nicht jedoch während des Stadtfestes. Da hier keine Stände aufgebaut waren, diente der Platz als Ruheraum für die Festbesucher, die Liebenden und die Zecher, die hier ungestört ein wenig schmusten oder einfach nur abhingen, um wenigstens einen Teil der Promille wieder loszuwerden.

Röder überquerte den Platz, passierte die Schlosskirche und das furchteinflößende Schulgebäude, bevor er kurz vor der Eichstraße, gegenüber der Halle des hiesigen Turnvereins, die Treppen zum Hintereingang des »Hauses Catoir« hinaufstieg, wo sich der Eingang zur Musikschule und zum Kunstkeller befand. Das »Haus Catoir« war nach einer hugenottischen Familie benannt, die im achtzehnten Jahrhundert das Anwesen von den Leiningern gekauft hatte. Heute beherbergte es das Heimatmuseum und das Kulturzentrum der Stadt. Röder mochte diesen Ort. Der kleine Gebäudekomplex hatte viele Winkel und winzige Räumlichkeiten, die Röder schon als Kind gerne erkundet hatte. Seine Töchter hatten hier sehr oft an Bastelstunden der Offenen Werkstatt teilgenommen und viel Spaß an deren Ferienprogrammen gehabt. In den kommenden Sommerferien würde Laura sicher wieder daran teilnehmen. Die größeren Töchter hatten mittlerweile andere Interessen.

Röder erklomm die Stufen und betrat den kleinen Innenhof. Er ging langsam und blickte sich im Hof um. Rechts war die Stadtbücherei, links die Offene Werkstatt. Nicht genau in der Mitte stand ein Ginkgobaum, jenes lebende Fossil, das als Heilpflanze geschätzt wurde, das der alternde Goethe verewigt hatte und das im Jahr nach dem Atombombenabwurf auf Hiroshima wieder erblüht war. Er überlegte, woher er das alles wusste, als ihm im Schatten der Feige, neben dem Eingang zum Heimatmuseum, ein knutschendes Pärchen auffiel. Er zögerte einen kurzen Augenblick und sah genauer hin.

Der junge Mann trug ein ärmelloses Shirt, das seine muskulösen Oberarme gut zur Geltung brachten. Er war vielleicht fünfundzwanzig, blond, gut aussehend und offensichtlich ziemlich sportlich. Um seinen rechten Oberarm rankten sich irgendwelche modernen Tattoos. Er streichelte zärtlich die Brust der Frau und küsste sie heftig. Mit der anderen Hand zog er sie eng an sich, wobei sie leise stöhnte. Die Frau war Hellingers Katrin. Röder beschleunigte seinen Schritt, die beiden hatten ihn nicht gesehen, und trat durch das Tor hinaus auf die Römerstraße, die voller Leute war. An der Ecke zur Strauchelgasse, vor der »Krähenhöhle«, in der eine Bluesband spielte, blieb er stehen und atmete tief durch. Er konnte nicht glauben, was er gesehen hatte, und er spürte deutlich seinen eigenen Pulsschlag. Er schüttelte sich, hörte einen Augenblick der Musik zu und ging schließlich über den Römerplatz und die Weinstraße zurück zum Schlossplatz, wo er jetzt nicht mehr lange auf seine Bestellung warten musste. Die »Anonyme« waren auf dem Höhepunkt ihrer Vorstellung.

»Wo warst du so lange?«, versuchte Manu mit lauter Stimme die Musik zu übertönen. »Stimmt irgendetwas nicht?«

»Ich erzähle es dir später«, sagte Röder und lächelte unsicher. Dann gab er seiner Frau einen Kuss auf die Wange und reichte ihr die Schorle. Als die inoffizielle »Pfalzhymne« ertönte, nahm er Laura und Manu bei der Hand. Alle drei swingten fröhlich im Takt der frechen pfälzischen Musik.

»Des wär alles nix Besonnres sagscht du un du mischt jetzt geh,
weil es gäb auser de Palz jo anoch onneres zu seh.
Sicher hoscht du recht, wonn du sagscht dass ders onnerschtwu a gfallt.
Awwer onnerschtwu is onnerscht un halt net wie in de Palz …«

***

Am Samstag fuhren sie alle gemeinsam nach Mannheim zum Einkaufen. Röder graute es immer vor dieser Art des Familienausfluges. Für seine Frauen war es dagegen ein Highlight. Mannheim galt im gesamten Rhein-Neckar-Dreieck als das Einkaufseldorado schlechthin, und er war eigentlich immer nur zum Tütenschleppen dabei, auch wenn ihm seine Mädels meistens irgendeine neumodische Hose oder einen Pulli aufschwatzten, der dann bei all den anderen Sachen im Schrank verschwand und höchstens im Sommerurlaub wieder zum Einsatz kam.

Während der Fahrt in die Stadt saß Röder verkrampft auf dem Beifahrersitz ihres Familienvans, hielt sich am Handgriff fest und bremste heftig mit.

»Fahr doch nicht so dicht auf!«, sagte er gepresst.

»Der soll verschwinden, die Schnarchnase.«

»Sei doch nicht so aggressiv!«

»Zügig im Verkehr mitschwimmen, heißt es in der Fahrschule. Der Opa hat seinen Führerschein wohl noch im Krieg gemacht, bei den Panzerfahrern, so viel Platz, wie der braucht«, sagte Marie-Claire, als sie an dem Mercedes mit Wackeldackel vorbeizog.

So kannte Röder seine Tochter gar nicht. Sie hatte im Januar den Führerschein erhalten und durfte seitdem in Begleitung von Erwachsenen ein Fahrzeug führen. Begleitetes Fahren ab siebzehn nannte sich das. In den ersten Wochen war sie ziemlich unsicher rumgegurkt und hatte sich nicht auf eine Schnellstraße, geschweige denn auf die Autobahn getraut. Das hatte sich inzwischen geändert, und Manu wollte schon gar nicht mehr auf dem Beifahrersitz Platz nehmen. »Mach du das heute, Ben«, hatte sie vor dem Fahrtantritt gesagt, ohne dass Röder eine Absicht heraushören konnte. Jetzt wusste er, warum Manu ihm den Vorzug gab.

»Mädchen, jetzt mach mal langsam, oder willst du deine ganze Familie auf dem Gewissen haben?«

»Papa, was soll das?«, brauste Marie-Claire auf. »Ich fahr doch ganz normal. Hast du dich schon mal beim Autofahren fluchen hören? Das nächste Mal lasse ich ein Tonband mitlaufen, dass du dich mal hören kannst.«

Sie kamen an das Ende der A650, wo die Autobahn in die Pylonbrücke mündete, die den Ludwigshafener Bahnhof überspannte.

»Pass auf, nimm den Fuß vom Gas!«, warnte Röder, der die Strecke kannte.

»Was hast du denn jetzt schon wieder?«

Noch bevor er antworten konnte, blitzte es auch schon. Marie-Claire bremste vor Schreck, sodass das Fahrzeug beinahe ins Schlingern geriet.

»Ich hab dir doch gesagt, du sollst langsam machen!«, schimpfte Röder. »Hier stehen sie immer. Das Knöllchen zahlst du, das sage ich dir!«

Marie-Claire fuhr verschreckt weiter, und Manu schaltete sich von der Rückbank aus ein. »Wie schnell warst du denn?«

»Ich weiß es nicht«, kam es kleinlaut zurück.

Röder ging im Geiste den Bußgeldkatalog durch. »Du weißt, dass du bei mehr als zwanzig Stundenkilometern zur Nachprüfung musst?«

Marie-Claire nickte mit zusammengepressten Lippen. Am Parkplatz vor dem Mannheimer Amtsgericht tauschten sie die Plätze, und Röder fuhr den Wagen in das Parkhaus. Es brauchte ein paar Schuhe und zwei »geile« T-Shirts, bis Marie-Claire wieder einigermaßen bei Laune war. Hilfreich war auch, dass Röder seine Tochter in den Arm nahm und versicherte, dass sie bestimmt keine zwanzig Stundenkilometer zu schnell gewesen war. Er war sich fast sicher, dass sie statt der erlaubten siebzig nur achtzig gefahren war. Das konnte sie verschmerzen. »Die fünfundzwanzig Euro Bußgeld ziehen wir dir aber vom Taschengeld ab.«

Natürlich musste Marie-Claire aber noch für den Rest des Tages die Gehässigkeiten von Felicitas über sich ergehen lassen. »Helldriver« und »Autoamazone« waren die harmlosesten Sprüche seiner mittleren Tochter, die sich nach einem Anpfiff ihrer Eltern unbeeindruckt die Stöpsel ihres MP3-Players in die Ohren steckte und leise den Text mitsang, der Röder zum Augenrollen brachte.

»Ich brauche Zeit, kein Heroin,
kein Alkohol, kein Nikotin,
brauch keine Hilfe, kein Koffein.
Doch Dynamit und Terpentin,
ich brauche Öl für Gasolin,
explosiv wie Kerosin,
mit viel Oktan und frei von Blei,
einen Kraftstoff wie … BENZIN!!!«

Sie hatten die letzten Einkäufe erledigt, und Röder überlegte, inwieweit sein Dispokredit nun ausgereizt war. Seinen Frauen dagegen war die gute Laune deutlich anzumerken. Sie schlenderten mit voll bepackten Einkaufstüten die Planken entlang und wollten am Paradeplatz in die Kurpfalzstraße einbiegen, als sie an einem halben Dutzend Halbstarken vorbeikamen. Die Jugendlichen, etwa so alt wie Felicitas, standen mit Bierflaschen in der Hand neben dem Eingang des Kaufhauses, das fast die ganze nördliche Seite des Paradeplatzes einnahm.

»Hey, das ist ja die blöde Fotze aus meiner Parallelklasse!«, brüllte der eine.

»Meinst du die da? Die hat doch ganz brauchbare Titten!«, lallte ein anderer, der sich die Bierflasche zwischen die Beine klemmte und obszöne Bewegungen machte.

Röder und Manu waren ein Stück vorausgegangen. Sie merkten erst ein paar Augenblicke später, dass es die Typen auf Felicitas abgesehen hatten. Als Röder verstand, was da hinter ihm vorging, zögerte er keine Sekunde. Er stürmte auf die Halbstarken zu und wollte den Wortführer am Kragen packen. Die Jugendlichen setzten zum Sprint für den Rückzug an. Einer warf noch eine Bierflasche nach Röder, die neben ihm zerschellte, dann war der Spuk vorbei. Er drehte sich um und ging zu seiner Tochter zurück, die vor Wut und Demütigung zitterte. Manu, Marie-Claire und Laura standen ihr schon zur Seite, versuchten sie zu trösten und zu beruhigen.

»Wer war das?«, wollte Röder wissen.

»Irgendein Arschloch aus meiner Schule«, zischte Felicitas.

»Wie heißt er denn?«

»Weiß ich nicht.«

»Du musst ihn doch kennen, wenn er auf deine Schule geht.«

»Ich kenne ihn nur vom Sehen. Keine Ahnung, wie der heißt.«

Röder glaubte ihr nicht so recht, aber er bohrte nicht mehr weiter. »Und wer waren die anderen?«

Felicitas zuckte nur mit den Schultern und stöpselte sich, trotz des besorgten Zuredens von Manu, wieder die Ohrhörer ein.

Nachdem sich die Aufregung gelegt hatte, gingen sie die Kurpfalzstraße Richtung Neckar hinunter und stoppten am »Café Journal«, das immer der Abschluss ihrer Shoppingtouren in Mannheim war. Röder mochte das »Café Journal« sehr gerne, in dem er schon zu Studentenzeiten mit Manu gesessen hatte. Ein Grund war auch die gut sortierte Weinkarte, die einige Pfälzer Weine listete. Röder bestellte sich prompt einen vorzüglichen Grauburgunder aus dem Weingut »Reichsrat von Buhl« aus Deidesheim. Manu und die beiden großen Töchter gönnten sich einen Prosecco auf den überstandenen Schreck, den sie längst getrunken hatten, als das Essen kam.

ZWEI

Werner Lorenz stieg in seinen schwarzen Volvo Amazon, warf seine Tasche in den Fußraum der Rückbank und hatte nicht den Hauch einer Chance, als sich die Beifahrertür öffnete und ein dunkler Schatten geschmeidig auf den Sitz neben ihm rutschte. Ohne Vorwarnung fühlte er den kalten Stahl eines rasiermesserscharfen Butterflymessers am Hals. Es war kurz nach Mitternacht und Neumond. Die Funzeln des Parkplatzes spendeten nur schwaches Licht. Energiesparmaßnahmen, hatte die Geschäftsleitung im Mitarbeitermagazin verkündet. Die nächstgelegene Lampe war ganz ausgefallen.

»Scheiße«, entfuhr es Lorenz, und viele jetzt unwichtige Dinge gingen ihm durch den Kopf. Die Beifahrerseite hatte er abgeschlossen, da war er sich sicher. Die Parkplätze wurden rund um die Uhr bewacht und waren nur über die bemannte Pforte zu erreichen. Aber bis zum Pförtnerhaus waren es dreihundert Meter, und das Radio des Werkschützers hatte er bereits am Fahrstuhl hören können. Er kannte die Schlafmützen vom Werkschutz nur zu gut. Sie hatten offenbar Besseres zu tun, als ständig auf die Überwachungsmonitore zu glotzen.

»Hände aufs Lenkrad! Wenn du mitspielst, dann passiert dir nichts.«

Lorenz gehorchte, er fühlte einen Blutstropfen in den Kragen laufen. »Ich kann Ihnen Geld geben. Ich habe über hundert Euro in meinem Geldbeutel in der Hosentasche.«

»Schnauze!« Die vermummte Gestalt fingerte mit der freien linken Hand einen Kabelbinder aus der Hosentasche und hielt ihn Lorenz unter die Nase. »Bind deine linke Hand am Lenkrad fest«, befahl er harsch.

Lorenz spürte, wie sich der Druck der Klinge an seinem Hals verstärkte und ein weiterer Tropfen Blut aus dem Schnitt hervorquoll. Er zitterte wie verrückt, aber schließlich bekam er das Ende in die Öse eingefädelt.

»Festziehen!«

Lorenz liefen vor Wut und Angst Tränen an den Wangen herunter. »Ich kann Ihnen …«

»Halt's Maul!«

Die Tränen vermischten sich mit dem Blut und liefen ihm in den Kragen.

»Heb deine rechte Hand«, befahl der Vermummte, der einen weiteren Kabelbinder hervorgekramt hatte, der schon zu einer Schlaufe eingefädelt war. Er schob die Schlaufe über Lorenz' rechte Hand, um sie dann mit einer ruckartigen Bewegung am Schaltknüppel zu fixieren. Schließlich lockerte er den Druck der Klinge und zog sich die Sturmhaube vom Kopf. »Ich sollte dir eigentlich gleich den Hals durchschneiden.«

»Wer zum Teufel sind Sie, und was, verdammt noch mal, wollen Sie von mir?«

Der Mann antwortete nicht, sondern zog in aller Seelenruhe eine ordinäre Getränkeflasche aus Kunststoff aus der Tasche, die mit einer farblosen Flüssigkeit gefüllt war. An den Seiten der Flasche waren zwei braune Quader mit umwickeltem Draht angebracht, die wie gepresstes Holz aussahen.

»Was ist das?«, schrie Lorenz panisch.

»Was soll's schon sein. Eine PET-Flasche mit Benzin und zwei mit Draht befestigten Grillanzündern.«

»Sie haben gesagt, Sie würden mir nichts tun, wenn ich mitspiele!« Seine Stimme überschlug sich. Er versuchte, nach dem Mann auf dem Beifahrersitz zu treten. Dieser reagierte postwendend. Er rammte ihm das Messer in den Oberschenkel und drehte es herum. Lorenz schrie wie am Spieß und wäre vor Schmerzen beinahe ohnmächtig geworden.

»Ich hab's mir halt anders überlegt. Ich hätte es mir schon viel früher anders überlegen sollen«, sagte der Mann ruhig.

Er klemmte die Flasche zwischen Windschutzscheibe und Armaturenbrett, zündete mit einem billigen Feuerzeug die beiden Grillanzünder an und stieg ohne große Eile aus dem Fahrzeug. Für einen kurzen Moment drangen Lorenz' Schreie aus dem Auto, dann fiel die Tür wieder ins Schloss. Ruhe kehrte ein, die nur durch den Schein des Feuers und der wild zappelnden Gestalt hinter den Scheiben gestört wurde.

Die Flammen der Grillanzünder hatten sich bereits durch das dünne Plastik gefressen, und das brennende Benzin verteilte sich auf dem Armaturenbrett. Erste feurige Tropfen fielen Lorenz auf die Hose und brannten Löcher in sein Fleisch.

Als die Scheiben platzten und der Werkschützer mit einem Feuerlöscher angerannt kam, waren seine gellenden Schreie längst verstummt.

***

Am Montag ging für Röder wieder der normale Alltagstrott los. Auf dem Weg zur Arbeit ließ er entspannt das letzte Wochenende Revue passieren. Nach dem Besuch des Stadtfestes am Freitag und der aufregenden Shopping-Tour am Samstag hatte er einen gemütlichen Sonntag mit seiner Familie verbracht und seine Frauen zu einer kleinen Wanderung bewegen können. Sie waren bei wunderbarem Wetter von der Stadt hinauf zur Sonnenwende und entlang des keltischen Ringwalls über den Zollstock zur Hütte an der Weilach spaziert. In der Stadt war der ganze Weg von blühenden Apfelbäumen und Fliederstöcken gesäumt. Die Stileichen trieben zarte Blätter, die Luft war mild und rein. In der vergangenen Woche hatten Manu und Röder ihren Hochzeitstag gefeiert, und sie freuten sich darüber, dass alles so schön war wie damals. Ihre Töchter gingen voraus, und Röder erzählte Manu von seiner unschönen Beobachtung am Rande des Stadtfestes. Ohne jede Schadenfreude bemerkte sie, dass Hellinger wohl jetzt seine zahlreichen Seitensprünge heimgezahlt bekäme. Röder stimmte seufzend zu. Er machte sich ernsthaft Sorgen um Hellingers Ehe, doch auch nach dem Gespräch mit Manu wusste er nicht, wie er sich seinem besten Freund gegenüber verhalten sollte, wenn er ihn das nächste Mal treffen würde.

An der Pfälzerwaldhütte fanden sie trotz des großen Andrangs einen hübschen Platz auf einer Bank hinter dem Gebäude und ließen sich den weißen Käse mit einer ordentlichen Rieslingschorle schmecken. Sie saßen fast zwei Stunden in der Sonne, bevor sie sich Hand in Hand auf den Rückweg machten und den Rest des Tages mit Lesen und Faulenzen auf der Terrasse verbrachten.

Um zehn hatte Röders Chef Miltenberger seine Staatsanwälte zu einer Sitzung eingeladen. Das machte er, seit er vor ein paar Wochen von irgendeinem Managementseminar für Oberstaatsanwälte zurückgekehrt war, jeden Montag. Bei dieser Gelegenheit ließ er sich über laufende Ermittlungen auf den neuesten Stand bringen und verteilte Aufgaben. Miltenbergers Gesicht hatte schon wieder diese roten Flecken. Er sah nicht wirklich gut aus. Nach einer kurzen Begrüßung legte er los.

»Sie haben es wahrscheinlich schon gehört, man hat gestern eine Leiche auf einem BASF-Parkplatz gefunden. Das Opfer ist in seinem Auto verbrannt. Man hat Reste von einem besonderen Brandsatz gefunden. Da fährt offensichtlich jemand einen heißen Reifen.« Die Runde lachte, nur Röder nicht.

»Schulz, Sie hatten Bereitschaft, und ich will, dass Sie mit dem Fall weitermachen. Sie müssen auch mal etwas Anspruchsvolles bearbeiten. Sie wissen doch, bei mir muss jeder alles können.«

Miltenberger warf einen verstohlenen Blick auf Röder, der vollkommen überrumpelt war und nicht recht wusste, was er von dieser Ankündigung halten sollte. Bisher war immer er derjenige gewesen, der sich um Tötungsdelikte zu kümmern hatte, darin hatte er die meiste Erfahrung. Schulz hingegen war der Jüngste im Raum, hatte wenig Erfahrung. Trotzdem bekam er den Mordfall zugewiesen.

Der neue Kollege, bisher ein reichliches Mauerblümchen, schien in seinem Stuhl zu wachsen. Nicht dass Röder ihn vollkommen unsympathisch fand. Er war ein Prädikatsjurist, aber deutlich zu schüchtern und nichtsdestotrotz manchmal etwas zu besserwisserisch. Röder hatte sich schon oft darüber mokiert, dass im öffentlichen Dienst fast immer nur auf Abschlüsse geschaut wurde, selten dagegen auf andere Qualitäten wie Team- oder Kommunikationsfähigkeiten. So verhielt es sich auch mit Schulz, der gerade mal sechs Monate dabei war. Wahrscheinlich brauchte er noch etwas Zeit, um sich die Hörner abzustoßen.

»Ben, ich will, dass du den Schulz coachst«, schob Miltenberger jetzt nach. Röder war einer der wenigen, mit dem sich der Oberstaatsanwalt duzte. »Du hast entsprechend viel Erfahrung, um den jungen Kollegen durch seinen ersten Mordfall zu führen.«

Das war also Miltenbergers Zugeständnis. So ganz wollte er ihn wohl doch nicht abservieren. Trotzdem fuchste Röder die ganze Sache. Es sollte umgekehrt sein: Röder müsste den Fall führen und Schulz als Lehrling dabeihaben, der so lernen könnte, wie eine komplexe Ermittlung funktionierte. Die ganze Angelegenheit stank.

Röder überlegte, ob er etwas entgegnen sollte, verkniff sich dann aber einen Kommentar vor versammelter Mannschaft. Miltenberger hatte Schulz inzwischen aufgefordert, die bisherige Sachlage kurz zusammenzufassen. Viele Erkenntnisse gab es noch nicht. Es galt, die Ergebnisse der Spurensicherung und der Gerichtsmedizin abzuwarten. Ein Motiv war bisher nicht zu erkennen, die Polizei war immer noch dabei, das Umfeld des Opfers zu befragen. Steiner leitete wie üblich die Ermittlungen. Einzig die Reste eines ungewöhnlichen Brandsatzes und die auf sichtbaren Spuren an der Leiche basierende Vermutung, dass sich das Opfer eine Weile gefesselt in der Gewalt des Täters befunden haben musste, waren bemerkenswerte Fallmerkmale.

Nach dem Abriss, den Schulz teilweise stotternd gab, wandte sich Miltenberger noch mal an Röder: »Ben, ich möchte dich bitten, dass du die Amtsanwälte unterstützt, bei denen ist Land unter. Wir haben einen Fall von Brandstiftung in Bad Dürkheim. Das wäre doch was für dich.«

Er schob Röder die Akte über den Tisch. Der war so perplex, dass er gar nicht reagierte. Treptow, der neben ihm saß, beugte sich zu ihm rüber und flüsterte: »Was hast du denn ausgefressen?«

Röder entging der höhnische Gesichtsausdruck seines Kollegen nicht, aber er hielt sich zurück. Dem Treptow hatte er früher schon mal eine reinhauen wollen. Hätte er es nur getan.

Er überlegte noch eine Weile, welche Beweggründe hinter Miltenbergers Strategie stehen mochten. Die Abteilung VII, in der Röder arbeitete, war zuständig für allgemeine Strafsachen aus dem Amtsgerichtsbezirk Speyer und alle Tötungsdelikte im Landgerichtsbezirk Frankenthal. Seit einiger Zeit gehörten auch die neun Amtsanwälte dazu, die bei entsprechenden Verfahren als Anklagevertreter zu den Amtsgerichten geschickt wurden. Miltenbergers Ansehen stieg durch die zusätzliche Verantwortlichkeit, aber er wurde nicht müde, darauf hinzuweisen, dass er mit seiner

Mannschaft nur unzureichend die sechs Amtsgerichte des Bezirks abdecken konnte. Um seine Ansicht zu unterstreichen, schickte er seit Neuestem seine höher bezahlten Staatsanwälte. Es war irgendwo schon logisch, dass auch Röder mal an die Reihe kam. Er wollte am liebsten aufspringen und allen im Raum mal so richtig die Meinung sagen. Auf den Tisch steigen, die Hose runterziehen und den Stinkefinger zeigen. Stattdessen schloss er die Augen und zwang sich zur Ruhe. Wahrscheinlich wartete Miltenberger nur auf so eine Gelegenheit.

Nachdem Miltenberger die Sitzung beendet hatte, rief er Röder zu sich. »Ben, auf ein Wort. Ich möchte dir etwas sagen. Ich will nicht, dass du dich zurückgesetzt fühlst, aber Schulz muss auch mal ran. Du kannst mir glauben, das hat nichts mit den Schlagzeilen zu tun, die du in letzter Zeit regelmäßig produzierst.«

Röder antwortete nicht, sondern dachte sich seinen Teil.

»Außerdem muss ich dich eine Weile aus der Schusslinie halten, nach allem, was da unlängst passiert ist.«

Röder musste unwillkürlich lächeln. Miltenberger, der wortgewandte Jurist, hatte sich selbst widersprochen.

»Ich habe den Fall immerhin geklärt«, verteidigte er sich. »Keiner hat mir geglaubt. Wenn es nach allen anderen gegangen wäre, dann säße der Pole immer noch unschuldig im Gefängnis.«

»Ben, es sagt ja niemand etwas über deine außerordentlichen Fähigkeiten, vielleicht musst du manchmal nur etwas diplomatischer vorgehen, damit du nicht so oft aneckst.«

»Bullshit«, entfuhr es Röder.

»Siehst du, genau das meine ich. Ich kann dich jedenfalls zurzeit nicht auf brisante Fälle ansetzen. Die Kripo blockt, die wollen dich nicht haben.«

»Was dir aber ganz gut in den Kram zu passen scheint. Hauptsache, alles läuft rund und keiner meckert. Hauptsache, politisch korrekt.«

Damit war das Gespräch für Röder erledigt, und er verließ den Raum. Miltenberger rief ihm noch hinterher, dass diese Lösung für alle die beste sei. Wahrscheinlich griff er sich dabei an die Brust.

Im Büro fegte Röder die Akten vom Schreibtisch und überlegte, was er tun könnte. Nach einigen Minuten, die ihn nicht gerade ruhiger stimmten, wählte er Steiners Mobilfunknummer.

»Hallo, Gerald. Ihr habt gestern eine Leiche gefunden?«

»Ah, der Herr Staatsanwalt liest Zeitung. Guten Morgen, Ben.«

»Der Mann ist im Auto verbrannt. Wisst ihr schon Genaueres?«

»Ben, hör mal. Ich glaube nicht, dass du befugt bist. Liegt der Fall nicht bei dem Schulz, dem Jungspund?«

»Doch, aber der Jungspund ist da, um etwas zu lernen. Ich soll ihm ein wenig auf die Sprünge helfen und ihn coachen«, entgegnete Röder etwas ungehalten.

»Ben, du Träumer. Darauf falle ich nicht rein. Du bist bei uns zurzeit die Persona non grata. Wenn du einen eigenen Fall bekommst, arbeite ich gerne wieder mit dir zusammen. Aber ohne offiziellen Auftrag kann ich dir nicht helfen. Ich will meine Karriere nicht aufs Spiel setzen, schließlich habe ich auch Familie. Bestimmt legt sich der Wirbel um deine Person bald wieder.«

Röder knallte den Hörer auf das Telefon. Er kochte innerlich und verspürte nicht die geringste Lust, irgendetwas zu arbeiten. Sollten sie ihm doch alle den Buckel herunterrutschen! Er fühlte sich ungerecht behandelt, wer löste denn immer die Fälle gegen alle Widerstände? Gerade Steiner hatte davon profitiert und war mit seiner Aufklärungsquote der Starpolizist schlechthin geworden.

An seiner Tür klopfte es zaghaft, und er brüllte: »Herein!«

Schulz stand in der Tür, eine dünne Akte in der Hand. »Störe ich?«, fragte er vorsichtig.

Röder verneinte und blickte auf den jungen Kerl, der da hereinschlich. Nicht besonders groß, aber auch nicht richtig klein. Er hatte eine schmale, blasse Gestalt, die von dem dunklen Anzug mit Weste und der fast weißen Krawatte nicht gerade kaschiert wurde. Dazu trug er eine dieser modernen Nickelbrillen, was ihm den Touch eines Strebers gab. Röder musste lächeln, als er die beginnenden Geheimratsecken bemerkte. Er selbst war stolz, dass er noch sein gesamtes Haupthaar hatte und sich bis jetzt nur ganz wenige graue Haare darin fanden. »Was kann ich für Sie tun?«, fragte er nicht besonders interessiert.

»Ich dachte, wir könnten mal den Fall durchgehen und über die nächsten Schritte sprechen.«

»Gut, dann erzählen Sie mir noch mal alles von Anfang an. Sie hatten ja am Wochenende Bereitschaft. Waren Sie vor Ort?«

Schulz schluckte und bejahte kleinlaut.

»War das Ihre erste Leiche?«

Schulz nickte, und Röder lächelte. Wahrscheinlich hatte der Jungspund in die Büsche gekotzt und einen Anschiss von Pyreck bekommen, weil er die Spuren versaute.

»Kein schöner Anblick, was? Wie sah denn die Leiche aus?« Röder amüsierte sich zunächst über das offensichtliche Unbehagen seines Gegenübers, doch Schulz würgte sichtlich, als er den Tatort beschrieb, und Röder fand seine Idee plötzlich nicht mehr so gut, dem jungen Kerl so zuzusetzen. Nicht dass er sich noch vor seinem Schreibtisch erbrach.

»Vorhin hat mir die Kripo die Personalien gefaxt. Der Mann hieß Werner Lorenz. Er ist der Halter des Wagens.«

»Sind wir denn sicher, dass es sich auch um Lorenz handelt? Nicht dass am Ende ein anderer im Wagen saß.«

»Ziemlich sicher. Die Polizei fand den Ehering und ein Goldkettchen. Beides wurde von seiner Frau identifiziert. Genau wissen wir es natürlich erst nach dem DNS-Abgleich.«

Röder schaute auf. Die meisten sagten »Die-Enn-Äi«. Der junge Kollege bevorzugte präzises Deutsch. Dann griff er nach dem Fax, das Schulz ihm entgegenhielt, und überflog den Auszug aus dem Melderegister. Werner Lorenz, geboren in Kiel, wohnhaft seit dem 13. April 1983 in Ellerstadt, Kirchgasse 7. Röder besah sich die Kopien des Personalausweises und des Führerscheins.

»Wo hat die Kripo diese Unterlagen gefunden? Ich dachte, das Auto sei ausgebrannt?«

»Lorenz hatte seine Tasche hinter den Sitzen deponiert. Sie war nur ein bisschen angeschmort.«

»Seltsam«, murmelte Röder. Urplötzlich überlief ihn ein Schauer. Er wusste nicht, warum, aber irgendetwas, was er gerade in den Händen gehalten hatte, stimmte nicht.

Er nahm sich noch einmal den Auszug aus dem Melderegister vor. Hier schlampten die Behörden öfter. Es gab zwar den Plan, ein bundesweit zentrales Register einzuführen, aber zurzeit mussten sich die Ermittler im Extremfall mit den über fünftausend Einzelregistern der Gemeinden auseinandersetzen.

Tatsächlich war im Register nur die letzte Adresse des Opfers angegeben. Aber die fehlenden Daten waren nicht das, was Röder störte. Merkwürdig war, dass der Personalausweis ebenfalls das Datum vom 13. April 1983 trug. Meldedatum und Ausstellungsdatum des Personalausweises waren identisch. Sehr ungewöhnlich. Röder nahm die Kopie des Führerscheines zur Hand. Es war noch so ein alter grauer Lappen, wie er selbst einen in der Tasche hatte. Er stutzte wieder. Das Ausstellungsdatum des Führerscheins war der 19. April desselben Jahres.

Röder machte Schulz auf diese Ungereimtheit aufmerksam.

»Vielleicht wurden ihm die Ausweise gestohlen, und er hat sie neu beantragen müssen. Oder ihm sind die Sachen beim Umzug abhandengekommen, das kann ja passieren. Angenommen, er ist zum ersten April nach Ellerstadt gezogen, dann passt es, dass er zwei Wochen später, also am 13., zum Einwohnermeldeamt gegangen ist, um sich umzumelden.«

»Und dort hat er gleich seinen Ausweis in die Hand gedrückt bekommen? Ist doch komisch, oder?«

Schulz musste ihm beipflichten.

»Lassen Sie die Polizei mal die Personalien genauer untersuchen. Die sollen herausfinden, wo der vor 1983 war, und beim Arbeitgeber, bei den Nachbarn und beim Einwohnermeldeamt in Kiel nachhaken«, wies er den Kollegen an.

Coaching war doch eine gute Sache, dachte er sich noch, als Schulz den Raum verließ.

Röder widmete sich wieder seinen anderen Fällen, aber er konnte sich nicht konzentrieren. Er streckte sich und öffnete das Fenster, um frische Luft zu schnappen. Ein paar Minuten lang atmete er die milde Frühlingsluft ein und lauschte den Vögeln. Der Versuch, sich wieder seinen Akten zu widmen, scheiterte, und er stand auf und ging in das Abteilungssekretariat, um sich einen Kaffee zu holen.

Frau Vogel feilte sich gerade die Fingernägel und nickte ihm huldvoll zu. Sie erklärte dabei der neuen Auszubildenden ein Formular und wie es mit einer altmodischen Schreibmaschine ausgefüllt werden musste. Frau Vogel war offensichtlich auch ein Coach. Röder musste lächeln. Dieses Sekretariat würde es locker ins Fernsehen schaffen, dachte er bei sich. So entspannt stellten sich die meisten Zuschauer den öffentlichen Dienst vor.

An diesem Tag war Frau Vogel tatsächlich äußerst entspannt, was an der moderaten Arbeitsbelastung und der neuen Hilfe liegen musste. Sie griff sogar in die Schublade ihres Schreibtisches, um ihm von ihrem Zucker zu geben, da der für die Allgemeinheit ausgegangen war, und plauderte dabei fröhlich.

»Der Herr Schulz ist ein Netter, gell? – Stimmt das, dass er den Mord auf dem BASF-Parkplatz bearbeitet? – Haben Sie gewusst, dass er noch bei seiner Mutter wohnt?«

Bei der letzten Bemerkung horchten die Auszubildende und Röder interessiert auf.

»Ja, ja. Sein Vater ist schon gestorben, als er noch klein war, und seine Mutter hat nie mehr geheiratet. Sie ist eine geborene von Dalsleben.«

Jetzt klingelte es bei Röder. Das war der Mädchenname von Miltenbergers Frau.

»Aber er ist kein Neffe von Frau Miltenberger«, fuhr Frau Vogel unbeirrt fort. »Die sind nur über zehn Ecken verwandt. Das ist irgendeine andere Linie, und die beiden Frauen sind Cousinen dritten Grades.«

»Woher wissen Sie das alles?«, fragte Röder beeindruckt. Frau Vogel gäbe eine gute Zeugin ab.

»Ach, ich gehe zum selben Friseur wie Hedwig.«

»Hedwig, ist das die Frau Dalsleben?«

»Nein, nein, das ist ihre Nachbarin.«

»Ach so.«

»Ja, und Hedwig meinte, dass Herr Miltenberger ein alter Freund der Familie ist.« Sie beugte sich etwas vor und fügte vertraulich hinzu: »Hedwig sagte auch, dass Herr Miltenberger beinahe die Frau von Dalsleben geheiratet hätte. Also damals, vor fünfunddreißig Jahren.«

»Hat er doch auch.«

»Nein, nicht die Frau von Dalsleben. Ich meine die Nachbarin von Hedwig. Margot.«

»Aha.«

»Wussten Sie, dass der Chef diese Woche schon zweimal beim Arzt war?«

»Nein, wusste ich nicht.« Röder wurde es langsam zu viel. Das war mehr Klatsch, als er auf einmal ertragen konnte. Er bedankte sich freundlich für den Kaffee und machte sich mit dem Hinweis auf wartende Aktenberge aus dem Staub. Noch auf dem Gang hörte er ihre erhobene Stimme, als Frau Vogel die Auszubildende flottmachte, weil sie offenbar irgendwelche falschen Eingaben getätigt hatte.

»Schulz, ein Günstling von Miltenberger«, murmelte er leise. »Interessant.«

Zurück in seinem Büro, loggte sich Röder sofort in die ViCLAS-Datenbank ein. Im »Violent Crime Linkage Analysis System« waren mehrere tausend schwere Straftaten gespeichert, damit bundesweit nach ähnlichen Fällen gesucht werden konnte, um Verbrechensmuster festzustellen. Mittlerweile gab es auch Vernetzungen mit anderen europäischen und internationalen Datenbanken ähnlicher Bauart, sodass solche Recherchen irgendwann einmal weltweit möglich sein würden. Momentan war das wegen der verschiedenen Sprachen und der mangelnden Kompatibilität der Programme noch nicht möglich, aber die Länder und Heerscharen an Informatikern arbeiteten an dem Problem. Trotz der Bedenken verschiedener Politiker stand für Röder außer Frage, dass es solche Datenbanken geben musste.

Er modifizierte zum dritten Mal die Suche und wurde tatsächlich fündig. In der Nähe der A3 bei Rösrath war vor wenigen Monaten die verkohlte Leiche eines Kölner Verlegers in seinem ausgebrannten Auto entdeckt worden. Der Wagen war eine echte Rarität, Jaguar E-Type, Baujahr 1972. Der Fahrer war vermutlich gefesselt worden, und man hatte Draht gefunden, der um die Reste einer Plastikflasche mit Brandbeschleuniger gewickelt war. Es war offensichtlich, dass diese Tat auf dem gleichen Muster basierte wie die in Ludwigshafen. Röder fragte sich, ob Schulz und Steiner diese Information schon hatten, und nahm sich vor, eine kurze E-Mail zu schreiben.

Er recherchierte noch eine Weile mit den gefundenen Stichworten im Internet und fand eine Reihe von Zeitungsartikeln. So erfuhr er, dass vom Täter auch deshalb keine Spuren entdeckt worden waren, weil zum einen das Auto total ausgebrannt war und zum anderen die Tat auf einem asphaltierten Waldparkplatz begangen wurde, der mit so viel DNS verunreinigt war, wie es jugendliche Pärchen gab, denen zu Hause ein Bett fehlte. Hinweise auf ein Motiv aus dem Umfeld des Opfers hatte es nicht gegeben, und die Ermittlungen waren schnell eingestellt worden. Dass sich der Verlag des Opfers auf regionale Kriminalliteratur spezialisiert hatte, war wohl eine Ironie des Schicksals. Auch Pfalzkrimis gehörten in das beachtliche Portfolio. Röder machte sich eine Notiz, dass er Akteneinsicht bei den Kölner Kollegen beantragen musste.

Er hatte seine Recherchen noch nicht beendet, als Miltenberger ihn anrief und bat, in seinem Büro vorbeizukommen. Der ruhige, freundliche Ton seines Chefs beunruhigte ihn. Das konnte nichts Gutes bedeuten.

»Ben, schön, dass du so schnell Zeit hast. Wie geht's denn deiner Familie? Ist deine Kleine schon im Kindergarten?«

»Ja, meiner Familie geht's gut. Laura kommt im Sommer in die vierte Klasse.«

»Ah so«, beendete Miltenberger das Gespräch schnell. »Ich will nicht lange um den heißen Brei reden, Ben. Ich muss für einige Zeit ins Krankenhaus und möchte, dass du mich in der Zeit vertrittst.«

»Verdammt, Gerd, das tut mir leid zu hören. Was ist denn los?«

»Die wollen mich aufsägen und mir ein paar Bypässe verpassen. Ich glaube, fünf oder so.« Miltenberger lächelte schief.

»Oh Mann, da hat's dich aber ganz schön erwischt. Ich hoffe, du kommst schnell wieder auf die Beine.«

»Danke. Was ist, wirst du's machen?«

»Meinst du, ich bin der Richtige?«

»Klar.«

»Warum muss ich dann die Arbeit der Amtsanwälte machen?«

»Na, die gehören ja auch zur Abteilung. Da solltest du als mein Vertreter schon wissen, was deren Arbeit ist.«

»So einfach ist das?«

»Ben, ich habe mit dem leitenden Oberstaatsanwalt, dem Behördenleiter und mit dem Ministerium gesprochen. Sie sind alle einverstanden.«

Röder war einen Moment sprachlos.

»Ich dachte, ich bin bei denen allen in Ungnade gefallen.«

»Na ja, ich will dir reinen Wein einschenken, weil ich dich schon so lange kenne und auch schätze. Jeder sagt, dass du ein brillanter Kopf bist, aber immer nur deinem eigenen Sturschädel folgst und uns oft echte Probleme bereitest. Und wir sind der Meinung, dass du, wenn du mehr Verwaltungsaufgaben bekommst, weniger Zeit für Unsinn hast.«

»Was soll denn das bedeuten?« Röder hatte die Stimme erhoben, er war kurz davor zu fluchen.

»Komm, fahr runter, Ben. Ich will nicht hier und schon gar nicht deinetwegen abnibbeln. Ich kann keinen Stress gebrauchen. Ich bin ehrlich zu dir und brauche mir deine Motzereien nicht anzuhören. Wenn du mich fragst, dann ist das auch eine Chance für dich, nicht aufs Abstellgleis zu kommen. Denn auf dem Weg dorthin bist du, die Weichen sind schon gestellt, es sei denn, du überlegst es dir.«

Röder kochte innerlich, aber er wollte Miltenberger nicht ins Grab bringen. Er wusste keine Antwort.

»Also, was ist?«, hakte Miltenberger nach.

»Lass mich eine Nacht darüber schlafen.«

»Aber nicht länger.«

Wortlos verließ Röder das Büro. An Arbeit war jetzt nicht mehr zu denken. Es war zwar erst halb fünf, und die Fälle wurden nicht weniger, aber es war auch nicht zu früh, zu gehen.

Er schnappte sich sein Sakko und stapfte aus dem Büro. Zu schnell fuhr er über die Autobahn und ärgerte sich unnötigerweise über Polo- und andere Kleinwagenfahrer. Erst als er bei Grünstadt die Autobahn verließ, besann er sich wieder und stellte fest, dass er nicht seinen üblichen Heimweg über die Bundesstraße genommen hatte. Es fiel ihm auch wieder ein, warum. Sein Weinvorrat wollte aufgefüllt werden. Deutlich entspannter fuhr er auf der Deutschen Weinstraße durch das frühlingshaft geschmückte Kirchheim und durch Herxheim, bis er den Ortseingang von Kallstadt erreichte und kurz danach links in den alten Ortsteil abbog.

Hellinger schraubte gerade in der Gerätehalle an seinem Schmalspurtraktor herum. Er hatte einige seiner Rebzeilen mit dem Pflug belüftet und reparierte nun einen kleinen Schaden. Die beiden Freunde begrüßten sich herzlich.

»Du bist aber früh«, stellte Hellinger fest.

»Ja, ich hatte keinen Bock mehr und freue mich auf eine Schorle.«

»Na, dann komm mal mit.«

Sie gingen in die Probierstube, die Hellinger entgegen dem Trend im traditionellen rustikalen Stil gelassen hatte. Immer mehr junge Winzer stylten ihre Probierstuben zu schicken Schaubuden für die Großstädter um, aber die Anzahl seiner Prämierungen hatte das nie beeinflusst, also wollte Hellinger es dabei belassen.

»Was willst du denn mitnehmen? Wie immer?«

»Ja, wie immer. Außerdem kannst du mir ein paar Flaschen von dem Cabernet Sauvignon mitgeben, der hat uns sehr gut geschmeckt.«

Hellinger griff in den Kühlschrank und holte eine Flasche Riesling heraus. Die Flasche trug kein Etikett, was bedeutete, dass es sich um seinen Haustrunk handelte. Im selben Moment röhrte Kindergeplärre aus einem Babyfon an seinem Gürtel.

»Wow, hast du ein neues Handy?«, frotzelte Röder.

»Jetzt ist der Zwerg schon wieder wach!«, ärgerte sich Hellinger.

»Ist das Max?«

»Wer denn sonst?«

»Wo ist denn Katrin?«

»Nicht da. Sie ist zu einer Freundin gefahren und kommt erst morgen wieder heim.«

Röder hatte ein schlechtes Gewissen, weil er Hellinger noch nicht auf seine Beobachtung beim Stadtfest angesprochen hatte.

Er spielte einen Augenblick mit dem Gedanken, alles zu erzählen. Doch als Hellingers Sohn weiterhin schrie, der Winzer aber keine Anstalten machte, nach ihm zu sehen, sagte er: »Komm, geh zu deinem Sohn. Ich mache die Schorle.«

Hellinger trabte los und brummte dabei vor sich hin. Röder griff in den Kühlschrank, fand aber nur eine fast leere Flasche Sprudel. Er wollte in die angrenzende Lagerhalle gehen, aber die war verschlossen. Es war also erst einmal nichts mit Schorle, er musste warten.

Hellinger kam mit Max auf dem Arm wieder. Er ging ein wenig schief, weil er die Hüfte ausladend zur Seite streckte, damit der Kleine darauf sitzen konnte. Max schien ganz zufrieden zu sein, so bei seinem Vater auf dem Arm. In der anderen Hand trug Hellinger ein Trinkfläschchen mit etwas, das aussah wie Tee. Unter den Arm hatte er einen Teddybären geklemmt.

»Wo ist denn die Schorle?«, fragte er.

»Die Halle ist abgeschlossen.«

»Ach so. Hier, halt ihn mal, ich hole die Zutaten.« Hellinger streckte Röder den Kleinen hin, der sofort zu schreien anfing.

»Na, so schlimm bin ich nun auch wieder nicht«, sagte Röder und lächelte, aber Max beruhigte sich nicht. Hellinger blieb nichts anderes übrig, als ihn wieder auf den Arm zu nehmen. Er fummelte umständlich den Schlüssel aus seiner Hosentasche und öffnete die Tür, seinen Sohn auf der Hüfte balancierend. Röder folgte ihm, um tragen zu helfen. Mit einer Hand holte Hellinger die Dubbegläser aus dem Wandschrank, während Röder die Flasche entkorkte.

»Miltenberger bekommt ein paar Bypässe gelegt.«

»So?« Hellinger schien das nicht zu interessieren.

»Er will, dass ich seine Vertretung mache.«

»Ist doch gut. Es wird Zeit, dass du endlich Karriere machst.«

»Er meint, dass ich weniger Unsinn mache, wenn ich Verwaltungsaufgaben übernehme.«

»Tja, wer viel arbeitet, macht viele Fehler. Wer wenig arbeitet, macht wenige Fehler. Wer gar nicht arbeitet, macht keine Fehler, und wer keine Fehler macht, wird befördert. Das war schon immer so.«

»Du meinst also auch, dass ich nur Quatsch mache und mich nicht drum kümmern soll, wenn keiner die Wahrheit sehen will? War es denn falsch, dass ich dir letztes Jahr aus der Scheiße geholfen habe?« Röder war ziemlich ungehalten.

»So meine ich das nicht. Du hast zweimal kurz hintereinander einen schwierigen Fall gelöst. Aber es ist ja auch eher eine Ausnahme, dass so viel innerhalb kürzester Zeit passiert, und eher unwahrscheinlich, dass du direkt noch mal in so turbulente Ereignisse gerätst. Ich bin dir jedenfalls dankbar, dass du mich immer rausgehauen hast. Darauf müssen wir einen trinken. Prost!«

Hellinger hielt die Schorle hoch, und prompt hob Max seine Trinkflasche, stieß mit seinem Vater an und lachte fröhlich. Auch mit Röder stieß er an, dass es nur so schwappte.

»Das ist echt dein Sohn. Keine Frage.«

Hellinger antwortete nicht. Er schaute Röder nicht mal an. Irgendetwas schien ihm peinlich zu sein. Röder glaubte, sich denken zu können, was es war, und wechselte das Thema.

Während Hellinger gut gelaunt über die Oldtimerrallye plauderte und darüber, wie schön es werden würde, traute Röder sich immer noch nicht, ihn offen auf Katrin anzusprechen.

Sie genehmigten sich bereits die zweite Schorle, als ein strenger Geruch die Gemütlichkeit beeinträchtigte.

»Ich glaube, er leckt«, meinte Röder und deutete auf den nassen Fleck auf Hellingers Latzhose.

»Bah, was ist das denn?«, schimpfte der und stellte den kleinen Mann auf den Boden, der sofort zu weinen anfing.

»Na, was wohl?« Röder rollte die Augen. »Hast du irgendwo Windeln?«

»Ich, Windeln? Im Bad sollten welche sein.«

»Dann geh sie holen.«

»Ich, ich kann das nicht«, stotterte Hellinger.

»Geh die Windeln holen. Ich helfe dir. Ich habe schließlich drei Töchter durch dieses Alter gebracht.«

Etwas durcheinander machte sich Hellinger auf den Weg ins Haupthaus und erhielt bald darauf von einem amüsierten Freund eine kurze Einweisung in Brutpflege.

Mit zwei Kartons Wein, für die er wie immer nichts gezahlt hatte, kam Röder nach Hause. Diesmal hatte er immerhin eine ernst zu nehmende Gegenleistung erbracht.

»Oh, du hast Wein gekauft. Das ist gut, ich habe nämlich Spargel besorgt. Achims Weißburgunder passt hervorragend dazu«, freute sich Manu.

Tatsächlich war der Weißburgunder der ideale Begleiter für Spargel, den die Familie am liebsten pur, mit Kochschinken, Kartoffeln und etwas Butter aß. Das feine Apfelaroma des Weines harmonierte wunderbar mit dem köstlichen Frühlingsmahl.

»Du, Manu. Ich muss dir was sagen.«

»Oh, gibt es ein Problem bei der Arbeit?« Manu war auf alles vorbereitet und sprach sehr behutsam. Den Unterton in Röders Stimme hatte sie sofort richtig interpretiert. Sie kannten sich eben schon fast ein Vierteljahrhundert.

»Kein echtes Problem. Miltenberger muss ins Krankenhaus, und ich soll seine Vertretung machen.«

»Was hat er denn?«

»Es ist sein Herz. Er muss sich einer Bypassoperation unterziehen.«

»Oje, das ist nicht schön. Und du sollst seine Vertretung machen? Bist du jetzt auf dem Weg zum Oberstaatsanwalt? Glückwunsch.« Manu freute sich für ihren Mann. Röder lächelte nur. Die Gründe, warum er die Vertretung machen sollte, nannte er nicht.

***

Röder hatte seine Entscheidung noch in derselben Nacht getroffen. Er hatte nach dem Essen noch lange mit Manu gesprochen und Wein getrunken. Hellingers Ehe war eines ihrer Hauptthemen gewesen. Irgendwann in der Nacht war er schweißgebadet aufgewacht. Er hatte einen Alptraum gehabt, über Miltenberger, der von Schulz die Rippen aufgesägt bekam, mit einem lachenden Hellinger im Hintergrund. Daneben Katrin, die sich irgendwelchen Satyrn hingab, und ein brennender Oldtimer, in dem er selbst saß und über seine Umwelt staunte. Gleich am Morgen hatte er Miltenberger zugesagt und die Akten in seinem Büro sortiert. Dann hatte er sich regelrecht in die Arbeit gestürzt und kam am Abend erst spät nach Hause.

Manu begrüßte ihn leicht säuerlich mit den Worten: »Hast du daran gedacht, dass wir heute Abend zur Vorbesprechung müssen?«

Röder hatte versprochen, Manu zur Vorbesprechung der Vino Miglia zu begleiten. Es waren nur noch wenige Wochen bis zum Start der Oldtimerrallye, und an diesem Abend wollte sich das Organisationsteam treffen, um letzte Aufgaben zu besprechen. Außerdem sollte die Pfälzer Weinkönigin kommen, um ihren Einsatz bei der Rallye mit den Organisatoren abzustimmen. Die Rallye war nicht nur ein Ereignis für Automobilisten, sondern auch eine Werbefahrt für den Pfalzwein. Es gab einen Weinverantwortlichen im Organisationsteam, der mit seinem jungen Assistenten in einem Lieferwagen den Wein zur nächsten Etappe bringen musste, bevor der eigentliche Tross mit den Oldtimern eintraf. Die Weinkönigin fuhr ebenfalls vor und präsentierte die Weine. Während die Oldtimer nur Nebenstraßen fuhren, nahmen die Organisationsfahrzeuge mit den Funktionären, der Weinkönigin und der wertvollen Fracht die Schnellstraßen. Hellinger, in seiner Eigenschaft als Mitglied im Vorstand des Pfalzwein-Marketingvereins und im Verein deutscher Prädikatswinzer, hatte zum zweiten Mal die Aufgabe übernommen, die Weine auszusuchen, die mit auf die Reise gehen sollten. Bei der vergangenen Vino Miglia war ihm auch die Idee gekommen, einmal selbst mitzufahren.

»Das hätte ich beinahe verschwitzt«, sagte Röder und schlug sich mit einer Hand vor den Kopf.

»Jetzt habe ich nach vielen Jahren mal wieder einen Job, und du nimmst ihn nicht ernst. Dafür könnte ich dich …«

»Küssen?«, schlug Röder vor.

Manu warf ihm eine Haarbürste hinterher, aber sie war nicht ernstlich böse. Gut gelaunt machten sie sich auf den Weg nach Sankt Martin, wo die Sitzung im Vereinslokal des Automobilclubs Maikammer stattfand.

Der »Pfarrgarten« war ein einfaches, aber sauberes Anwesen mit einer kleinen Terrasse, von der aus man einen schönen Blick über das Rebenmeer auf den Odenwald hatte.

Röder und Manu kamen pünktlich, trotzdem waren schon fast alle Teilnehmer eingetroffen. Sie saßen am großen Tisch im Lokal und plauderten munter miteinander. Fast jeder hatte einen Schoppen Wein vor sich stehen. Röder und Manu suchten sich einen Platz, wo sie nebeneinandersitzen konnten, aber Röder stand noch einmal auf und ging zu Hellinger hinüber, der erstaunlicherweise nur kurz mit der Weinkönigin gesprochen hatte. Normalerweise ließ Hellinger nicht so schnell von einem Rock, aber zurzeit schien er nicht in der richtigen Stimmung für einen Flirt zu sein.

»Na, was macht dein Sohn?«, erkundigte sich Röder.

»Ich nehme an, der schläft.«

»Hast du Katrin erzählt, dass du jetzt Windeln wechseln kannst?«

»Habe sie seitdem nicht gesehen«, brummte Hellinger. »Ich werde es ihr sagen, wenn sie wieder auftaucht.«

»Ist sie noch weg?«

Hellinger nickte nur, und Röder wollte nicht nachhaken. »Wer ist denn dann bei Max?«

»Niemand. Ich sagte doch, der schläft.«

»Und was ist, wenn er aufwacht?«

»Der schläft durch.«

»Hör mal, Max ist zwei. Das ist ein Alter, in dem Kinder selten durchschlafen. Wenn er wach wird und niemand ist da, bekommt er wahrscheinlich Angst. Das kannst du doch nicht machen, du Rabenvater!«

»Der schläft, da bin ich sicher. Ich habe ihm nämlich ein bisschen Riesling in seinen Tee gemischt.«

»Du hast was?«, fragte Röder entsetzt.

»Ihm Riesling ins Fläschchen gemischt. Jetzt reg dich nicht auf. Das hat meine Oma auch immer so mit mir gemacht, wenn ich nicht schlafen wollte. Ich bin nicht daran gestorben. Im Gegenteil, das hat mich abgehärtet. Als Pfälzer kriet ma de Woi halt schunn mit der Muddermilch. Der Bu muss geeicht sinn.«

»Sag mal, bist du von allen guten Geistern verlassen? Lässt deinen zweijährigen Sohn alleine daheim und füllst ihn noch mit Wein ab?«

»Der ist doch nicht abgefüllt, ich habe ihm nur einen kleinen Schluck gegeben. Das schadet nicht.«

»Wein schadet einem Zweijährigen nicht? Du rufst jetzt sofort jemanden an, der nach ihm schaut, oder fährst selbst nach Hause.«

»Jetzt mach mal nicht so einen Aufstand, bloß weil der Zwerg gut schläft.«

Erst nach einigem Hin und Her gab Hellinger nach. »Ich kann ja Mariusz anrufen, dass er mal kurz hinfährt und schaut. Er hat einen Schlüssel.« Unwillig zückte er sein Handy und erreichte Mariusz tatsächlich, der auch versprach, nach dem Kleinen zu schauen.

»Mann, bist du vielleicht ein Vater!«

»Ach, lass mich doch in Ruhe«, schimpfte Hellinger und stapfte davon.

Die Leitung der Veranstaltung oblag einem Doppelgestirn. Ein Vertreter der Kreisverwaltung und der Vorstand vom Automobilclub Maikammer teilten sich die Aufgaben. Der Mann von der Kreisverwaltung, Störzner, kümmerte sich überwiegend um die administrativen Aufgaben, während Rheinwalt vom Automobilclub als Fahrtleiter für die technische Durchführung verantwortlich zeichnete. Nach der Begrüßung, bei der sie den unermüdlichen Einsatz der Streckenscouts würdigten, die in den vergangenen Monaten mehrere Wochen unterwegs gewesen waren, um die Route festzulegen und zu kilometrieren, gingen sie zur Tagesordnung über. Hauptthemen an diesem Abend waren die Sonderprüfungen und die Weinauswahl. Ersteres wurde vorgetragen von einem Professor Sulger, der an der Mannheimer Universität den Lehrstuhl für Rechtsgeschichte hatte und einen großen Teil seiner Freizeit dem Automobilclub widmete. Röder hörte das erste Mal von Roadbooks, Chinesenzeichen und Tripmasters. Danach waren Hellinger und die Weinkönigin dran. Gemeinsam stellten sie die Weine vor und erläuterten, warum sie diese und keine anderen ausgesucht hatten. Gegen halb zehn konnte die Sitzung früher als geplant geschlossen werden.

Manu hatte sich die ganze Zeit Notizen gemacht und ging nach der Verabschiedung zu Sulger, um noch einige Details zu klären.

Der Professor machte den Vorschlag, doch noch ein Glas Wein auf der Terrasse zu nehmen. Manu und Röder stimmten zu. Der Abend war lau genug, um mit einem Pulli und einem guten Glas Wein auf die funkelnde Rheinebene zu schauen. Die Chefin, die jetzt allein bediente, erklärte ihnen mit Stolz, dass der Garten um das Lokal herum die größte Freilandpflanzung biblischer Gewächse im mitteleuropäischen Raum war. Neben den in der Bibel erwähnten Pflanzen standen hier auch Gewächse des Heiligen Landes wie Weihrauch, Ölbaum und Granatapfel und verliehen der Umgebung eine morgenländische Note.

Sulger war sympathisch und ein angenehmer Gesprächspartner. Als er erfuhr, dass Röder Staatsanwalt war, fingen die beiden eine angeregte Diskussion über das Spezialgebiet des Professors an, die Geschichte der Bundesrepublik. Sulger war ein ausgewiesener Fachmann für die Geschichte der Rote-Armee-Fraktion.

»Da müssten Sie mal was drüber schreiben, Frau Röder. Einer meiner Doktoranden hat gerade seine Promotion über die Finanzierung der RAF abgeschlossen, und wir arbeiten jetzt gemeinsam an einem Buch über das Thema, das schon bald herauskommen wird. Es wäre schön, wenn Sie darüber berichten könnten.« Sulger wollte wohl ein wenig Werbung für sein Buchprojekt haben.

»Ja, früher hätte mich das sehr interessiert.«

»Meine Frau hat sogar mal für die ›Welt‹ geschrieben«, sagte Röder stolz.

»Ja, aber das ist längst vorbei. Für eine politische Story und die dazu nötigen Recherchen habe ich einfach keine Zeit mehr.«

Sie redeten ausgiebig über die Rallye, bis Manu alle Informationen beisammen hatte. Sulger schwärmte noch ein wenig über die teilnehmenden Oldtimer, dann ließ er sie allein. Als er gegangen war, blickten sie verträumt in die funkelnde Rheinebene, bis auch der Pulli keinen Schutz mehr gegen die Kühle der Nacht bot.

DREI

In der Wochenmitte machte der Frühling eine Pause in der sonst so von der Sonne verwöhnten Vorderpfalz. Die Temperaturen fielen, und es regnete, was den Winzern aber durchaus recht war. Denn jetzt, in der Vegetationsphase, brauchten die Reben noch viel Wasser, um kräftige, gesunde Trauben hervorzubringen.

Röder brauste unlustig die A65 Richtung Neustadt runter. Er war auf dem Weg zu dieser unsäglich blöden Verhandlung des Brandstifters am Amtsgericht Neustadt. Die Tat war zwar in Bad Dürkheim begangen worden, aber alle Straftaten, die vor einem Schöffengericht verhandelt werden mussten, wurden an das größere Amtsgericht in Neustadt verwiesen. Überall standen Schilder, die zu verschiedenen Festivitäten einluden. Um diese Jahreszeit war in Neustadt immer irgendetwas los. In den Vororten tobten die Weinfeste, und in der Stadt selbst gab es Bauernmärkte und Feste zur Freundschaftspflege mit den Nachbarländern.

Röder überlegte, ob er auf der Heimfahrt ein paar Pfund Spargel kaufen sollte. Zu Hause hatte er noch eine Auxerrois Spätlese vom Weingut Odinstal liegen, die hervorragend zum König des Gemüses passen würde. Der ökologisch ausgebaute Wein fand sogar die Anerkennung von Hellinger. Sie hatten das wunderschöne Weingut, das nach Jahren des Dornröschenschlafs vor wenigen Jahren wieder erwacht war, mit ihren Familien erst kürzlich anlässlich einer Weinprobe besucht, bevor sie zu einer zünftigen Mahlzeit am Eckkopfturm weitergewandert waren. Hellinger hatte sich ein bisschen geärgert, weil er vor wenigen Jahren selbst mit dem Gedanken gespielt hatte, das Weingut zu kaufen. Er hatte aber die hohen Renovierungskosten gescheut und daran gezweifelt, dass aus den ehemals ungepflegten Wingerten jemals wieder etwas Vernünftiges zu erwirtschaften sein würde.

An der Ausfahrt Neustadt-Zentrum verließ Röder die Pfalzautobahn, umrundete den Kreisel und folgte der Bundesstraße noch einige hundert Meter, bis er links in die Robert-Stolz-Straße einbog. Trotz seiner extrem unmotivierten Stimmung war er überpünktlich.

Das Amtsgericht in Neustadt war in den siebziger Jahren gebaut worden, als man sich gerne über die Plattenbauten der DDR lustig machte. Tatsächlich war dieses Gebäude massiver ausgeführt, doch die linoleumbelegten Flure versprühten den Geruch und Zeitgeist jener Jahre in Ost und West. Am schwarzen Brett im Erdgeschoss vergewisserte er sich, dass sich die Saalnummer nicht kurzfristig geändert hatte, als sich ihm eine Pranke auf die Schulter legte. Röder drehte sich um und erkannte Kurt Hauer, seinen Studienkollegen aus Bonner Zeiten, der hier am Amtsgericht Richter war.

»Hey, Kurt, schön, dich zu sehen.«

»Ganz meinerseits, altes Haus. Was macht die Kunst? Du bist doch nicht etwa wegen meiner Verhandlung hier?«

»Wenn du die Sache mit dem Dappschädel meinst, der im Vollrausch das Auto seiner Freundin abgefackelt hat, dann bin ich tatsächlich dein Mann«, antwortete Röder.

»Ah, das ist ja prima. Wollen wir danach zusammen mittagessen gehen?«

»Gerne. Übrigens: Herzlichen Glückwunsch zu deiner Beförderung«, sagte Röder, denn Hauer war kürzlich zum stellvertretenden Direktor der Behörde ernannt worden. Viele seiner ehemaligen Studienkollegen zogen mittlerweile karrieretechnisch an Röder vorbei, was ihm manchmal Verdruss bereitete. Hauer beneidete er aber wirklich nicht. Er wusste, dass dieser vor Kurzem geschieden worden war und nun die üblichen Probleme mit pubertierenden Scheidungskindern hatte. Die Scheidung war schnell zur üblen Schlammschlacht geworden. Es hatte Gerüchte gegeben, wonach Hauer seine Frau verprügelt haben soll. Vor Gericht war das kein Thema gewesen, aber das Urteil war für Hauer ein finanzielles Debakel. Röder gab auf das Gerede nichts. Er wusste, dass skrupellose Anwälte alles taten, um die Interessen ihrer Klienten auch mit fragwürdigen Methoden durchzusetzen. Damit wurden sie bekannt und konnten astronomische Honorare verlangen.

Sie plauderten ein wenig über ihre Kinder Arno und Feli, die beide in dieselbe Jahrgangstufe am Dürkheimer Gymnasium gingen. Dabei tranken sie Kaffee aus dem Automaten und begaben sich schließlich zum Sitzungssaal C2. Ein paar Zuschauer hatten sich bereits auf den Stühlen im hinteren Teil des Saales niedergelassen, doch so früh am Tag war nicht viel los. Röder entdeckte einen freien Journalisten, der unter anderem auch für die hiesigen Provinzblätter schrieb, und grüßte ihn mit einem Nicken. Er wunderte sich ein bisschen, dass dieser Fall das Interesse der Presse weckte. Aber zurzeit mangelte es an spektakulären Verbrechen in der Pfalz, und da taugte ein solch skurriler Fall als Lückenfüller allemal.

Hauer setzte sich zwischen die beiden Schöffen und eröffnete die Hauptverhandlung. Er stellte fest, dass alle Geladenen erschienen waren, und begann mit der Vernehmung des Angeklagten zur Person.

»Stefan Schmidt«, gab dieser bereitwillig Auskunft. »Ich wohne in der Maudacher Straße 47 in Ludwigshafen. Mein Geburtstag ist der 28. August 1955.«

»Beruf?«

Schmidt druckste herum. Es war offensichtlich, dass er diese Frage nicht gern beantworten wollte. »Kfz-Mechaniker, aber ich bin seit einiger Zeit arbeitslos«, antwortete er schließlich mit gesenktem Kopf.

Es entstand eine kurze peinliche Pause, da der Angeklagte mit den Tränen rang. Überhaupt sah Schmidt ziemlich vernachlässigt aus. Er trug einen alten, abgewetzten Anzug, der ihm zwei Nummern zu groß war, und einen Haarschnitt, der durchaus beim Zündeln entstanden sein könnte. Sein Adamsapfel zuckte unaufhörlich. Röder sah den Angeklagten einen kurzen Augenblick mitleidig an. So sehen Loser aus, dachte er sich und begann mit der Verlesung des Anklagesatzes.

»Stefan Schmidt, geboren am 28. August 1955 in Kaiserslautern, wohnhaft Maudacher Straße 47 in Ludwigshafen, wird angeschuldigt, er habe am 15. März dieses Jahres den Pkw der Geschädigten Annegret Reiser mit dem amtlichen Kennzeichen …«

»Umbringe wollt der misch!«, schallte es von der Nebenklägerin herüber. »Röschte wollt der misch! Dabei war isch immer gud zu ihm gewese …«

»Halt jetzt endlisch die Klapp! Isch wollt dir nix mache, awwer guud bischde nie zu mer gewese!« Schmidt wehrte sich sogar noch auf der Anklagebank gegen seine Exfreundin.

Hauer musste Frau Reiser und den Angeklagten zur Ordnung rufen. Röder räusperte sich und fuhr fort.

»... wird angeschuldigt, am 15. März dieses Jahres den bezeichneten Pkw der Geschädigten Annegret Reiser gegen 23 Uhr, nach einem Besuch einer Gaststätte, in Brand gesetzt zu haben. Dabei habe er mit Wissen und Wollen gehandelt. Durch diese Handlung wurden das Fahrzeug der Geschädigten ganz zerstört sowie rechts und links parkende Autos stark beschädigt. Das Verbrechen ist strafbar nach Paragraph 306 und 303 Strafgesetzbuch.«

Röder fügte noch ein paar Erläuterungen an, bis Hauer schließlich zur Vernehmung des Angeklagten überleitete. Schmidt verzichtete, offensichtlich nach Rücksprache mit seinem Anwalt, auf sein Schweigerecht und sprudelte los: »Ja, es stimmt, ich habe das Auto angezündet, aber das wollte ich nicht. Ich war total betrunken ...«

»Du Saukerl. Viel hätt net gfehlt, un isch wer druffgonge!«

»Frau Reiser, noch eine Unterbrechung, und ich lasse Sie aus dem Saal verweisen!«, wies Hauer die Nebenklägerin zurecht. »Wieso haben Sie das Auto angezündet?«, wandte er sich sichtlich genervt an Schmidt.

»Das wollte ich nicht. Das war ein Versehen. Ich wollte mit Benzin einen Fleck aus dem Beifahrersitz putzen. Die Flasche mit Waschbenzin hatte ich schon den ganzen Tag im Auto. Ich hab den Fleck wegmachen wollen, bevor ihn die Annegret sieht. Die kann nämlich ganz schön fuchtig werden.« Frau Reiser wollte etwas sagen, aber Hauer wies sie mit einem strengen Blick in ihre Schranken. »Als sie dann in der Kneipe saß, wollte ich die Zeit nutzen, um den Sitz zu reinigen.«

»Ist Ihrer Lebensgefährtin nicht aufgefallen, dass Sie nicht mehr da waren?«, wollte Hauer wissen.

»Nein, die hat mit dem Karl geschäkert, da hat sie keine Augen für mich gehabt.«

»Und Sie haben dann alleine die Gaststätte verlassen, um mitten in der Nacht einen verschmutzten Sitz zu reinigen?«, fragte

Hauer skeptisch. Schmidt nickte eilig und sah Hauer und die Schöffen flehend an. Den Besuchern der Verhandlung stand das Grinsen im Gesicht. Die Geschichte war die reinste Provinzposse, einer der Schöffen konnte offensichtlich nur mit Mühe einen Lachkrampf unterdrücken. Das Königlich Bayerische Amtsgericht war nur ein müder Abklatsch im Vergleich zu solchen Verhandlungen in der Pfalz.

»Nun gut«, lenkte Hauer ein. »Wie kam es dann zum Brand?«

»Na ja, mir ist die Kippe aus dem Mund gefallen.« Schmidt flüsterte fast.

»Du raachschd doch gar net!«, geiferte Frau Reiser aus der ersten Reihe, und Hauer gab dem Beamten an der Tür ein Zeichen.

»Onn dem Owend han isch awwer geraacht!«, konnte Schmidt gerade noch in den Tumult brüllen, in dem Frau Reiser unter lauten Worten unfreiwillig den Saal verließ. Hauer schwitzte, als er schließlich mit der Vernehmung fortfuhr.

»Für die Anwesenden sei erwähnt, dass Frau Reiser nach eigener Aussage die ganze Zeit in der Gaststätte war. Deswegen lautet die Anklage Sachbeschädigung und nicht versuchter Mord.« Er wandte sich wieder an den Angeklagten. »Herr Schmidt, können Sie uns jetzt bitte in Ruhe erklären, wie Sie das Fahrzeug in Brand gesetzt haben?«

Hierauf wollte Schmidt offensichtlich nicht antworten.

»Herr Schmidt, die Beantwortung der Frage ist wichtig!«, mahnte Hauer.

»Da war der Brief«, sagte Schmidt leise.

»Bitte wiederholen Sie das noch mal so, dass es die anderen Anwesenden auch verstehen können.«

»Da war der Brief!«

Röder machte sich eine Notiz. Diese Wendung in dem Fall war neu.

»Was für ein Brief war das, der Sie so aufwühlte, dass Sie ihn anzünden wollten?«

Schmidt zögerte wieder.

»Herr Schmidt, Sie haben jetzt die Gelegenheit, reinen Tisch zu machen.«

»Ein Brief. Ein Brief von einer Frau«, stammelte der Angeklagte. Dessen Verteidiger zuckte merklich. Er war in die neue Strategie seines Mandanten offensichtlich nicht eingeweiht.

Hauer war froh, dass Frau Reiser nicht mehr anwesend war. Sie hätten sicher noch mehr Geschrei ertragen müssen. »Der Brief war also nicht von Frau Reiser?«, hakte Hauer nach.

Schmidt nahm wohl seinen ganzen Mut zusammen, denn als er sprach, klang seine Stimme fest und fast erleichtert: »Ja, der Brief war von einer anderen Frau.«

Für einen Moment standen im Sitzungssaal die Uhren still. Das waren Dramen, wie sie die paar unentwegten Zuschauer hören mochten. Auch Hauer runzelte die Stirn und forderte den Angeklagten auf, den weiteren Verlauf der Geschichte zu erzählen.

Schmidt wollte einen großen Fleck Schminke aus den Polstern waschen, den seine neue Flamme dort hinterlassen hatte, bevor es die Eigentümerin des Fahrzeugs bemerken konnte. Nach getaner Arbeit las er noch einmal den Brief seiner neuen Muse, den er in seiner Jackentasche mit sich herumtrug. In einem Anfall von Reue und Sentimentalität hielt er ein Feuerzeug an den Brief, verbrannte sich die Finger und ließ das brennende Papier fallen, wodurch das auf dem Beifahrersitz üppig verwendete Benzin Feuer fing. Er selbst trug nur ein paar versengte Haare davon, als er das Auto fluchtartig verließ.

Schmidt rief über sein Handy die Feuerwehr und versuchte noch, den Brand mit Rindenmulch aus der Grünanlage zu löschen. Erfolg war ihm natürlich nicht beschieden, das Fahrzeug brannte innerhalb weniger Minuten vollständig aus, und die beiden Fahrzeuge daneben wurden erheblich beschädigt. Die Feuerwehr konnte Schlimmeres verhindern.

Damit war die Sache eigentlich klar. Der Angeklagte hatte gestanden und endlich ein schlüssiges Motiv angeführt. Natürlich wurden noch die Zeugen vernommen, um das Ausmaß der Gefährdung und des Schadens abschätzen zu können, aber das war reine Formsache. Bis Mittag würden sie fertig sein. Das freute Röder, denn er verspürte Hunger. Frau Reiser giftete noch einmal heftig aus dem Zeugenstand, während Schmidt mit eingezogenem Kopf auf der Sünderbank saß.

Bei der Beweisaufnahme zeigte der ermittelnde Polizeibeamte

Fotos von einem verkohlten Schrotthaufen, und ein Sachverständiger schätzte den Schaden.

In seinem Plädoyer verlangte Röder eine saftige Geldstrafe, wohl wissend, dass der Anwalt auf die Tränendrüse drücken würde. Das tat dieser dann auch. Davon abgesehen plädierte Röder aber auf eine milde Strafe, weil Schmidt vorher nie auffällig geworden war und die besondere Gefühlssituation des Angeklagten mildernde Umstände verlangte. Hauer verknackte ihn schließlich zu zweihundert Tagessätzen à vierzig Euro Geldstrafe. Er begründete das Urteil damit, dass der Angeklagte gestanden und Reue gezeigt habe und nur fahrlässige Brandstiftung vorliege.

Hauer hatte wohl einen guten Tag, denn Röder kannte ihn auch ganz anders. Einzig seine Bemerkung über einen der dämlichsten Fälle der letzten Jahre ließ erahnen, dass er mit diesem Dappschädel aus Mitleid gnädig umging.

Röder selbst war nicht unzufrieden mit dem Urteil, denn auch ihm tat Schmidt irgendwie leid. Ein Mensch, dem offensichtlich das Pech an den Füßen klebte und der es wohl auch nicht schaffte, die richtige Frau zu finden. Er schob seine Unterlagen zusammen, freute sich auf das Mittagessen mit seinem alten Studienkollegen und überlegte, ob er sich den Nachmittag freinehmen sollte, um die neuen Laufschuhe auszuprobieren.

Röder und Hauer fuhren nach Geinsheim ins »Kästel«, eine rustikale Kneipe mit angeschlossener Metzgerei. Deshalb waren die pfälzischen Spezialitäten immer frisch und die Portionen riesig. Sie bestellten sich beide eine Hausmacher-Schlachtplatte und dazu einen guten Riesling.

»Diese Cholesterinbomben bringen mich noch mal um«, sagte Hauer mit hochrotem Gesicht.

»Du musst mehr Sport machen. Du warst doch immer ein guter Fußballspieler, wärst beinahe Profi geworden.«

Sie plauderten über Sport und ihre gemeinsame Zeit in der Bonner WG und kamen nach einer Weile wieder auf die Verhandlung zu sprechen.

»Der Schmidt ist vielleicht ein Dappschädel. Kannst du dich in deiner ganzen Laufbahn an so einen bescheuerten Fall erinnern?«, fragte Hauer.

»Nein, der Mann ist ganz schön abgestürzt. Wahrscheinlich der Alkohol. Aber sicher war er nicht immer so. Der muss früher mal ordentlich Geld verdient haben. Er hatte eine eigene Werkstatt mit mehreren Angestellten. Irgendwann ist seine Frau weggelaufen, und er hat angefangen zu saufen. Es folgte die übliche Geschichte: Job weg, Geld weg. Danach hat er sich mit Gelegenheitsarbeiten über Wasser gehalten.«

»Ja, er hat wohl irgendjemandem geholfen, Oldtimer zu restaurieren«, sagte Hauer.

»Habe ich dir schon erzählt, dass ich mit einem Freund die Vino Miglia mitfahren will?«, wechselte Röder auf dieses Stichwort hin das Thema.

»Das kann doch nur der Hellinger sein, mit dem du so etwas ausheckst. Erinnerst du dich noch, wie der uns in Bonn besucht hat? Mit dem Lieferwagen voll Wein ist er angefahren gekommen. Wir haben spontan eine ziemlich große Fete veranstaltet, wegen der wir nur deshalb keinen Ärger bekamen, weil wir das ganze Haus eingeladen hatten. Wein war ja genug da.«

Röder konnte sich noch gut daran erinnern, besonders deshalb, weil Hauer im Treppenhaus übernachtet und Hellinger bequem in dessen Bett geschlafen hatte, allerdings nicht allein. Am Morgen war Hauer dann ausgetickt, aber gegen den athletischen Hellinger konnte er nicht viel ausrichten.

Hauer seufzte. »So eine Oldtimerrallye würde ich auch gerne mal mitfahren, aber leider habe ich keinen mehr.«

»Ich wusste gar nicht, dass du überhaupt einen hattest«, meinte Röder.

»Ja, sogar etwas ganz Feines. Einen Triumph TR3, Baujahr 1957. Ich habe ihn erst kürzlich verkauft. Ich habe keinen Platz mehr.«

Röder nahm vielmehr an, dass Hauer Geld wegen seiner Scheidung brauchte. Alte Autos waren ein kostspieliges Hobby.

Nach dem Essen sprachen sie über die aktuelle Landespolitik und deren unbestreitbaren Einfluss auf die Justiz. Hauer war schon seit Langem politisch tätig und hatte beste Beziehungen nach Mainz. Als noch eine weitere Schorle geleert war, bezahlten sie schließlich. Sie verabschiedeten sich von der gut gelaunten Bedienung, die zum

Abschied noch einen Schnaps mit ihnen trank, und feixten über die Null-Komma-fünf-Promillegrenze in der Pfalz.

Röder fuhr direkt nach Hause. An Arbeiten und Laufen war nach der üppigen Mahlzeit und dem Alkohol nicht mehr zu denken, und den Spargel hatte er auch vergessen. Er parkte sein Auto auf dem Hof ihres herrschaftlichen Hauses. Es hatte vor langer Zeit einem Weinbaron gehört. Röder liebte das Haus, aber es standen schon wieder einige teure Reparaturen an. Das Dach musste neu eingedeckt und isoliert werden, und die Wasserleitungen waren marode. Er ging die Treppe hoch und überlegte, ob er kurz bei seiner Mutter vorbeisehen sollte. Sie war im Moment in einem einigermaßen stabilen Zustand, aber zum Arzt wollte sie immer noch nicht gehen. In lichten Momenten schämte sie sich ihrer schleichenden Demenz.

In der Wohnung dröhnte ihm Rammstein in voller Lautstärke entgegen. Felicitas liebte die Band martialisch. Marie-Claire lackierte sich die Fingernägel am Wohnzimmertisch. Der rosa Nagellack hatte einen Farbrand auf dem Tisch hinterlassen. Die kleine Laura war in ihrem Zimmer und kolorierte die Wunschliste für ihren Geburtstag. Irgendwelche Engel, die einen Hund auf die Erde brachten. Röder meinte, das Motiv schon an Weihnachten gesehen zu haben. Würde seiner kleinen Tochter ähnlich sehen, wenn sie ihn langsam weichkochen und dazu auf ihre sorgsam sortierten alten Bilder zurückgreifen würde. Keine seiner Töchter war so ordentlich wie Laura. Röder seufzte. Lange würde er dem Wunsch nach einem Haustier nicht mehr widerstehen können.

Manu saß im Arbeitszimmer am Computer und hatte ihre Brille auf, die sie nur ganz selten trug. Um sie herum stapelten sich Bücher, Zeitschriften und Ausdrucke.

»Du schreibst wieder?«, fragte Röder etwas ungeschickt.

Manu schaute ihn über ihre Brille hinweg an. »Das ist mein Beruf, verehrter Gatte.«

»Ich bin nur überrascht. Du hast seit Jahren nicht mehr geschrieben, und dann machst du heimlich die Pressearbeit für die Vino Miglia. Nun komm ich nach Hause und staune, dass du offensichtlich an etwas noch Größerem arbeitest. Ich freue mich.«

Manu hatte Journalismus und Geschichte studiert und ihr Volontariat bei der »Frankfurter Allgemeinen« gemacht. Sie hatte vornehmlich über politisch-geschichtliche Zusammenhänge berichtet. Sie war gut, hatte zwei Journalistenpreise gewonnen und dann alles wegen der Familie aufgegeben. Anfangs, als sie hierhergezogen waren, schrieb sie noch für das hiesige Provinzblatt. Eine Arbeit, die sie unterforderte und die sie gerne an den Nagel gehängt hatte, als die Kinder kamen.

Röder nahm sie von hinten in den Arm, doch sie beschwerte sich über seinen Alkoholatem, und er griff, um abzulenken, zu einer Ausgabe des »Spiegels«. »Du schreibst über die RAF?«

»Ja, du weißt doch, Sulger hat mich auf die Idee gebracht.«

»Zuerst wolltest du aber gar nicht.«

»Schon, aber jetzt mache ich es doch. In den vergangenen Monaten haben sich neue Erkenntnisse ergeben, weil einige der damaligen Terroristen geplaudert haben. Der Boock zum Beispiel will wissen, wer tatsächlich auf den Buback geschossen hat.«

»Man wollte ihn sogar in Beugehaft nehmen, damit er redet. Über was schreibst du genau?«

Manu wühlte in den Papieren und hielt ihm einen Zeitungsausschnitt hin. »Das ist ein Artikel über die Arbeit, die Sulgers Doktorand verfasst hat. Sehr interessant. Darin geht es um die zweite Generation der RAF. Er fragt, wo die Spinner ihr Geld herhatten. Er hat nachgerechnet und festgestellt, dass für deren Unternehmungen mehr Geld notwendig gewesen war, als sie hinterher in den Verhandlungen zugegeben haben.«

»Ich dachte, die DDR hätte sie finanziell unterstützt.«

»Das ist wahrscheinlich nur die halbe Wahrheit. Und genau dieser Frage will ich nachgehen. Ich behandle aber nicht die dicken Fische wie Grams und Co, das hat der Doktorand schon gemacht. Mir geht es um die Unterstützerszene, da gibt es noch einiges auzuarbeiten.«

»Wow, da hast du dir aber ein ganz schönes Thema vorgenommen. Wo willst du die Story veröffentlichen?«

»Keine Ahnung«, antwortete Manu. »Das entscheide ich, wenn aus der Idee auch was geworden ist. Ich fahre jedenfalls demnächst zu Sulger und seinem Doktoranden nach Mannheim.«

»Ich find's toll, dass du wieder schreibst«, sagte Röder und wollte seiner Frau einen Kuss geben, den sie jedoch verweigerte.

»Putz dir erst mal die Zähne.«

Der Rest der Woche verging wie im Flug, und Röder nahm seine Rolle als Coach für Schulz sehr ernst. Zusammen bewerteten sie die nach und nach eintreffenden Berichte der Spurensicherung und Gerichtsmedizin. Neue Erkenntnisse ergaben sich daraus nicht. Die Kriminalbeamten hatten immer noch keine Anhaltspunkte für einen möglichen Täter, geschweige denn ein Motiv. Schulz brüstete sich damit, dass er Steiner, den Leiter der Mordkommission, flottgemacht hatte, weil dieser mit den Ermittlungen auf der Stelle trat. Röder konnte eine gewisse Schadenfreude nicht unterdrücken. Er schätzte Steiner sehr, aber in der Vergangenheit hatte er so seine Probleme mit ihm gehabt.

***

Nach einem überwiegend ruhigen Wochenende – wenn man von dem einen oder anderen Zickenkrieg der heranwachsenden Töchter absah – machte Röder sich lustlos, aber gewissenhaft an die Abarbeitung der Aktenstapel auf seinem Schreibtisch. Manu hatte sich für dreizehn Uhr mit Professor Dr. Erich Sulger und seinem Postdoc verabredet. Sie war genau in der Zeit, parkte ihren Wagen auf dem Besucherparkplatz und schritt durch das Eingangsportal der ehrwürdigen Universität.

Das Büro des Professors war im alten kurfürstlichen Schloss untergebracht. Dort befanden sich die renommiertesten Lehrstühle. Das Schloss der Kurfürsten Karl Philipp und Karl Theodor war in den letzten Jahren aufwendig renoviert worden, nachdem es im Krieg fast vollständig zerstört und danach eher zweckmäßig wiederaufgebaut worden war. Der Aufwand hatte sich gelohnt: Das zweitgrößte Barockschloss in Europa nach Versailles war ein echtes Schmuckstück und wirkte durch die neue, originalgetreu nachgebildete Umzäunung noch eindrucksvoller.

Sie musste warten. Eine freundliche Sekretärin führte sie in Sulgers Allerheiligstes und brachte eine Tasse Kaffee, die Manu dankbar entgegennahm. Im Geiste ging sie noch mal alle Fragen durch, die sie stellen wollte. Sie hatte vor, den Faden dort aufzugreifen, wo der frischgebackene Doktor, Matthias Knecht, aufgehört hatte.

Nach etwa dreißig Minuten wurde Manu ungeduldig und überlegte, ob sie wieder gehen sollte. Sie hatte den Kaffee längst getrunken und sich ausgiebig im Büro umgesehen, als ein reichlich abgehetzter Professor Sulger zur Tür hereinkam.

»Hallo, Frau Röder, Sie müssen entschuldigen, aber ich kann Dr. Knecht nicht finden. Ohne ihn macht das Gespräch nicht viel Sinn.« Der Professor trug Freizeithosen mit aufgesetzten Taschen und einen modernen Pullover. Er wirkte sehr agil und sah trotz seines fortgeschrittenen Alters gut aus. Im Augenblick war er offenbar total durcheinander.

»Oh, und Sie meinen nicht, dass wir uns ohne Dr. Knecht unterhalten können?«

»Doch, selbstverständlich, aber Sie wollten doch mit Herrn Knecht über seine Doktorarbeit sprechen.«

»Auch, aber ich möchte noch etwas darüber hinausgehen. Mich interessiert vor allen Dingen die Finanzierung der zweiten Generation der RAF durch die Sympathisantenszene.«

Sulger räusperte sich. »Den Großteil des Geldes haben sich die Terroristen durch Banküberfälle selbst besorgt. Außerdem hat die DDR zumindest indirekt zum, sagen wir mal, Lebensunterhalt beigetragen. Es ist bekannt, dass ein linker Verlag von der DDR unterstützt wurde, der das Geld dann an die RAF weitergab.«

»Ja, aber es muss noch weitere Geldquellen gegeben haben, das vermutet doch auch Dr. Knecht.«

»Richtig, aber das sind alles nur Spekulationen.«

»Dr. Knecht hat bei Ihnen promoviert?«

»Ja, sicher.«

»Und Sie haben ihm diese Spekulationen bei der Bewertung durchgehen lassen?«

»Natürlich, er hat ja auch darauf hingewiesen, dass er keine Beweise hat. So eine Äußerung kann er als Interpretation seiner Daten schon stehen lassen, zumal die Möglichkeit nicht ganz auszuschließen ist.« Sulger machte eine kurze Pause. »So, jetzt versuche ich noch mal, Dr. Knecht anzurufen. Irgendwo muss er doch sein. Er ist eigentlich sehr gewissenhaft.«

Dr. Knecht war jedoch noch immer nicht aufzufinden, und Sulger wurde immer nervöser. Es war offensichtlich, dass er Manu abwimmeln wollte. Aus irgendwelchen Gründen wollte er das Gespräch nicht ohne seinen wissenschaftlichen Mitarbeiter führen. Manu verabschiedete sich enttäuscht und trat auf den Ehrenhof des Schlosses. Der war nach der Zerstörung begrünt, wurde aber im Zuge der Renovierung wieder vollständig mit Natursteinen gepflastert.

Manu hörte Schritte hinter sich und drehte sich um. Eine zierliche junge Frau, kaum älter als ihre große Tochter, stand vor ihr.

Sie trug ein Kapuzenshirt, schien aber trotz der warmen Witterung zu frieren. »Sind Sie Frau Röder?«, fragte sie zögerlich.

Manu bejahte.

»Ist Ihr Mann der Staatsanwalt, der erst vor Kurzem diese schrecklichen Morde in der Pfalz aufgeklärt hat?«

Manu bejahte wieder, und die junge Frau atmete auf. »Es geht um Matthias, er ist seit Samstag verschwunden.«

»Ist Matthias Ihr Freund?«

»Nicht wirklich, aber ich mache mir Sorgen um ihn.«

»Warum denn?«

»Ich weiß es nicht. Aber ich habe das Gefühl, dass ihm irgendetwas Schlimmes passiert ist.« Sie blickte an der Fassade hoch und sagte schnell: »Ich muss jetzt gehen.«

Manu war ihrem Blick gefolgt, konnte aber nichts Besonderes erkennen. Sie glaubte, Sulger hinter einem der Fenster zu erkennen. Als sie sich wieder zu der jungen Frau umdrehen wollte, war die urplötzlich verschwunden, und Manu ärgerte sich, dass sie sie noch nicht mal nach ihrem Namen gefragt hatte.

Völlig frustriert über diesen Fehlschlag fuhr Manu nach Hause und deckte zusammen mit Marie-Claire den Tisch für das Abendessen. Sie überlegte, ob sie diese blöde Recherche nicht einfach sein lassen sollte. Als Röder zur Tür hereinkam – dieses Mal hatte er den Spargel nicht vergessen –, sprudelte sie ihren ganzen Frust heraus, bis sie merkte, dass auch er einen schlechten Tag gehabt hatte. Röder nahm seine Frau in den Arm. Gemeinsam bereiteten sie den Spargel zu und tranken dabei ein Glas des vorzüglichen Auxerrois.

Die Kinder waren gut gelaunt, räumten sogar freiwillig den Tisch ab. Röder vermutete schon, dass die drei etwas ausheckten, doch allem Anschein nach schien diese Sorge unbegründet zu sein. Jedenfalls wurden an diesem Abend keine Forderungen mehr gestellt oder unangenehme Nachrichten verkündet. Manu ließ ihn noch eine Flasche Wein öffnen, und sie blieben noch lange sitzen, bis sie schließlich eng umschlungen ins Bett fielen.

***

Am nächsten Tag wunderte sich Röder, dass Schulz nicht mehr zum Coachen kam. Er bearbeitete gelangweilt seine zweitklassigen Fälle und schob Dienst nach Vorschrift. Eine lange Kaffeepause am Morgen gehörte dazu. Wenn er mit der »Frankfurter« durch war, nahm er sich die lokalen Tageszeitungen vor, ohne sich mit dem politischen Teil aufzuhalten.

Röder führte gerade die zweite Tasse Kaffee an den Mund, als ihn der Aufmacher des Lokalteils vom »Mannheimer Morgen« aufschrecken ließ. Ein erheblicher Teil seines Kaffees schwappte auf sein Hemd. Röder fluchte und wischte mit einem Papiertaschentuch daran herum, während er den Artikel las.

Ein junger Mann war am Vortag tot aus dem Industriehafen gefischt worden. Ein Schleppverband hatte beim Manövrieren den beschwerten Plastiksack mit der Leiche vom Grund aufgewirbelt, sodass das ganze Paket in die Schiffsschraube geraten war. Vermutlich handelte es sich um einen seit Samstag verschwundenen Angestellten der Universität. Röder las die Nachricht zweimal, dann nahm er den Telefonhörer und wählte eine Mannheimer Nummer.

»Röder, Staatsanwaltschaft Frankenthal. Ich möchte Hauptkommissar Devries sprechen.« Es dauerte eine Weile, bis er den gewünschten Gesprächspartner an die Strippe bekam.

Devries war über Röders Interesse an dem Fall alles andere als erfreut, doch als Röder ihm von Manus gestrigem Erlebnis erzählte, fing der Kommissar Feuer.

»Passen Sie mal auf, Röder. Ihre Detektivspiele sind legendär, und ich brauche hier keine Verwicklungen. Andererseits haben Sie wohl so etwas wie das zweite Gesicht, wenn es um Ihre Fälle geht. Ihre Frau ist eine Zeugin, die muss ich sprechen. Und sie muss ja nicht alleine kommen, sie kann gerne eine Person ihres Vertrauens mitbringen.«

Röder konnte das Grinsen seines Gesprächspartners förmlich hören.

»Treffen könnten wir uns in Heidelberg, in der Rechtsmedizin, da ist die arme Sau nämlich hingeliefert worden. Es passiert schon mal, dass ich die Zeugen verwechsle und an den falschen Ort bestelle. Außerdem muss immer ein Staatsanwalt bei der Leichenöffnung dabei sein. Sie sind zwar keiner aus Baden-Württemberg, aber meiner schickt immer einen Vertreter seiner Hilfsbehörde, nämlich mich. Wenn Sie mitgehen, kann ich mich endlich mal so richtig an Ihrer Gilde rächen.«

Röder war total überrascht und fürchtete fast, dass an dieser Einladung etwas faul war. Doch schließlich überwog seine Neugier. Bei einer Obduktion war er schon lange nicht mehr dabei gewesen. Er schickte auch immer die Polizei vor, hatte sich über die Sichtweise der Polizeibeamten aber nie Gedanken gemacht. Er würde das nächste Mal mit Genugtuung daran denken, wenn er Steiner zur Rechtsmedizin schickte. Was Manu betraf, so musste er nicht viel Überzeugungsarbeit leisten. Sie freute sich über einen Shoppingtag in Heidelberg und sträubte sich nur bei dem Gedanken, sich in der Rechtsmedizin treffen zu müssen. Röder beruhigte sie. Er würde allein reingehen. Devries konnte sie auch noch später treffen.

***

Mit guter Laune fuhren sie am nächsten Morgen nach Heidelberg und parkten den erst kürzlich lackierten alten Mercedes in einem Parkhaus in der Nähe der Theodor-Heuss-Brücke. Als Beamter im gehobenen juristischen Dienst war Röder niemandem Rechenschaft über seine Arbeitszeiten schuldig. Er hatte sich aber telefonisch wegen eines auswärtigen Termins abgemeldet.

Die rechtsmedizinische Klinik befand sich in der Voßstraße, in einem unscheinbaren Gebäude, das eher an eine alte Schule als an einen Tempel der Verbrechensbekämpfung erinnerte. Mit einem Kuss verabschiedete sich Manu und ging schnellen Schrittes Richtung Innenstadt. Sie wollten sich gegen Mittag im »Café Eckstein« treffen, denn so eine Obduktion dauerte etwa vier Stunden. Röder blickte seiner Frau noch kurz nach und freute sich über ihren äußerst attraktiven Anblick. Das waren Momente, in denen er sich immer wieder neu verliebte.

Röder traf Devries im Obduktionssaal an. Der Gerichtsmediziner, ein Dr. Huang-Nyo, hatte bereits mit der Besichtigung der entkleideten Leiche begonnen. Sein riesiger Gehilfe reinigte mit einem merkwürdigen Maniküreweerkzeug die Fingernägel des Toten und ließ die Brösel jedes Fingers in einer separaten kleinen Plastiktüte verschwinden. »Hautpartikel und Fasern«, kommentierte er.

Die zierliche Leiche lag auf der dunkel schimmernden Platte des Sektionstisches. Zwei Zahlen, 1,68 und 64,3, waren mit schwarzem Permanentmarker auf den rechten Oberschenkel geschrieben worden. Größe und Gewicht, die letzten persönlichen Daten des Mannes.

Dr. Huang-Nyo sprach mit einem etwas eigenwilligen Akzent in ein drahtloses Headset, das offenbar mit einem Computer verbunden war. Auf dem Gerät war eine speziell auf medizinische Fachausdrücke getrimmte Spracherkennungssoftware installiert. So gut schien das System allerdings noch nicht zu funktionieren. Dr. Huang-Nyo schielte immer mit einem Auge zum Monitor und sprach von »notwendiger Kalibrierung«.

»Diktat an. Deutlich erkennbare, schmale Drosselmarke – Dros-sel-mar-ke – unterhalb des Kehlkopfvorsprungs. Offensichtlich hochgradige Stauung von Gesicht und Hals.«

Röder atmete tief ein, was bei dem durchdringenden Geruch der Leiche ausgesprochen unangenehm war. Der vom Wasser aufgeschwemmte Körper, der zum Greifen nahe auf dem Seziertisch lag, wies riesige schwarze Wunden auf.

»... postmortale Verletzungen, vermutlich verursacht durch Schiffspropeller. – Schiffspropeller, Schiffspropeller! Gibt's das in deinem Wortschatz nicht? Diktat aus, nein, Diktat an!«

Der Gerichtmediziner korrigierte die Eingaben manuell, wobei er mit seinen glitschigen Einweghandschuhen blutige Spuren auf der Tastatur hinterließ. Währenddessen erklärte er, dass er an einem Pilotprojekt zur Steigerung der Effizienz bei Leichenöffnungen teilnahm. Röder und Devries schauten sich an und konnten sich ein Lächeln nicht verkneifen.

Dr. Huang-Nyo schloss den Absatz mit einer gesprochenen Eingabe: »Streifenlichttopometrie empfohlen.«

Nach einigen weiteren gerichtsmedizinischen Feststellungen zur Beschaffenheit der Wunden drehte sein Gehilfe den Körper auf den Bauch, und der Arzt fuhr mit seiner Begutachtung fort. Er untersuchte den Analring und stutzte. Der Gehilfe kam herangeschlurft und nickte bloß. Röder war sich sicher, dass der Mann Igor hieß und früher einen Dienstherrn in den Karpaten gehabt hatte.

»Einrisse im Analbereich. Abstrich entnommen«, diktierte der Rechtmediziner ungerührt und hantierte mit einem langen sterilen Wattestäbchen.

Igor, der, wie sich kurz danach herausstellte, Otto hieß, karrte eine Apparatur auf einem Ständer herbei, die er über der Leiche positionierte. Streifenlichtprojektoren dienten dazu, eine möglichst exakte Darstellung der Wunden zu liefern. Das war eine hilfreiche Methode, genaue Aufschlüsse über die Art der Verletzungen zu erhalten, besonders in so einem Fall, wo Verletzungen durch postmortale Traumata überlagert waren. Der Raum wurde abgedunkelt, und das System projizierte verschiedene Streifenmuster auf den Körper, die mit Hilfe der dazugehörigen Kamera in ein plastisches Abbild auf dem Computer umgewandelt wurden. Auf dem Bildschirm erschien der Körper des Toten in einem gespenstischen Weiß, wobei die Verletzungen in grausamem Rot hervorgehoben wurden.

Schließlich begannen die Rechtsmediziner mit der inneren Besichtigung, und Röder musste würgen. Devries blickte ihn spöttisch an. Der Kriminalbeamte schien sich wirklich auf seine Kosten rächen zu wollen. Mit einem geübten Schnitt skalpierte Huang-Nyo die Leiche und zog die Gesichtshaut herunter. Otto nahm eine Handsäge aus Edelstahl zur Hand.

»Otto ist der geschickteste Handwerker hier im Institut«, kommentierte Huang-Nyo die Arbeit seines Gehilfen. »Ich wüsste nicht, was ich ohne ihn machen sollte.« Mit einem vulgären Ausruf beendete er sein Lob, als er den verhunzten Absatz auf dem Bildschirm entdeckte. Er hatte das Diktat nicht ordnungsgemäß beendet.

»Doktor, das müssen Sie noch lernen. Sie können mich nicht bauchpinseln, ohne dass es in die Akten kommt. Früher ging das vielleicht, aber in Zeiten der Spracherkennung geht es nicht mehr.«

Dr. Huang-Nyo ärgerte sich gewaltig und hinterließ noch mehr Blutspuren auf den Tasten.

Röder hielt es in dem Horrorkabinett nicht mehr aus, er musste an die frische Luft. Devries folgte ihm, immer noch mit einem Lächeln auf den Lippen.

»Starker Tobak, was?«, fragte er und holte ein Päckchen Schwarzer Krauser aus der Tasche. »Ich rauche normal nicht, aber wenn ich zu einer Obduktion gehe, dann gibt's nichts Besseres, um die bösen Geister und die Gerüche zu vertreiben. Wollen Sie auch eine?«

Röder, der in einer Stresssituation vor zwei Jahren das letzte Mal geraucht hatte, griff zu.

»Zigarettendrehen ist wie Fahrradfahren, das verlernt man nicht«, sagte er, als er endlich seine zittrigen Hände unter Kontrolle gebracht hatte. Vor ihnen fuhr ein tief liegender holländischer Frachter mit einer Ladung Kohle flussaufwärts.

»Was, meinen Sie, ist dem jungen Kerl zugestoßen?«, fragte Röder.

»Könnte ein Lustmord gewesen sein. Er hat eine zierliche, knabenhafte Figur. Außerdem wurde er im Industriehafen gefunden, der Straßenstrich ist gleich um die Ecke.«

»Sie glauben, ein Doktor der Geschichte geht auf den Strich?«

Devries zuckte mit den Schultern. »Ich hab schon alles erlebt.«

Sie zogen noch einmal an den starken Zigaretten und drückten die Kippen in einen überquellenden, mit Sand gefüllten Aschenbecher. Röder war sich nicht sicher, ob der Tabak das Richtige für seinen Magen gewesen war. Ihm war schwindelig, aber der üble Geruch war tatsächlich verscheucht. Als sie wieder reingingen, warnte ihn Devries, dass das Schlimmste noch kommen würde.

Eine Sektion hatte sich stets auf die Öffnung aller drei Körperhöhlen zu erstrecken. Die beiden Rechtsmediziner hatten das Gehirn in etwa zentimeterdicke Scheiben geschnitten und auch schon die Halsorgane herauspräpariert. Dr. Huang-Nyo hielt sie gegen das Licht und ließ sie durch die Finger gleiten. Am Hals der Leiche prangte ein riesiger Schnitt, der mit Klammern auseinandergespreizt wurde.

»Deutliche Einblutungen, ja, Einblutungen, in die Halsweichteile«, diktierte Huang-Nyo genervt in sein Headset und machte sich mit Otto an die Untersuchung der Brusthöhle. Nach einem geübten Schnitt in die Seite der Leiche schob er Haut und Muskeln beiseite, und der Sektionsgehilfe füllte ordinäres Wasser in die entstandene Hauttasche. Huang-Nyo machte weitere Schnitte mit dem Skalpell, während Blasen in der Wasserpfütze emporstiegen.

»Diktat an. Vorliegen eines ausgeprägten Pneumothorax. Pneu-mo-tho-rax.« Er musste die Silben noch mal wiederholen, bevor das System das Wort richtig erkannte.

»Scheißtechnik!«

Auf dem Bildschirm erschien das Wort »Schweißtechnik«, und Dr. Huang-Nyo fluchte noch lauter. Otto fingerte währenddessen an einem Gerät herum, das wie eine überdimensionale Geflügelschere aussah. Wieder ein geübter Schnitt mit dem Skalpell, und schon schnippelte Otto mit der Rippenschere quer durch das Brustbein nach oben. Diesmal hatte sogar Devries den Blick abgewendet.

Ein Organ nach dem anderen wurde herausgeschnitten und gewogen. Dann wurden Proben davon entnommen. Eine ganze Reihe von Gläsern mit Präparaten sammelte sich auf dem Laborwagen, während Dr. Huang-Nyo immer wieder mit der Technik kämpfte. Als die Rechtsmediziner auch noch die Bauchhöhle aufschnitten und verschiedene Organe mit ruckartigen Handgriffen lösten, fand Röder, dass er jetzt genug gesehen hatte, und verließ den Saal. Devries schien der gleichen Meinung zu sein, denn er stand wenig später leichenblass neben Röder auf der Terrasse und bot ihm einen selbst gedrehten Sargnagel an.

Sie blickten den Schiffen nach. »Ich werde mich nie dran gewöhnen, auch wenn ich es mir jedes Mal vorher einrede. Ich verstehe nicht, wie es die Typen da drin immer wieder schaffen.«

Röder sagte nichts, aber er nickte langsam und ließ den Rauch durch die Nase entweichen, um den Geruchssinn zu betäuben. Nach einer Weile gesellte sich Otto zu ihnen und lächelte. »Wie geht es Ihnen?«, fragte er einfühlsam und freute sich über das Angebot von Devries, sich eine Zigarette zu drehen.

Röder staunte über den Mann mit seinem östlichen Akzent und dem grobschlächtigen Äußeren. Dazu passten überhaupt nicht sein leiser, melodischer Tonfall, sein offenes, freundliches Lächeln und das offensichtlich ausgeprägte feinmotorische Geschick.

»Stimmt es, dass der junge Mann für Professor Sulger gearbeitet hat?«, fragte Otto nach einem tiefen Lungenzug.

»Ja, warum?«, antwortete Devries.

»Mir ist so ein Gedanke gekommen.«

»Was meinen Sie?«, forderte Devries Otto zum Sprechen auf.

»Ich weiß nicht, ob's wichtig ist, und Sie wissen es vielleicht schon selbst. Die Obduktion zeigt, dass der junge Mann vor seinem Tod ziemlich sicher homosexuellen Geschlechtsverkehr hatte.«

Röder und Devries nickten, sie hatten ja selbst darüber spekuliert und die Möglichkeit eines Lustmords diskutiert.

»Meinen Sie, dass es gewaltsam war?«, wollte Röder wissen.

»Schwer zu sagen, aber nicht auszuschließen. Wir müssen seine ganzen Verletzungen auswerten und dann interpretieren. Außerdem müssen wir auf die Laborergebnisse warten, damit wir unter anderem auch wissen, was unter seinen Fingernägeln war.«

Vor ihnen kreuzte ein Frachter mit holländischer Flagge flussabwärts, der mit Luxuswagen aus Neckarsulm beladen war. Auf dem Achterdeck standen zwei Kinder und winkten fröhlich. Die drei Männer winkten zurück, froh darüber, wenigstens kurz von ihrem hässlichen Thema abgelenkt zu werden.

»Die gehen nach Rotterdam und werden von dort in die ganze Welt verschifft«, bemerkte Otto beiläufig und zog an seiner Zigarette. »Ich denke, Sie sollten wissen, dass Professor Sulger homosexuell ist, und ich halte es nicht für ausgeschlossen, dass er etwas mit dem armen Kerl dahinten auf dem Tisch hatte.«

Röder und Devries staunten nicht schlecht. »Woher wissen Sie das?«, fragten sie unisono.

»Meine Tochter studiert in Mannheim an der Uni. Sie hat eine Weile in einer Studenten-WG gelebt, und einer ihrer Mitbewohner hatte ein Verhältnis mit Sulger, was rausgekommen ist. Das gab einen riesigen Krach an der Uni, aber man konnte Sulger keine Begünstigung oder gar den Missbrauch abhängiger Personen nachweisen, und so ist das alles im Sand verlaufen.«

»Da werden wir den Professor wohl mal zur DNA-Probe schicken müssen«, meinte Devries.

Schweigend rauchten sie zu Ende und gingen in den Sektionssaal zurück. Dort schlug Dr. Huang-Nyo wütend auf den Computer ein und schimpfte lautstark: »Du Gurke, gib mir die Datei zurück!«

Otto wollte vor dem Mittagessen noch seine Arbeit beenden und stopfte eilig die Ausgabe der »Rhein-Neckar-Zeitung« vom Vortag in den Schädel des Opfers, bevor er ihn wieder einigermaßen zusammenpuzzelte und mit großen Stichen zunähte.

»Man merkt, dass der Mann gebildet war«, entfuhr es Devries. »Selbst nach dem Tod hat er noch Sachen zum Lesen im Kopf.«

Der Doktor und Otto lächelten müde, sie kannten alle Witze aus der Gerichtsmedizin. Röder drehte es fast den Magen um.

»Der Junge wurde erwürgt und war schon tot, bevor er verpackt und ins Wasser geworfen wurde. Das Mordwerkzeug war ein dünnes Seil, möglicherweise eine Gitarrensaite oder was Ähnliches«, sagte Dr. Huang-Nyo und suchte in einem Berg von Papieren das Formular für den vereinfachten Obduktionsbericht.

»Eine Garrotte?«, wollte Röder wissen.

»Vielleicht. Dazu werden wir die Fotos der Druckstellen auswerten und mit unseren Horroralben vergleichen.«

Otto verstaute derweil das in Scheiben geschnittene Hirn im Brustkorb der Leiche und begann pfeifend, die klaffende Wunde zuzunähen.

»Wie lange ist er tot?«

»Im Wasser liegt er seit Samstag. Umgebracht wurde er vermutlich am frühen Morgen.«

»Danke, Doktor«, sagte Röder.

Devries ließ sich noch ein steriles Wattestäbchen in einem Plastikröhrchen geben. Dann verabschiedete er sich und machte sich mit Röder auf den Weg nach Mannheim.

Sie verließen Heidelberg in Devries' Dienstwagen auf der Bundesstraße 37, die das südliche Neckarufer begrenzte und im Stadtteil Bergheim in die Autobahn zwischen Heidelberg und Mannheim überging. Von dort riefen sie im Büro von Sulger an und hatten Glück. Der Herr Professor war gerade aus der Mittagspause zurück und hatte ein wenig Zeit, bevor die Vorlesungen am Nachmittag weitergingen. Er fragte nicht nach dem Grund des Besuches.

Ingesamt dauerte die Fahrt etwa zwanzig Minuten, die sie schweigend verbrachten. Auf dem kleinen Parkplatz gegenüber dem Carl-Theodor-Platz, der nur für das Universitätsmanagement vorbehalten war, parkte Devries das Fahrzeug.

Sulger war im Büro und bot Kaffee an, was Röder und auch Devries ablehnten. Der Professor sah zerknittert aus, seine Kleider wirkten, als hätte er darin geschlafen. Selbst Sulgers Stimme klang müde.

»Es ist so schrecklich, was mit Dr. Knecht passiert ist. Haben Sie etwas Neues? Haben Sie eine Spur? Ich würde Ihnen gerne helfen.«

»Genau deswegen sind wir hier, Herr Sulger«, antwortete Devries, der sich aus akademischen Titeln nichts machte, und fiel gleich mit der Tür ins Haus: »In welchem Verhältnis standen Sie zu Herrn Knecht?«

»Wie meinen Sie das?«

»Nun, es stimmt doch, dass Sie Büro und Bett mit ihm teilten?«

Sulger wirkte plötzlich noch blasser. »Woher wissen Sie das? Dafür haben Sie keinen Beweis.«

»Noch nicht, aber den werden wir kriegen, verlassen Sie sich darauf.« Er kramte das Plastikröhrchen hervor und zog das Wattestäbchen heraus. »Sie haben zwei Möglichkeiten. Entweder Sie geben uns freiwillig Ihren Speichel, oder ich besorge mir Ihre Spucke mit einer richterlichen Verfügung, verbunden mit einem längeren Besuch im Präsidium. Ganz, wie Sie wollen.«

»Ich habe Dr. Knecht nicht umgebracht.«

»Das hat niemand behauptet. Tatsache ist, dass er für Sie gearbeitet hat und möglicherweise mehr als das. Es ist bekannt, dass Sie homosexuelle Neigungen haben, und Knecht hatte nicht lange vor seinem Tod Analverkehr.«

Sulger überlegte einen Moment, dann sagte er ruhig: »Also gut. Dr. Knecht und ich hatten ein Verhältnis, aber er stand in keiner Abhängigkeit zu mir. Er arbeitete vollkommen autark hier am Lehrstuhl.« Röder und Devries schauten den Professor skeptisch an. »Das müssen Sie mir glauben«, bekräftigte Sulger.

»Bitte erklären Sie uns genau Ihr Verhältnis zu Herrn Knecht. Lebten Sie zusammen?«

»Nein, wir hatten ein lockeres Verhältnis miteinander. Gelegentlich trafen wir uns. Das war alles. Er war ein netter Kerl, aber wir lebten nicht zusammen.«

»Wann haben Sie ihn das letzte Mal gesehen?«, fragte Röder, der nicht einfach nur so dasitzen konnte. Devries schien es nicht zu stören.

»Freitagabend. Wir sind zusammen essen gegangen.«

»Und danach? Was haben Sie nach dem Essengehen gemacht?«

»Das geht Sie nichts an!«, rief Sulger aus.

»Und ob uns das was angeht.« Devries streckte dem Professor das Wattestäbchen hin. »Wie gesagt. Es ist noch freiwillig. Reiben Sie das Ding ein paar Mal über die Innenseite ihrer Wange. Als wenn Sie Zähne putzen würden.«

Sulger nahm das Wattestäbchen und folgte der Anweisung. »Okay, wir sind danach noch zu mir gefahren«, nuschelte er.

»Was geschah bei Ihnen zu Hause?«

»Mein Gott, das können Sie sich doch denken!«

»Haben Sie mit Ihrem Mitarbeiter, Herrn Knecht, Geschlechtsverkehr gehabt?«

»Ja, verdammt noch mal, das habe ich! Sind Sie jetzt endlich befriedigt? Macht Ihnen das Spaß?«, schimpfte Sulger.

Devries ging nicht darauf ein. »Haben Sie mit Ihrem Freund irgendwelche Spielchen gemacht? So ein bisschen Bondage vielleicht?«

Sulger pfefferte das Wattestäbchen wütend auf den Boden. Die Probe war jetzt unbrauchbar. »Sie perverses Schwein!«, brüllte er.

»Beantworten Sie nur meine Fragen. Haben Sie ihn gefesselt oder andere Praktiken angewandt?«

»Nein, verdammt noch mal!«

Devries machte eine Pause und blickte auf den heftig atmenden und hochroten Sulger. »Matthias Knecht wurde erdrosselt«, sagte er schließlich.

»Mein Gott.« Sulger sank auf den Stuhl zurück. »Ich war's nicht. Bei Gott, ich schwör's. Ich war's nicht. Ich mochte ihn sehr. Ich hätte ihm nichts antun können. Wir waren bis etwa halb eins zusammen, dann fuhr er nach Hause.«

»Wo waren Sie, nachdem Knecht nach Hause gegangen war?«

»Ich bin schlafen gegangen.«

Devries nickte. »Haben Sie irgendwelche Zeugen?«

Sulger zögerte, schüttelte aber dann den Kopf. »Nein.«

»Herr Sulger, ich nehme Sie gemäß Paragraph 127 Absatz 2 der Strafprozessordnung fest, weil gegen Sie der dringende Tatverdacht vorliegt, am gewaltsamen Tod von Mathias Knecht beteiligt gewesen zu sein. Ich gehe davon aus, dass Sie mir freiwillig aufs Präsidium folgen werden und ich keine Verstärkung anfordern muss.«

Sulgers Gesichtsfarbe wechselte wieder auf blass, aber er weigerte sich nicht. Er bat darum, auf dem Weg nach draußen im Sekretariat Bescheid sagen zu dürfen, damit seine Vorlesungen am Nachmittag abgesagt werden konnten. Zu dritt verließen sie die Universität.

Röder war leicht angefressen, als Devries ihm mitteilte, dass er keinesfalls auf das Präsidium mitkommen konnte, aber er verstand, warum. Als rheinland-pfälzischer Staatsanwalt hatte er hier in Baden-Württemberg nichts zu suchen.

»Ihre Frau werde ich auch ein andermal sprechen. Am besten machen wir das mal abends, bei uns zu Hause, dann lernen wir uns endlich kennen. Meine Frau macht hervorragende Pasta.«

Röder wusste, dass Devries' Frau Italienerin war. Im selben Moment fiel ihm ein, dass Manu noch in Heidelberg auf ihn wartete. Die Uhr zeigte halb drei an. Er hatte sich mit Manu zwischen zwölf und eins im Café Eckstein treffen wollen. Das hatte er voll verschwitzt. Devries war kaum mit seinem Verdächtigen abgefahren, als er schon Manus Handy anwählte, aber sie meldete sich nicht. Er hatte drei Nachrichten von ihr auf seiner Sprachbox.

»Verdammt«, entfuhr es Röder, und er lief schnellen Schrittes durch die Otto-Selz-Straße und die Schlossgartenstraße zum Hauptbahnhof. Hier standen noch einige sehr schöne Jugendstilhäuser, die den Krieg weitgehend unbeschadet überstanden hatten, aber Röder würdigte sie keines Blickes. Er erwischte die S-Bahn und war keine zwanzig Minuten später in Heidelberg. Unterwegs versuchte er noch einige Male, Manu zu erreichen, aber sie meldete sich immer noch nicht.

»Ah, mein Mann. Und ich dachte schon, er sei bei einer seiner Leichen geblieben.« Manu lächelte, konnte Röder aber nicht mehr gerade in die Augen schauen. »Kennst du noch Ronny? Er war mal der Freund von Silvia.«

Röder kannte Ronny nicht mehr, aber er setzte sich noch kurz dazu, hörte seine albernen Geschichten und trank ein Bier. Zum Glück wusste Manu um ihren leicht beschickertem Zustand und wollte bald nach Hause.

***

Am nächsten Morgen wollte Manu nicht aufstehen, und Röder brachte ihr eine Tasse Kaffee, ein Glas Wasser und zwei Aspirin ans Bett, nachdem er die Kinder in die Schule geschickt hatte.

»Dass du mich heute aber nicht wieder sitzen lässt«, sagte Manu, als sie an ihrem Kaffee schlürfte. »Vergiss nicht, dass ich nach Deidesheim muss und du mitgehen wolltest.«

Röder hatte Manu versprochen, sie in das Steigenberger Hotel in Deidesheim zu begleiten. Sie würden dort das Organisationsteam treffen, um den letzten Stand der Vorbereitungen zu besprechen. Vor dem Start der Rallye in der kommenden Woche sollte Manu noch eine letzte Pressemitteilung schreiben.

Er versprach, pünktlich zu sein, und fuhr zu seiner Dienststelle in Frankenthal. Schulz begegnete ihm auf dem Flur, und Röder fragte nach dem Stand der Ermittlungen im Mordfall Lorenz. Er bot ihm außerdem eine Coaching-Session an.

»Ich komme schon alleine zurecht«, meinte Schulz abweisend, und Röder ärgerte sich über die Arroganz des Jünglings.

In seinem Büro warf er seine Aktentasche in die Ecke. »Soll er doch gucken, wo er bleibt«, sagte er böse.

In den nächsten Minuten lief er unruhig im Zimmer auf und ab, weil ihn der Mord an Knecht beschäftigte. Irgendetwas stimmte nicht, das konnte er förmlich spüren. Nach einer Weile Grübeln kam ihm plötzlich eine Eingebung: Alles, was in letzter Zeit geschah, hatte irgendetwas mit Oldtimern zu tun. Hellinger, der die Vino Miglia organisierte. Lorenz, der in einem Oldtimer starb. Sulger, ein bekennender Oldtimer-Fan und Verdächtiger im Mordfall Knecht. Sogar Hauer, dem Röder nun beileibe nicht jeden Tag begegnete, hatte bis vor Kurzem selbst ein historisches Fahrzeug besessen.

Derart abgelenkt, dachte Röder nicht mehr an den Aktenstapel auf seinem Schreibtisch. Er erledigte nur die notwendigsten Arbeiten und recherchierte danach mehrere Stunden im Internet. Als er am Abend pünktlich nach Hause kam, wusste er fast alles über Oldtimer und Rallyes mit historischen Fahrzeugen.

Manu freute sich, dass Röder sie nicht vergessen hatte, und gemeinsamen fuhren sie nach Deidesheim.

Das Steigenberger Hotel lag etwas außerhalb der Ortschaft in Richtung Neustadt. Hier würde die Registrierung und historisch-technische Abnahme der Fahrzeuge erfolgen, bevor die Rallye in der Ortsmitte offiziell gestartet wurde. Die erste Etappe führte nach Aalen, weitere Tagesetappen endeten in Starnberg und Garmisch, bevor der Tross am Dienstag für zwei Tage in Bozen Station machte. Danach ging es über Sankt Moritz und den Schluchsee wieder zum Ausgangspunkt zurück.

Hellinger war offensichtlich schon vor ihnen eingetroffen, sein

BMW stand vor dem Hotel in erster Reihe. Das Fahrzeug hatte wahrscheinlich nie bessere Zeiten erlebt. Perfekt rausgeputzt strahlte es in vollem Glanz und wirkte fast schöner als bei der ersten Auslieferung.

Im Konferenzraum versammelte sich gerade die gesamte Mannschaft, über dreißig Personen. Im Laufe des Abends wurde noch einmal der gesamte Ablauf erläutert, und letzte offene Fragen wurden diskutiert. Viele Helfer erfuhren erst jetzt, mit wem sie ihre Reise antreten würden. Der Mediziner kam zu Wort und erklärte sein Alarmierungs- und Hilfekonzept. Die Zusammenarbeit zwischen den beiden Vorfahrzeugen und dem Schlussfahrzeug wurde ebenso diskutiert wie der Weinausschank, den die Pfalzwein-Werbung mit ihrer Frontfrau, der amtierenden pfälzischen Weinkönigin, schmeißen würde. Nur kurz wurde darüber gesprochen, dass Sulger, der federführende Planer der Sonderprüfungen, augenblicklich nicht zur Verfügung stand. Da er eng mit dem Fahrtleiter und dem Verantwortlichen für Zeitnahme und Auswertung zusammengearbeitet hatte, sah die Organisationsleitung darin kein großes Problem. Schließlich wurden noch die Hemden und Poloshirts der Veranstaltung präsentiert.

Manu hatte alle Informationen gesammelt, um die letzte Pressemitteilung zu schreiben, und die Organisationsleiter hatten ihr versprochen, weiteres Material und Fotos elektronisch zu schicken.

Damit endete der offizielle Teil des Abends, und das Team freute sich auf den gemütlichen Teil. Sie gingen in das nebenan liegende Restaurant und bestellten à la carte. Hellinger, der ausgewiesene Gourmet, dessen kulinarische Weinproben immer ein Höhepunkt im Weinjahr waren, bestellte sich ein profanes Rumpsteak »Pfälzer Art«, das man unter dem Berg gebratener Zwiebelringe wie die Nadel im Heuhaufen suchen musste. Dazu gab es Bratkartoffeln, einen Beilagensalat und zum Runterspülen die obligatorische Rieslingschorle. Röder bestellte das Gleiche. Manu schüttelte darüber nur den Kopf, denn die Küche des Hotels hatte durchaus ausgefallenere Gerichte zu bieten.

Draußen war es bereits dunkel geworden, und Hellinger überlegte laut, ob jetzt ein Mirabellenschnaps angebracht wäre. Er erntete von den meisten anwesenden Männern Zustimmung und ließ es sich nicht nehmen, die Runde auszugeben.

»Meine sehr verehrten Damen und Herren, ich erlaube mir, im Namen des Organisationsteams auf ein gutes Gelingen der Rallye anzustoßen.« Er hob das Glas, und die Anwesenden taten es ihm gleich. Auch jene, die kein alkoholisches Getränk hatten, griffen zu ihren Gläsern.

Genau in diesem Augenblick stürzte der livrierte Mann von der Rezeption an den Tisch. Er fuchtelte wild mit den Armen und schrie dermaßen aufgeregt, dass ihm die Stimme versagte und ihn erst mal niemand verstand. Einige klare Bruchstücke drangen schließlich durch. »… brennt. Das Auto brennt. Der alte BMW!« Hellinger reagierte als Erster. Er ließ sein Glas fallen und rannte aus dem Saal. Röder folgte.

Andere Restaurantgäste stürmten ebenfalls zum Ausgang, sodass Röder kaum durchkam. Als er den Parkplatz erreichte, sah er Hellinger fassungslos vor dem brennenden Auto stehen. Die rechte Hand hatte er am Kopf, die andere in die Hüfte gestützt. Mit glasigen Augen starrte er in die Flammen.

Röder rannte zurück, griff sich den Feuerlöscher, den er im Eingangsbereich gesehen hatte, und rannte zurück. »Hol noch einen!«, brüllte er den immer noch regungslosen Hellinger an. Er drückte den Auslöser und jagte die ganze Ladung in den Innenraum. Hellinger kam mit einem weiteren Löscher angerannt, der auch nötig war, denn aus dem Fußraum züngelten noch einige Flammen. Als diese ebenfalls unter dem weißen Schaum erstickt waren, schleuderte Hellinger seinen Feuerlöscher zur Seite und beschädigte dabei einen parkenden Audi an der Seite, als das Gerät über den Parkplatz schlitterte und erst an der Wagentür zum Liegen kam.

»Verfluchte Scheiße!«, brüllte Hellinger vollkommen außer sich, als er sich zudem noch die Hand an dem heißen Blech der Fahrertür verbrannte.

Das Fahrzeug bot einen traurigen Anblick. Der gesamte Innenraum war zerstört, das Leder verbrannt, das Lenkrad geschmolzen. Nur noch das stählerne Gerippe markierte die Stelle, an der einstmals der Fahrersitz gewesen war. Metallene Sprungfedern lugten durch den Löschschaum, vom Armaturenbrett war nichts mehr zu erkennen, die Windschutzscheibe geborsten, das Blech der Karosserie teilweise verzogen, und an vielen Stellen war die Lackierung schwarz verfärbt.

»Welches Arschloch war das?«, brüllte Hellinger.

Röder legte den Arm um seinen Freund und sagte beschwichtigend: »Mach langsam, vielleicht war's ja ein technischer Defekt.«

»Quatsch! Jemand hat mein Auto angezündet. Riechst du nicht das Benzin?«

Jetzt erst fiel Röder der eindeutige Geruch auf. Möglicherweise hatte wirklich jemand nachgeholfen. Er griff nach seinem Handy. Aus den Augenwinkeln konnte er die Feuerwehr erkennen, die die Zufahrt mit Blaulicht und Martinshorn heraufgebrettert kam. Dann wählte er eine Nummer aus dem Nummernspeicher, die Privatnummer von Steiner. Dessen Frau nahm den Anruf entgegen und behauptete, dass Steiner bei irgendwelchen Freunden sei. Röder hatte aber das Gefühl, dass Steiner im Hintergrund agierte und einfach nicht mit ihm sprechen wollte. Er ließ sich erst abwimmeln, als er das Versprechen erhalten hatte, dass Steiner ihn zurückrufen würde.

Er drückte die Austaste und bekam gerade noch mit, dass die Jungs von der Feuerwehr in ihrem Eifer mit einer riesigen Brechstange die Motorhaube aufbrechen wollten, um nachzusehen, ob sich dort noch ein Brandnest befand. Hellinger wurde beinahe handgreiflich, konnte weitere Gewalt an seinem Fahrzeug aber verhindern. Zum Glück war an keiner Stelle Rauch zu sehen oder Hitze zu verspüren. Er ging um das Wrack herum und begutachtete den Schaden, wobei ihm deutlich die Tränen in den Augen standen.

Röder schnappte sich den Mann, den er für den Truppführer hielt, weil er die Kommandos erteilte. »Mein Name ist Benedikt Röder«, stellte er sich vor. »Ich bin von Beruf Staatsanwalt und hier wegen eines privaten Treffens. Sie haben doch sicher schon viele Autobrände gesehen. Was, meinen Sie, ist passiert?«

»Isch pack's nett, Sie sinn de Staatsowald Röder, der wu bei uns in de Vorderpalz de berühmdeschde Detektiv is?« Der schnauzbärtige Feuerwehrmann sah ihn von oben bis unten an, und Röder fühlte sich auf den Arm genommen. »Nää ährlisch, isch hab's doll gfunne, wie Sie denne siedomerigonische Reiwer des Hondwerg gelegt henn.« Röders ungutes Gefühl wandelte sich. Der Mann schien seine Worte ernst zu meinen. »Is mir ä eschdes Vergniesche, Sie kennezulerne. Ich bin de Hoinz Walder.«

»Haben Sie was mit dem Fritz Walter zu tun?«, fragte Röder, einfach nur, um etwas Nettes zu sagen.

»Ach, Sie wisse ach, wer isch bin? Der Fritz, des war moin Großunkel um fünf Ecke.«

»Dann sind sie derjenige Walter aus Deidesheim, der auch beinahe mal Fußballprofi geworden wäre?«

»Ei jo, des bin isch. Isch war im FCK-Kader, bis isch denne Unfall ghabt hob, der wu mir die Karrier gekoschd hod.«

Röder hatte aufs Geratewohl gefragt; er hatte vor einigen Jahren tatsächlich etwas über diesen Sportler gelesen und erinnerte sich vage.

»Is schunn ä Schond, dass mer nur noch in de zwette Liga spiele, awwer mir schaffe des schun widder.«

Röder unterhielt sich eine Weile mit dem Feuerwehrmann über den 1. FC Kaiserslautern und erfuhr nebenbei, dass der wackere Florianjünger hauptberuflich »bei de Onneliener schaffe dud«.

»Was meinen Sie, was war die Ursache des Brandes?«, lenkte er schließlich noch mal auf das eigentliche Thema zurück. Mit einem Seitenblick erfasste er Hellinger, der im Gras der Grünanlage saß und vor sich hinstarrte.

»Hmmh, is schunn e bissel komisch. Normalerweis entwickelt sisch so en Brond im Modorraum oder hinne beim Kaddalisador beziehungsweis beim Ausbuff. Bei de Lastwääche brennt a mol en Reefe. Awwer im Inneraum brennt selden was, es sei denn, jemond hat geraacht oder nochgeholfe.«

»Und was ist hier Ihre Meinung?«

»Mir werrn die Polizei verstänische, unn mir werrn denne saache, dass die genauer higucke misse.«

»Warum das?«

»Ei, isch menn, des rieschd noch Benzin. Do hat enner Benzin noigekippt, hat's ogezündt unn is fortgeloffe.« Einer der anderen Feuerwehrleute stand daneben und nickte. Walter gab ihm die Anweisung, die Polizei zu verständigen.

»Dann hat sich der Täter sicher auch verbrannt«, gab Röder zu bedenken »Das gibt doch eine riesige Stichflamme, wenn man da mit dem Feuerzeug rangeht.«

Walter kratzte sich am Kopf. »On sich schunn, aber die Gängschder henn a ihr Tricks.«

In dem Moment röhrte Röders Handy Felicitas' aktuellen Lieblingssong »Benzin«. Sie hatte den Song, als Anspielung auf die Teilnahme ihres Vaters bei der Rallye, auf sein Diensttelefon geladen. Wie oft hatte er seinen Kindern schon gesagt, dass sie die Finger von seinen Sachen lassen sollten! Im Display loderten Flammen, und der Name von Steiner blinkte.

»Gerald? Danke, dass du zurückrufst.« Ein Grunzen war die Antwort. Steiner brummelte irgendwas von später Uhrzeit, doch Röder ging einfach darüber hinweg. »Achim hat ein Problem.«

»Das wundert mich nicht«, meinte Steiner schlecht gelaunt.

»Jetzt hör mir doch mal zu. Achims Auto, mit dem er die Vino Miglia fahren wollte, wurde angezündet. Es riecht nach Brandstiftung, das sagt auch die Feuerwehr.«

»Habt ihr die Polizei verständigt?«

»Die Feuerwehr hat sie benachrichtigt.«

»Okay, um der Freundschaft willen. Ich setzte Pyreck auf die Sache an. Er soll sich den Wagen morgen früh mal anschauen. Außerdem werde ich den Streifenbeamten ausrichten lassen, dass sie den Wagen gleich nach Ludwigshafen bringen sollen, dann verlieren wir keine Zeit.«

»Danke, Gerald. Wir müssen mal wieder einen trinken gehen.«

»Gute Idee. Gehst du am Sonntag auf die kulinarische Spargelwanderung nach Erpolzheim?«

»Das hatten wir vor. Wir wollten mit dem Fahrrad hinfahren.«

»Prima, was hältst du davon, wenn wir dort gemeinsam was essen und trinken? Wir wollen auch hin. Es ist immer eine der schönsten kulinarischen Wanderungen bei euch in der Gegend.«

Röder stimmte zu. Er freute sich über Steiners Vorschlag, aber er wunderte sich auch, denn ihr Verhältnis war in letzter Zeit schwierig gewesen und ihre alte Freundschaft von den vergangenen Fällen deutlich getrübt.

Steiner war in zweiter Ehe verheiratet und hatte einen zehnjährigen Sohn, der sich gut mit Laura verstand. Ein Treffen der beiden Familien war früher immer entspannt gewesen, und Röder hoffte, dass es trotz ihrer beruflichen Diskrepanzen auch diesmal so sein würde.

»Prima, genauso machen wir es. Wir werden so gegen eins dort sein. Ich rufe dich auf dem Handy an, damit wir uns treffen können. Sorry, ich muss Schluss machen.« Röder beendete das Telefonat, als er den Feuerwehrmann wild in seine Richtung gestikulieren sah.

»Kumme Se mol riwwer, Herr Staatsowald. Isch muss Ihne was zeige.«

Röder ging zu Walter, der vor dem ausgebrannten Wrack stand und mit einem Stock im mittlerweile zusammengefallenen Löschschaum stocherte. Er zeigte damit auf einen flachen schwarzen Klumpen im Fußraum vor dem Fahrersitz, der teilweise in einer Drahtwicklung steckte.

»Wenn misch nett alles deischt, donn sinn dess die Reschde vun em Brondsatz. Hot Ihr Froind so was normalerweis im Audo?«

»Da müssen wir ihn fragen«, gab Röder zurück. Sie gingen zu Hellinger rüber, der immer noch apathisch im Gras saß.

»Achim«, sprach Röder seinen Freund an. »Komm mal mit rüber und sieh dir das an. Herr Walter hat was gefunden.«

»Lass mich in Ruhe«, brummte Hellinger.

»Transportierst du brennbare Stoffe in deinem Auto?«

»Quatsch, wozu denn?«

»Vielleicht für die Arbeit in den Weinbergen?«

»Blödsinn. Und wenn, dann bestimmt nicht in meinem alten Cabrio.«

Hellinger stand auf und trabte trübsinnig zu seinem Auto.

Manu löste sich aus der Gruppe hinter der Absperrung, die die Feuerwehr rasch aufgebaut hatte. Viele standen dort nicht mehr, die meisten Schaulustigen waren wieder zurück ins Restaurant gegangen. Sie lief Röder entgegen und fiel ihm in die Arme. Röder hatte gar nicht mehr daran gedacht, dass sie heute Abend zu zweit hier waren, und stellte fest, dass ihn mal wieder das Jagdfieber gepackt hatte. Er drückte Manu und zog sie am Arm zu Walter und Hellinger rüber, die am Wrack standen.

Dort angekommen, wiederholte er die Frage, die Walter ihm gestellt hatte. »Die Überreste sind kein Gegenstand von dir?«

Hellinger schüttelte den Kopf. »Herr Walter meint, das könnte ein Brandsatz gewesen sein.«

»Ei, isch tipp uff e Plastikflasch. Mit dem Droht war en Lumbe oder was ach immer um die Flasch befestigt. Donn tränkt mer denne Lumbe mit Benzin, steckt's o unn laaft fort.«

»Ist das so etwas wie ein Molotowcocktail?«, wollte Röder wissen.

»Nää. Än Molotowcocktail iss was zum Schmeiße und steckt in enner Glasflasch, die kabuttgeht und des brennende Zeisch in Brand setzt, des, was sich iwwerall verdählt hod. Dess do war inn'rer Plastikflasch. So ebes leht ma hie, zinds o und geht fort. Mer macht des desdeweche, weil, we mer Benzin verdählt und ozinde will, des Problem vunnere Verbuffung hod. Meischdens sieht mer hinnerher nimmi so frisch aus, mit denne zerfetzte schwarze Klamodde unn denne wenische Hoor.«

»Die Konstruktion ist also so etwas wie ein Zeitzünder?«, wollte Röder wissen.

»Eher so was wie än Verzöscherer. Der Lumbe brennt, unn des Plastik schmelzt, doderweil die brennbare Flüssigkeit auslaafe konn.«

Walter war gerade mit seinen Erläuterungen fertig, als ein Streifenwagen um die Ecke bog. Röder ging auf die Beamten zu, stellte sich vor und besprach die Angelegenheit. Die beiden Polizisten wussten tatsächlich schon Bescheid. Steiner hatte in der Einsatzzentrale angerufen und Instruktionen erteilt. Die Feuerwehr packte ein. Walter verabschiedete sich von Röder und meinte noch, dass sie auf der nächsten Deidesheimer Kerwe einen Schoppen zusammen trinken müssten. Dann stieg er in den Löschwagen und brauste mit Vollgas davon.

Einer der Streifenbeamten würde beim Wrack bleiben und auf den Abschleppwagen warten. Der andere wurde per Funk zu einem anderen Einsatz gerufen. Röder blickte sich nach Manu um. Es war Zeit, nach Hause zu gehen. Es gab nichts mehr zu tun, außer sich um Hellinger zu kümmern. Er wollte ihm anbieten, ihn nach Hause zu fahren, aber Hellinger war nirgends zu finden. Sie fragten noch die Leute vom Organisationsteam und die Mitarbeiter im Restaurant und an der Rezeption, aber keiner hatte ihn in der letzten Zeit gesehen. Röder schlug vor, dass sie aufbrechen sollten, er konnte sich vorstellen, was in seinem Freund vorging. Bestimmt lief er bereits durch die Nacht nach Hause, um dort eine Flasche seines Winzerbrandes zu köpfen.

VIER

Am Wochenende hielt der Frühsommer Einzug in der Pfalz, und der schwarze Holunder und die Schlehen blühten in voller Pracht. Dort, wo niemand mähte, zeigten sich erste rote Farbkleckse von Türkenmohn, der an vielen Stellen die Straßen und Felder säumte. Die Gräser blühten, was das Zeug hielt, und führten bei Röder – und noch schlimmer bei Manu – zu heftigen Niesanfällen. Zwar hatte Röder im Gegensatz zu Manu als Jugendlicher nie Heuschnupfen gehabt, aber seit einigen Jahren piesackten ihn die Gräser im Frühsommer ebenfalls.

Röder staunte nicht schlecht, als Marie-Claire sich anschickte, ihm bei den Vorbereitungen für die Fahrradtour zu helfen. Das war genauso ungewöhnlich wie die Tatsache, dass sie mitfahren wollte. Zumal er die Räder seiner Frauen sonst immer allein pflegen musste. Trotz Emanzipation kümmerte er sich um den Luftdruck der Reifen, die korrekte Fixierung der Anbauteile und das Ölen. Er hatte die ärgerliche Erfahrung gemacht, dass, wenn er sich nicht darum kümmerte, es seine Mädels bestimmt nicht taten. Einmal hatte er es gelassen, aber seine Damen gingen lieber mit einem defekten Rad auf Tour, als sich die Hände schmutzig zu machen oder sich gar die Nägel zu ruinieren. Er erinnerte sich noch zu gut an die chaotische Radtour vor zwei Jahren, als der Seilzug der Gangschaltung bei Felicitas riss und seine Tochter dann noch sagte, dass die Schaltung schon lange geklemmt hatte. Seitdem kümmerte sich ausschließlich Röder um die Räder, um einen einigermaßen reibungslosen Ablauf der Touren zu gewährleisten.

Die anstehende Tour stand ohnehin unter keinem guten Stern, da sollte wenigstens die Technik mitspielen. Er hatte sich schon am Morgen mit Felicitas in die Wolle gekriegt, weil diese nach dem Frühstück als Reaktion auf die Ereignisse der Woche lautstark und gegen jeden Widerspruch ihr Lieblingslied von Rammstein gespielt hatte.

»Willst du dich von etwas trennen?
Dann musst du es verbrennen.
Willst du es nie wiedersehn??
HAHAHAHA! Lass es schwimmen in … BENZIN!!! BENZIN!!! …«

Röder war ausgeflippt und hatte einen heftigen Wortwechsel mit seiner Tochter gehabt, bei dem er entschied, dass sie zu Hause bleiben würde, um auf Oma aufzupassen. Da Felicitas ohnehin wenig Lust auf eine Radtour verspürte, hatte er außerdem ein absolutes Stadtgehverbot verhängt, was mit einem lauten Türknall quittiert wurde.

Mit den verbleibenden drei Frauen machte sich Röder wenig später auf den Weg und legten den ersten Stopp schon in der Stadtmitte ein, weil Marie-Claire sich so sehr einen Cappuccino vom Italiener wünschte. Laura maulte aus Prinzip, was aber nichts zu sagen hatte, denn auch sie freute sich auf eine große Portion Eis.

Röder hatte nichts dagegen einzuwenden. Er genoss die Zeit mit seiner Familie und das gemeinsame gemütliche Radfahren ohne große sportliche Ambitionen. Vielleicht würde er nach dem Sommerurlaub wieder anfangen zu laufen. Dann hatte er es üblicherweise auch nötig, da die Urlaubspfunde auf die Taille drückten.

Sie parkten ihre Fahrräder auf dem Römerplatz am Brunnen, der eigentlich nicht als Fahrradständer gedacht war. Dann setzten sie sich direkt daneben an einen runden Tisch, und die freundliche Bedienung nahm ihre Bestellung entgegen. Sie hatten keine besondere Fahrradbekleidung angezogen, sondern trugen bunte, zusammengewürfelte Freizeitklamotten über mehr oder weniger gepolsterten Fahrradhosen. Erst jetzt fiel Röder die ungewöhnliche Kleidung seiner großen Tochter auf, die sonst auch bei solchen Gelegenheiten ziemlich gestylt daherkam. Heute jedoch trug sie ein viel zu großes dunkelgrünes T-Shirt mit der grellgelben Aufschrift »Anonyme Giddarischde«.

»Bist du jetzt unter die Pfalz-Lied-Fans gegangen?«, wollte Röder wissen. Die Reaktion seiner Tochter irritierte ihn. Sie war eigentlich schon lange nicht mehr schüchtern, aber jetzt lief sie rot an. Auch ihr Musikgeschmack war bisher ein anderer.

»Na ja. Die ›Anonyme‹ sind ja immerhin so etwas wie der musikalische Arm der Pfälzer Bewegung. Außerdem treffe ich ein paar Freunde.«

»Oops, bist du frisch verliebt?«, wollte Röder wissen. Manu lächelte ein wenig, sagte aber nichts. Röder wusste jetzt, dass er ins Schwarze getroffen hatte. »Was ist denn mit Raffi?«, fragte er unbedacht und trat damit voll in den Fettnapf.

»Raffi, welcher Raffi?«

Die gute Stimmung drohte zu kippen, und Röder konnte nur noch mit dem Spendieren zweier Proseccos erfolgreich gegensteuern, bevor sie sich wieder auf die Räder schwangen und durch den Dürkheimer Bruch nach Erpolzheim fuhren. Dabei erfuhr Röder von seiner nun wieder ausgesprochen gut gelaunten Tochter, dass die »Anonyme Giddarischde« um fünf Uhr bei den »Gewicke« aufspielen würden. »Vielleicht fahre ich dann nicht mit euch nach Hause«, meinte sie und stieg in die Pedale.

Als sie am Bahnhof von Erpolzheim vorbeifuhren, herrschte dort reges Treiben, weil die sonst leere Regionalbahn gerade mehrere Dutzend Weinwanderer entließ, von denen ein beträchtlicher Anteil schon in den ersten beiden Weingütern hängen blieb. Hier war der offizielle Start der Weinwanderung, und wegen der vielen Menschen mussten Röder und seine Familie die Räder schieben. Die Strecke führte am Schlittgraben entlang, wo sich auf anderthalb Kilometern fünf Ausschankstellen der hiesigen Winzerschaft drängten. Am Ausschank der örtlichen Winzergenossenschaft holten sich Röder und Manu einen Schoppen Rieslingschorle, den sie nach intimer Pfälzer Tradition aus einem Glas tranken. Marie-Claire bevorzugte den Kaffee der Landfrauen, schwarz und ungesüßt, während sich Laura für ein großes Stück Rhabarberkuchen entschied.

»Irgendwann müssen wir aufpassen, dass sie uns nicht zu dick wird«, sagte Röder zu Manu, die seine Bedenken durchaus teilte, aber auch Verständnis zeigte.

»Sie ist die Kleinste und muss immer zurückstecken. Hast du schon mal bemerkt, wie sie uns gefallen will?«

»Durch gute Noten.«

»Genau. Während Feli strunzefaul und Marie-Claire zwar nicht wirklich schlecht in der Schule ist, aber eher alles andere im Kopf hat, büffelt die Kleine und bringt eine Eins nach der anderen nach Hause.«

»Bloß in Sport nicht.«

Manu nickte und fuhr fort: »Sie weiß, dass wir sie immer loben, wenn sie gute Noten hat, und sie dann erst einmal Gesprächsthema ist.«

»Und warum, meinst du, futtert sie so viel Süßes?«

»Ist doch klar. Sie kompensiert ihren Stress damit.«

»Du hast wahrscheinlich recht. Was können wir dagegen tun?«

»Ich weiß es nicht. Wir haben ja schon alle in Frage kommenden Sportarten ausprobiert. An keiner hat sie richtig Spaß gefunden und ist dabeigeblieben.«

»Vielleicht sollten wir sie zu den Pfadfindern stecken. Da geht's nicht so sehr um Sport«, meinte Röder.

»Beim Fähnlein Fieselschweif?«

Sie lachten herzlich und beschlossen weiterzuziehen. Sie kreuzten die Straße zwischen Erpolzheim und Freinsheim, nicht weit von der Stelle, wo Röder sich bei einem Unfall vor zwei Jahren, den ein lebensmüder Manager provoziert hatte, das Schienbein gebrochen hatte. Unweigerlich kamen die damaligen Erlebnisse in ihm hoch, und er trieb seine Familie zu mehr Geschwindigkeit an.

Auch auf dem zweiten Abschnitt der Tour konnten sie die Räder nur schieben. Der Ausschank des Weinguts Kohl befand sich mitten in den blühenden Obsthainen. Hunger hatte sich eingestellt, und alle beschlossen, einen Spargelsalat nach Großmutters Art zu essen, wenn sich auch Marie-Claire über die Mayonnaise in der Soße beschwerte. Röder hielt das nicht davon ab, auch noch die Portion von Laura zu essen, die nach ein paar Bissen festgestellt hatte, dass dieses Gericht nicht ihrem Geschmack entsprach, und sich lieber in die lange Schlange für Grillwürstchen stellte. Der Sitzplatz war schön, und die Sonne wärmte angenehm, also beschlossen sie, noch eine gemeinsame Schorle zu trinken.

»Was macht denn eigentlich dein Artikel über die RAF?«, wollte Röder von Manu wissen.

»Irgendwie komme ich nicht mehr richtig voran. Ich muss auch sagen, dass ich die Lust verloren habe, seitdem dieser junge Doktor aus dem Hafen gefischt wurde. Von einem Gespräch mit ihm hatte ich mir einiges erhofft, und der Professor hat ja jetzt andere Probleme. Was ist eigentlich mit ihm?«

Röder zuckte mit den Schultern. Er wusste es wirklich nicht. Er hatte in den letzten Tagen nicht mal Lust verspürt, seine eigenen Ermittlungen voranzutreiben.

»Ich habe aber noch mal mit einem alten Bekannten von der ZDF-Politredaktion gesprochen, der mir versprochen hat, seine Kontakte spielen zu lassen. Er fand das Thema sehr interessant.«

»Ja, die RAF hat wieder Konjunktur. Zum Glück nur in den Medien.« Röder und Manu diskutierten über die RAF-Filme, die in letzter Zeit in den Kinos und im Fernsehen zu sehen waren. Beide waren sich einig, dass mehr als dreißig Jahre nach dem Deutschen Herbst eine künstlerische Auseinandersetzung mit dem Thema zur objektiven historischen Aufarbeitung gehörte.

»Gut, dass wir an der ›Deutschen Weinstraße‹ leben«, freute sich Röder in Anspielung an die vergangenen Zeiten und nahm Manu in den Arm. Sie turtelten noch ein bisschen, bis ihm Steiner einfiel. Laura hatte Anschluss bei ein paar Gleichaltrigen gefunden, und zu Marie-Claire hatte sich eine kleine Gruppe von anderen grünen T-Shirt-Trägern gesellt, die sich alle auf das Konzert der »Anonyme Giddarischde« bei Stand Nummer elf freuten. Der Sonntag war einfach nur perfekt, und Röder zückte nur ungern sein Handy, um Steiner anzurufen, mit dem er sich hier ja eigentlich treffen wollte. Manu verdrehte die Augen und vertiefte sich in ein angeregtes Gespräch über Enkelkinder mit einem älteren Ehepaar zu ihrer Rechten. Die Frau, vielleicht zehn Jahre älter als Röder und Manu, hatte ein niedliches Mädchen auf dem Schoß, das fröhlich gluckste und grapschte und dabei das Dubbeglas von Opa über dessen Hose gekippt hatte. Er schien das dem Kind aber nicht besonders krummzunehmen.

Zehn Minuten später tauchte Steiner mit seiner Frau auf. Beide waren ohne Räder unterwegs, hatten aber jeder ein halb volles Schoppenglas und ihren Sohn dabei. Alle rutschten etwas zusammen, und Röder war froh, dass ihn Steiner nicht mit irgendwelchen dienstlichen Sachen konfrontierte. Der Kriminalbeamte schien in ausgelassener Stimmung zu sein und plauderte lustig über seinen Auftritt im Männerballett beim diesjährigen Fasching. Röder musste sich vor Lachen den Bauch halten, so sehr amüsierte ihn Steiners Schilderung der Aufführung »Die Glocken von Rom«, bei der sich die Männer Kochtöpfe mit einem daranhängenden Kochlöffel um den Unterleib gebunden hatten und auf Stichwort mit einer ruckartigen Hüftbewegung scheppernde Geräusche auf den improvisierten Instrumenten erzeugten.

Die beiden Frauen waren losgezogen, um noch etwas zu trinken zu holen, als Steiner das Thema wechselte. »Sag mal, stimmt es, dass Miltenberger ins Krankenhaus muss?«

»Ja, das stimmt, und ich werde seine Vertretung machen.«

Steiners Augen hellten sich auf. »Meinen Glückwunsch, vielleicht wirst du ja doch der nächste Oberstaatsanwalt, wenn er in Rente geht. So lange hat er schließlich nicht mehr.«

»Er ist neunundfünfzig. Mit anderen Worten: Er muss noch sechs Jahre arbeiten.«

»Wenn er es gesundheitlich schafft.«

»Wünschen wir ihm mal das Beste.«

»Darauf trinken wir einen!« Steiner hob sein Glas, und die beiden stießen an. »Was hältst du denn von dem Schulz?«, wollte er gleich darauf wissen.

»Och, das ist ein ganz patenter Kerl«, wich Röder aus.

»Du, der Typ nervt wie verrückt. Zitiert ständig irgendwelche Gesetzestexte und weiß immer alles besser. Wie konntet ihr nur so einen verklemmten Jüngling auf die Menschheit loslassen?«

»Das war nicht meine Entscheidung.«

»Ich weiß, aber du sollst ihn doch coachen.«

»Das kann ich auch nur bis zu einem gewissen Grad. Ich hatte in letzter Zeit aber eigentlich den Eindruck, dass du froh bist, mich los zu sein.«

»So ist das auch wieder nicht«, verteidigte sich Steiner. »Ich bin nur der Meinung, dass du gelegentlich mal jeden seine Arbeit machen lassen solltest. Du hast nicht nur dich, sondern auch mich oft genug in schwierige Situationen gebracht, weil du nicht akzeptieren willst, dass die Arbeit der Kriminalpolizei nicht zu deinen Aufgaben gehört.«

»Ich habe aber recht gehabt. Ohne mich würden Unschuldige hinter Gittern sitzen und Mörder frei herumlaufen, während ihr eure Scheißermittlungen einstellt.« Röder war auf dem besten Weg, stinksauer zu werden.

»Genau das ist es. Du hast immer recht«, konterte Steiner hart. »Aber jetzt lass uns bitte nicht streiten. Ich wäre froh, wenn du wieder mit uns zusammenarbeiten würdest«, fügte er beschwichtigend hinzu.

»Nervt er wirklich so schlimm?«

Steiner nickte. »Sulger ist übrigens wieder auf freiem Fuß.«

Röder stutzte. »Warum erzählst du mir das? Dafür ist Mannheim zuständig.«

»Devries hat um Amtshilfe gebeten. Dabei haben wir ein bisschen über deine Fortbildung in der Pathologie gesprochen.«

»Du weißt echt alles«, seufzte Röder. »Wofür brauchte Devries Amtshilfe?«

»Sulger besitzt eine alte Mühle in Mühlheim. Er hat sie vor einigen Jahren geerbt. Wir haben dort eine Hausdurchsuchung gemacht.«

»Keine Ergebnisse?«

»Nichts, aber ausschlaggebend für seine Freilassung war vor allen Dingen sein Alibi.«

»Alibi? Ich dachte, er hatte keins.«

»Und ob, ein ziemlich gutes noch dazu.«

Röder blickte Steiner fragend an.

»Simon Tauss.«

»Der Anwalt und Stadtrat?«

»Genau der.«

»Und was für ein Alibi verschafft er dem Sulger?«

»Du wirst es nicht glauben. Tauss, Sulger und Knecht haben eine kleine intime Party gefeiert. Er bestätigt, dass Knecht gegen halb eins Sulgers Wohnung in Mannheim verließ, um nach Hause zu fahren.«

»Und er?«

»Blieb die ganze Nacht.«

Röder pfiff durch die Zähne. »Hat dir das alles Devries erzählt?«

»Wer sonst?« Steiner machte eine Pause und blickte Röder intensiv an. »Da ist noch etwas«, fügte er hinzu.

Röder sagte nichts, aber er erwiderte den Blick.

»Sulger kannte Lorenz.«

»Wie bitte? Wiederhole das noch mal.«

»Sulger kannte Lorenz. Werner Lorenz hat vor rund zehn Jahren den alten MG vom Professor hergerichtet. Das Auto, mit dem er jetzt die Rallye fahren will.«

»Was hat Sulger dazu gesagt?«

»Dass er nicht wusste, dass Lorenz kürzlich ermordet wurde. Er hatte, abgesehen von der Fahrzeugrestauration, keinen Kontakt zu ihm. Lorenz war in der Oldtimerbranche bekannt und wurde ihm von irgendjemandem empfohlen. Von wem, weiß er nicht mehr.«

»Ist das glaubhaft?«

»Kann schon sein. Er wirkte jedenfalls ziemlich betroffen, als er hörte, dass noch jemand, den er kannte, ermordet wurde.«

»Ganz schöner Zufall, findest du nicht?«, meinte Röder.

»Ja, aber nicht ganz auszuschließen. Die Pfalz und die Kurpfalz sind hier im Rhein-Neckar-Dreieck schon ein Kaff.«

»Was meint denn Schulz dazu?«

»Der? Ich habe es ihm gesagt, aber den Zusammenhang hat er noch nicht gecheckt. Der wird schnell Oberstaatsanwalt.«

Röder funkelte Steiner wütend an. Der verbesserte sich schnell. »Sorry, ich habe nur ein bisschen gefeixt. Das war keine Anspielung auf dich. Der Schulz hat jedenfalls nichts Besseres zu tun, als auf dem Lebenslauf vom Lorenz rumzureiten. Du hättest sehen sollen, wie der bei uns reingerauscht ist und Wellen wegen dem Pass und dem Führerschein gemacht hat. Der hat uns echt als doof hingestellt, dabei hatten wir das schon überprüft. So etwas macht man doch zuerst.«

Röder lächelte innerlich. »Und zu welchem Schluss seid ihr gekommen?«

»Der Kerl war Spätaussiedler. Kam in den frühen Achtzigern hierher, fand einen Job, heiratete. Das Übliche eben.«

»Hast du das dem Schulz schon gesagt?«

»Klar, nachdem er sich ausgekotzt hatte, habe ich ihm das unter die Nase gehalten.«

Sie lachten herzlich. Röder freute sich, dass Schulz nicht überall gut ankam. Bei Steiner war er jedenfalls voll gegen die Wand gelaufen.

»Gerald, warum erzählst du mir das alles?«

Steiner zierte sich etwas, gab dann aber zu: »Ich will wieder mit dir zusammenarbeiten. Der Schulz ist eine Zumutung und lernt es wohl auch nicht mehr.«

»Das freut mich zwar, aber so einfach ist das nicht.«

»Du musst dein Coaching eben verstärken.«

»Er lässt sich im Moment kaum blicken, und ich werde in den nächsten Tagen wenig Zeit dafür haben.«

Die beiden Frauen kehrten mit frischen Getränken zum Tisch zurück.

»Übrigens, der Typ in Köln war offenbar auch ein Spätaussiedler«, raunte Steiner Röder noch schnell zu, bevor seine Frau mitbekam, dass sie von der Arbeit sprachen.

»Welcher Typ in Köln?«, stellte sich Röder unwissend.

»Ach, tu doch nicht so. Du hast doch bestimmt schon längst in ViCLAS recherchiert. Ich kenn dich doch.«

Sie unterhielten sich angeregt über Weinfeste, Wellness und die »Anonyme Giddarischde«. Marie-Claire war mit ihrem Tross zum nächsten Stand weitergezogen, wo die Band jetzt bereits seit zwanzig Minuten spielte. Steiners Sohn und Laura durften mitgehen, nachdem die Großen versprochen hatten, ein Auge auf sie zu haben. Röder merkte die Schorlen ganz schön, als Hellinger unvermittelt auftauchte.

»Habe ich euch doch noch gefunden«, rief er aufgekratzt. »Deine Tochter hat gesagt, dass ich euch hier finde.«

»Komm, setz dich und trink eine Schorle mit uns«, sagte Röder.

Hellinger machte sich auf den Weg zum Schoppenstand, an dem nicht mehr so viel los war, seit dem die »Anonyme« am Nachbarstand spielten.

Während Hellinger unterwegs war, erzählte Steiner, dass es nichts Neues wegen des Brandanschlags auf den BMW gab. Niemand hatte etwas gesehen, Spuren gab es keine. Die Polizei nahm an, dass sich der Täter vom Bahndamm aus ungesehen angeschlichen hatte.

»Immer noch kein Hinweis auf ein Motiv?«, fragte Röder.

»Na ja, möglicherweise ist es einfach irgendein Spinner, ein Neider, der was gegen alte Autos und deren Besitzer hat. Achims Auto war ein Cabrio, das musste man nicht knacken, um es schnell anzuzünden. Es hätte auch jedes andere Auto sein können.«

»Was sagt denn die Spusi zum Brandsatz? Ist er baugleich zu dem, der beim Mord auf dem BASF-Parkplatz verwendet wurde?«

»Es wurde ein anderer Draht verwendet als der, den man bei Lorenz gefunden hat. Und es wäre möglich, dass verschiedene Materialien als Zünder benutzt wurden. Die Basteleien könnten also durchaus aus zwei verschiedenen Werkstätten stammen, die Brandsachverständigen wollten sich da nicht festlegen. Sie sind sich aber einig, dass solche Konstruktionen unter Brandstiftern absolut gängig sind.«

»Damit sich der Täter bei einer Verpuffung nicht verletzt und genug Zeit zum Abhauen hat«, ergänzte Röder Steiners Ausführungen.

»Genau.«

»Ich muss euch einen Vorschlag machen«, unterbrach Hellinger, als er zurückkam, noch bevor er sich hingesetzt hatte.

»Wie? Machen wir mal wieder eine Weinprobe bei dir?«, sagte Steiner mit glänzenden Augen.

»Das können wir auch mal wieder machen. Aber erst trägst du deine Schuld bei mir ab.«

»Komm, lass ihn«, meinte Röder. »Gerald hat nur seinen Job gemacht.« Hellinger war nicht gut auf den Kommissar zu sprechen, seitdem der ihn beinahe hinter Gitter gebracht hatte.

Steiner wollte antworten, aber Röder legte ihm beschwichtigend die Hand auf den Arm.

»Guck nicht so«, lachte Hellinger und schlug Steiner auf die Schulter. »Im Ernst, du kannst es gutmachen, indem du mit mir die Vino Miglia fährst.«

»Ach, du bist doch verrückt.«

»Wieso? Du hast doch den alten Käfer. Mit dem fahren wir.«

Steiner gefiel die Sache nicht besonders, aber Röder pflichtete Hellinger bei: »Das ist doch eine super Idee!« Er war irgendwie froh, dass Hellinger nicht ihn fragen konnte. Er hatte ja keinen Oldtimer. Und es war ihm gar nicht so unrecht, dass seine Teilnahme an der Weinstraßenrallye geplatzt war.

»Na klar! Wir fahren zu dritt!«, meinte Hellinger allen Ernstes.

»Wie, wir fahren zu dritt? Gerald hat doch nur einen Käfer.«

»Ach, komm schon. Früher sind wir mit deinem R4 zu viert nach Spanien gefahren. Warum soll das nicht mit einem Käfer gehen? Noch dazu, wo der Tross von zwei ADAC-Fahrzeugen begleitet wird? Wir brauchen doch gar nicht viel. Und wenn du deinen Smoking mitnehmen willst, dann lassen wir deinen Überseekoffer halt im Begleitfahrzeug transportieren. Hey, das wird doch ein Spaß! Ich habe mich echt drauf gefreut. Kann ja auch keiner ahnen, dass irgend so ein Arsch meinen Wagen abfackelt.«

Geralds Frau mischte sich ein. »Ihr wollt die Vino Miglia fahren? Das ist ja eine tolle Idee! Weißt du was, Gerald? Fahr mit. Ich muss sowieso arbeiten, und du hast noch Resturlaub, den du nehmen musst. Wenn's schön ist, dann fahren wir beide nächstes Jahr zusammen.«

»Ach, ich weiß nicht«, sagte Steiner zögerlich.

»Nun hab dich nicht so. Das wird bestimmt super. Ehrlich, ich freue mich drauf. Und ich kann ein bisschen Urlaub vertragen.« Hellinger schaute Röder ernst an.

»Ja, fahrt doch«, meinte Manu. »Ihr hattet es doch sowieso geplant. Ich komme nach Bozen nach, dann fahren wir gemeinsam zurück.«

»Dann wird es ja noch enger.«

»Na, so dick bin ich aber nicht«, beschwerte sich die gertenschlanke Manu lachend. »Ich finde bestimmt in dem einen oder anderen Fahrzeug Platz, wo der Fahrer charmanter ist als du.«

Röder seufzte. Auch wenn die Strecke durch einige der schönsten Ecken in den Alpen führte, konnte er sich für die Idee nicht begeistern. Irgendwie war ihm mulmig. Eine Chance hatte er noch. »Und was sagt das Reglement?«

»Kein Problem, wir fahren außerhalb der Wertung mit. Ich habe das schon geklärt. Wir hätten die Prüfungen sowieso nicht machen dürfen, weil wir ja im Organisationsteam sind und die Aufgaben schon kennen.«

»Also können wir einfach nur gemütlich fahren und die Landschaft genießen?«, fragte Steiner.

»Klar, und auf meinen Wein musst du nicht verzichten, den nehmen wir nämlich mit.«

»Viel Platz ist in dem Käfer aber nicht.«

»Kein Problem. Wir haben ja das offizielle Weinfahrzeug dabei. In deinem Auto brauchen wir nur einen Handvorrat.«

»Don't drink and drive!«, sagte der Polizist warnend.

»Ich schlage vor, wir wechseln uns ab.«

»Beim Fahren oder beim Trinken?«

»Bei beidem. Einer fährt die Tagesetappe und stößt erst am Abend zum ›Woidrinke‹ dazu. Am anderen Tag machen wir es umgekehrt.«

»Klingt eigentlich gar nicht so schlecht.« Steiner hob sein Dubbeglas und stieß mit Hellinger an.

»Und was ist mit dir, Ben? Warum zögerst du?«, fragte der Winzer.

»Ach, nichts«, sagte Röder und hob sein Glas.

Sie blieben noch lange sitzen, erzählten und lachten, bis schließlich die Kinder wiederkamen. Die »Anonyme« hatten noch etliche Zugaben spielen müssen. Röder setzte sich etwas unsicher aufs Rad.

»Bin isch froh, dass ich nimmi Rad fahre muss«, sagte Hellinger, der zu Fuß den Heimweg nach Kallstadt antrat.

Steiner ließ seine Frau fahren, denn auch er hatte einen gehörigen Schlag, aber er wurde noch mal dienstlich. »Morgen habe ich übrigens Frau Lorenz in die Direktion gebeten. Willst du vielleicht vorbeikommen, um dabei zu sein, wenn sie ihre Aussage unterschreibt?«

»Warum denn das? Schulz soll das machen.«

»Sei halt einfach nur zufällig da. Du solltest sie mal kennenlernen.«

Gedankenversunken fuhr Röder mit seiner Familie nach Hause. Marie-Claire musste einmal laut rufen, als Röder die Kurve nicht richtig nahm und geradewegs auf ein Wassersammelbecken zuhielt. In letzter Sekunde machte er eine Vollbremsung und legte einen Stunt hin, mit dem ihn seine Familie noch lange danach aufzog. Mit einem ramponierten Knie, aber ohne weitere Zwischenfälle kamen sie schließlich zu Hause an.

»Es fließt durch meine Venen.
Es schläft in meinen Tränen.
Es läuft mir aus den Ohren.
Herz und Nieren sind Motoren.

BENZIN …«, dröhnte es ihnen entgegen, als sie die Haustür öffneten. Allerdings kam die Musik aus der Wohnung von Frau Röder senior, wo gewöhnlich nur die ganz großen Opern gespielt wurden.

Röder öffnete die Tür und konnte nicht glauben, was er sah. Felicitas und Frau Röder senior saßen einträchtig auf der Couch, unterhielten sich angeregt und übertönten mit ihrem Lachen sogar die laute Musik.

»Ach, mein Herr Sohn lässt sich auch mal wieder blicken. Hat wohl ein bisschen viel getrunken?«

»Mama, was macht ihr hier?«

»Blöde Frage. Ich unterhalte mich mit deiner lieben Tochter, und wir hören Musik. Man ist immer so alt, wie man sich fühlt, und die Stones habe ich früher auch schon gehört.«

»Mama, das sind nicht die Stones.«

»Nicht? Ist auch egal, die Musik fetzt trotzdem.«

***

Am folgenden Morgen stand Röder später auf und fuhr nicht gleich zu seiner Dienststelle nach Frankenthal, sondern erst nach Ludwigshafen zur zentralen Kriminalinspektion, wo Steiner die Mordkommission für den aktuellen Fall zusammengezogen hatte und wie üblich leitete.

Auch zwei Wochen nach dem Mord gab es immer noch keine heiße Spur, und Steiner bekam so langsam Prügel, weil er keinen Fortschritt vorweisen konnte. Die Spuren wurden kalt. Eiskalt. Und da er in den vergangenen Monaten so viele Überstunden geschoben und auf Urlaub verzichtet hatte, bestand sein Chef darauf, dass er in der kommenden Woche daheimbleiben sollte. Er fühlte sich entsprechend unter Druck gesetzt.

»Ich hatte vorhin eine Unterredung mit meinem Chef. Er gibt mir noch bis zum Ende der Woche Zeit, Klarheit in den Fall zu bringen, anderenfalls wird er einen anderen Ermittler als Leiter der Mordkommission einsetzen.« Steiner spülte ein paar Aspirin mit einem großen Schluck schwarzen Kaffee hinunter. Röder begnügte sich mit Kaffee. Die Aspirin hatte er schon am Morgen genommen.

»Bist du in Ungnade gefallen? Du bist der beste Mann hier.«

»Danke für die Blumen. Er meint, die letzten Monate waren zu viel für mich. Die vielen Überstunden, der Verzicht auf den Urlaub. Ich müsste jetzt mal ausspannen. Er war richtig nett zu mir, als er mir alles ganz sachlich erklärt hat. Der blöde Sack!«

»Wer soll denn dann kommen?«

»Herdegen.«

»Herdegen? Geht der nicht schon bald in Pension? Ich dachte, der ist in Mainz.«

»War er ja auch. Er wurde speziell angefragt. Für den Fall der Fälle natürlich nur. Weißt du, auf wessen Vorschlag Herdegen kommen soll?«

»Wahrscheinlich vom Polizeipräsidenten?«

»Nee, der Schulz war es! Das Sackgesicht. Läuft mit so einem Milchgesicht in der Gegend rum und rammt dir mal so nebenbei das Messer in den Rücken. Mein Chef hat sich voll verbabbelt, daher weiß ich das.«

Röder überlegte noch, was er antworten sollte, als es an der Tür klopfte. Eine gepflegte, gut angezogene Frau trat in Steiners karge Amtsstube und stellte sich als Frau Lorenz vor. Steiner bot ihr einen Platz auf der anderen Seite des Schreibtisches an. Röder blieb schräg neben ihr am Fenster stehen, sodass sie unweigerlich Steiner anschauen musste und er sich im Hintergrund halten konnte.

»Frau Lorenz, ich weiß, dass es nicht einfach für Sie ist. Umso mehr danke ich Ihnen, dass Sie hergekommen sind, um das Protokoll zu unterschreiben. Das ist übrigens Herr Röder von der Staatsanwaltschaft in Frankenthal.« Steiner ging nicht näher auf den Grund für Röders Anwesenheit ein, sondern fuhr fort: »Sie können sich sicher denken, dass wir seit unserem letzten Treffen ein wenig im Umfeld Ihres Mannes recherchiert haben. Sie sind sehr wohlhabend. Wie kommt es, dass Ihr Mann immer noch Schicht arbeitete?«

Frau Lorenz wirkte überrascht. Sie hatte dunkle Ringe unter den Augen, war aber unverkennbar immer noch eine attraktive Frau.

»Nun, er hatte nie vor, bis sechzig zu arbeiten. Solange er konnte, wollte er auch. Aber er hat ohnehin nur dreißig Stunden die Woche gearbeitet. Drei Tage zehn Stunden hintereinander, dann hatte er den Rest der Woche frei. Es stimmt, er musste nicht mehr unbedingt arbeiten gehen. Er wollte den Kindern ein Vorbild sein, wenigstens solange sie studierten. Aber wie gesagt, er war vier Tage in der Woche zu Hause.«

»Womit beschäftigte er sich, wenn er zu Hause war?«

»Er war immer am Werkeln, er konnte gar nicht anders. Am Haus, im Garten, an seinen alten Autos.«

»Alte Autos?«

»Ja, er kaufte sie billig, restaurierte sie und verkaufte sie. Wir haben noch zwei alte Mercedes in der Garage stehen. In dem einen ist sogar irgend so ein Diktator spazieren gefahren. Diese beiden wollte er nicht hergeben. Er hütete sie wie seinen Augapfel.«

»Ihr Vermögen ist nicht unbeträchtlich. Woher kommt das ganze Geld?«

»Wir haben das Haus fast alleine gebaut. Außerdem hatte mein Mann Startgeld bekommen, als er hier ankam. Und im Lotto gewonnen hat er auch.«

»Wie viel haben Sie denn gewonnen?«

»Das kann ich nicht sagen. Das war, bevor ich ihn kennenlernte.«

»Er hat Ihnen nicht gesagt, wie viel er gewonnen hatte?«

»Wir hatten Gütertrennung vereinbart, und es hat mich nicht interessiert.«

»Was hat denn Ihr Mann aus seiner Zeit in Russland erzählt?«, schaltete sich Röder erstmalig ein.

»Nicht viel.«

»Was meinen Sie mit ›nicht viel‹? Können Sie das etwas genauer sagen?«

»Eigentlich weiß ich gar nichts darüber. Wenn ich ihn darauf ansprach, sagte er nur, dass seine Familie sehr unter Stalin gelitten hatte und er nicht darüber sprechen wolle.«

»Und Sie haben das akzeptiert?«

»Ja«, antwortete sie schlicht. Nach einem Moment fügte sie hinzu: »Ich habe ihn geliebt«, und brach in Tränen aus.

Als sie sich wieder etwas beruhigt hatte, stellte Steiner ihr einen Kaffee und ein Glas Wasser hin und ließ sie in Ruhe das Protokoll durchlesen. Er bot ihr an, sie von einem Streifenwagen nach Hause bringen zu lassen, doch sie lehnte ab.

»Haben die Kinder ein Alibi?«, fragte Röder, als Frau Lorenz gegangen war.

»Ja. Die Tochter ist verheiratet und wohnt in Bayern. Der jüngere Sohn studiert in Berlin. Beide Alibis sind überprüft.«

»Sonst jemand aus dem Verwandten- oder Bekanntenkreis, dem du so etwas zutraust?«

»Viele Verwandte haben die nicht. Seine Verwandtschaft ist irgendwo in Russland, niemand weiß, wo, und sie hat nur noch eine Schwester. Bei den Bekannten sieht's auch nicht besser aus. Sie ist Mitglied im Tennisverein, und er bastelte wohl wirklich nur zu Hause rum. Zwei befreundete Paare, das war's. Auf der Beerdigung war auch entsprechend wenig los.«

»Die Verwandtschaft aus Russland muss doch aufzutreiben sein. Was sagt denn das Bundesverwaltungsamt?«

»Die Anfrage läuft noch. Frau Lorenz sagt, dass die ganze Familie von Stalin versprengt oder in die Gulags gebracht wurde.«

»Komisch. Kann man die Anfrage nicht beschleunigen?«, fragte Röder.

»Schulz kümmert sich bereits drum. Ich dachte, du coachst ihn? Sonst kannst du dich doch nicht genug einmischen.«

»Wie du schon sagtest, ich coache ihn. Ich gebe ihm Tipps, wenn er mich fragt, und erkundige mich gelegentlich nach seinen Fortschritten, aber in letzter Zeit kommt er nicht von sich aus. Du trittst also wirklich auf der Stelle?«

Steiner nickte. »Ja, so kann man das sagen. Alle Spuren führen ins Nichts.«

»Eine Spur gibt es: die Oldtimer. Alle Beteiligten scheinen alte Autos zu fahren. Wir sollten eine SoKo einberufen.«

»Schon versucht, aber erst mal abgelehnt. Herdegen soll's richten«, sagte Steiner geknickt.

»Ich kann es nicht glauben. Du bist hier mit Abstand der Beste. Wenn einer den Fall klären kann, dann du.«

»So geht's irgendwann einmal jedem von uns. Das ist nichts Neues. Vielleicht bin ich wirklich überarbeitet.«

»Wir müssen diese Kölner Geschichte genauer untersuchen«, meinte Röder nach einer kurzen Pause.

»Ja, aber das wird nicht einfach sein. Ich bin Ende der Woche raus aus dem Geschäft, und du bist nicht der ermittelnde Staatsanwalt. Willst du wieder Ärger?«

Auf dem Weg zu seiner Dienststelle ließ Röder die Idee, die Kölner Geschichte zu untersuchen, nicht los. Doch die Sache musste noch warten, denn kurz nachdem er an seinem Schreibtisch angekommen war, stürmte Schulz herein.

»Wo waren Sie?«

»Guten Morgen, Herr Schulz«, antwortete Röder, betont deutlich.

»Ich habe Sie den ganzen Morgen gesucht. Ich will mit Ihnen sprechen.«

»Hatten wir einen Termin?«

»Nein, aber ich musste mit Ihnen sprechen, und Sie waren nicht da.«

»Herr Schulz, ich glaube nicht, dass ich Ihnen Rechenschaft schuldig bin. Bitte verlassen Sie mein Büro und kommen Sie wieder, wenn Sie die allernotwendigsten Umgangsformen gelernt haben. Dann habe ich auch bestimmt Zeit für Sie.«

Schulz lief rot an und verschwand eiligst durch die Tür. Kaum drei Minuten später klingelte Röders Telefon. Miltenberger wollte ihn sprechen, und zwar sofort.

»Okay, zweite Runde«, seufzte Röder, zog sich das Sakko an und ging über den Gang zum Büro seines Chefs. Schulz war da und funkelte ihn siegesgewiss an.

»Hallo, Gert, was gibt's so Dringendes?«, fragte Röder scheinheilig.

»Tag, Ben, bitte setz dich. Herr Schulz hat etwas vorzubringen.«

»Das kann er gleich machen. Ich möchte erst mal mit dir unter vier Augen sprechen.«

Miltenberger stutzte einen Augenblick, aber er war Profi genug, um zu verstehen, dass er Röder das gleiche Recht einräumen musste wie dem jungen Kollegen zuvor.

»Herr Schulz, bitte lassen Sie uns kurz allein. Ich lasse Sie rufen.«

Wutentbrannt stürmte Schulz zur Tür raus und vergaß, sie hinter sich zu schließen.

»Ein bisschen hitzköpfig, der junge Mann, oder?«

Miltenberger lächelte gequält und griff sich an die Brust.

»Wann hast du deinen Termin?«, wollte Röder wissen.

»In zehn Tagen, wenn ich nicht schon vorher zusammenklappe. Die haben tatsächlich eine Warteliste für Privatpatienten.«

»Du schaffst das schon. Hast du dir überlegt, wie wir so was wie eine Übergabe machen?«

»Ich bin schon dabei, eine Liste zu schreiben. Ich denke, gegen Ende der Woche setzen wir uns zusammen. Du bist lange genug hier, um zu wissen, was läuft.«

»Über was hat sich denn der Jungspund beschwert?«

»Dass du eigene Ermittlungen anstellst, seine Bemühungen untergräbst und ihn überhaupt nicht coachst.«

Röder blickte seinen Chef einen Augenblick an. Dann fragte er: »Was meinst du?«

Miltenberger blieb erstaunlich ruhig. »Du bist ein Besessener und ein bisschen verrückt, aber ein Kameradenschwein bist du nicht. Sag mir, was läuft.«

»Ich weiß es nicht, ich kenne den Fall zu wenig. Aber ich meine, dass irgendetwas faul ist.«

Röder erläuterte den Fall und ging auf die Ungereimtheiten ein. Die halbe Biographie des Opfers, ein ähnlicher Fall in Köln, Steiner, der in Urlaub gehen musste, und der Fast-Pensionär Herdegen, der als Geheimwaffe gehandelt wurde. Er sprach über die einzige offensichtliche Gemeinsamkeit, die alten Autos. In diesem Zusammenhang erwähnte er auch Professor Sulger, der in einen anderen Mordfall in Mannheim verwickelt war.

»Könnte ein Zufall sein.«

»Klar, könnte. Aber du weißt genauso gut wie ich: Solche Zufälle auf so engem Raum sind extrem unwahrscheinlich.«

Miltenberger überlegte und nickte. »Pass auf, Ben. Mir gefällt die Sache nicht. Es sieht ja wirklich ein bisschen so aus, als ob Steiner kaltgestellt werden soll. Ich telefoniere mal mit dem Innenministerium und auch mit meinem Chef. Ich will wissen, ob womöglich bewusst und absichtlich interveniert wird.«

»Du meinst, jemand zieht Strippen, um den Fall zu behindern?« Für Röder war die Idee neu.

Miltenberger nickte. »Behindern ist vielleicht das falsche Wort, aber irgendetwas ist im Busch, das sagt mein Bauchgefühl.«

Röder pfiff durch die Zähne. »Das wäre ein Ding.«

»Lass mich telefonieren, dann sehen wir weiter. Ich versuche zu erreichen, dass Steiner nicht abgezogen und dass eine Sonderkommission auf den Fall angesetzt wird.« Er machte eine Pause. »Du, nimm's mir nicht übel, aber ich muss mich jetzt ein wenig ausruhen. Ich schick dir meine ungezogene Verwandtschaft, damit du ihr ein bisschen auf die Sprünge helfen kannst.« Miltenberger lächelte schief.

»Pass auf dich auf, Gert«, sagte Röder und verließ das Büro.

Wenige Minuten später klopfte es an seiner Bürotür, und ein geplätteter junger Staatsanwalt kam herein. Schulz fragte höflich, ob Röder Zeit habe, und entschuldigte sich noch dazu. Bevor sie über den Fall diskutierten, referierte Röder erst einmal über den richtigen Umgang mit den Beamten von der Hilfsbehörde. Dann empfahl er Schulz, mit den Kölner Kollegen zu sprechen und deren Fall mit in die Untersuchungen einzubeziehen. Schulz wollte den Vorschlag diskutieren, aber Röder beendete das Palaver mit deutlichen Worten: »Machen Sie, was Sie wollen. Ich schreibe jedenfalls eine Aktennotiz, dass ich Sie darauf hingewiesen habe. Sie machen einen ganz großen Fehler, wenn Sie der Spur nicht nachgehen, selbst wenn der Fall wirklich nichts mit unserem zu tun hat.«

Als Schulz endlich verschwunden war, suchte sich Röder die Nummer der Staatsanwaltschaft in Köln heraus. Er ließ sich mit der

Hauptabteilung B verbinden. Eine freundliche Dame notierte sein Anliegen und versprach, dass man ihn zurückrufen werde. An diesem Tag würde das sicher nicht mehr passieren, in den Ämtern mahlten die Mühlen eben nicht so schnell. Doch ihm ließ die Sache in Köln keine Ruhe. Im Internet suchte er darum die Telefonnummer vom Everts Verlag in Köln heraus und fragte nach der Witwe des Verlagsgründers. Er erhielt die Auskunft, dass Frau Everts den Verlag jetzt leitete, aber zurzeit auf einer Geschäftsreise sei. Man werde eine Nachricht hinterlassen.

Röder grübelte noch ein wenig vor sich hin und spielte mit den Akten auf dem Schreibtisch. Schließlich packte er zusammen und verließ gegen halb sieben sein Büro. Den Abend verbrachte er gemütlich mit seiner Familie auf der Couch. Es lief die trashige Blechserie »Alarm für Cobra 11«, die Felicitas und Laura einfach nicht auslassen konnten. Manu und Marie-Claire blätterten lieber in ihren Modezeitschriften.

***

Am nächsten Morgen kam er gegen halb neun zum Dienst und versuchte, sich auf seine Arbeit zu konzentrieren, als gegen zehn Uhr Frau Vogel in sein Büro stürzte.

»Um Gottes willen, Herr Röder! Unser Chef hat einen Unfall gehabt!«

Röder hatte alle Hände voll zu tun, um die gute Seele der Abteilung – oder wie manche Kollegen meinten: den Vorzimmerdrachen – zu beruhigen. Frau Vogel war dermaßen aufgeregt, dass sie sich erst mal verschluckte und Röder ein Glas Wasser besorgen musste, bevor sie weitersprechen konnte.

»Frau Miltenberger hat gerade angerufen. Ihr Mann ist beim Einsteigen in sein Auto von einem anderen Auto angefahren worden. Er hat ein zertrümmertes Bein, aber das ist nicht das Schlimmste. Durch den Schock hat er einen Herzinfarkt erlitten und ist als Notfall in das Ludwigshafener Klinikum eingeliefert worden.«

Röder zögerte nicht lange. Er rannte zu seinem Fahrzeug und rief von unterwegs Steiner an, der ihm versprach, sich bei der Verkehrspolizei schlauzumachen und sich wieder zu melden, wenn er Genaueres erfahren hatte. Röder verbrachte mehr als zwei Stunden im Klinikum und unterstützte Miltenbergers Frau beim Gespräch mit den Ärzten. Es sah nicht gut aus. Miltenberger hatte einen schweren Infarkt erlitten, und der Beinbruch führte zu weiteren Komplikationen. Die Ärzte konnten zu diesem Zeitpunkt die Bypässe nicht legen, weil es der Allgemeinzustand nicht erlaubte.

Röder fragte Renate Miltenberger behutsam nach dem Unfallhergang, aber sie konnte keine Angaben machen. Sie hatte sich um ihren Mann gekümmert, bis der Notarzt gekommen war.

Als die Tochter auftauchte, verabschiedete sich Röder taktvoll, da es für ihn ohnehin nichts mehr zu tun gab, und fuhr nach Frankenthal zurück. Frau Vogel bestürmte ihn mit Fragen, aber es war ihm nicht möglich, ihren Wissensdurst zu befriedigen. Als sie merkte, dass es aussichtslos war, sagte sie: »Beinahe hätte ich es vergessen. Schulz hat um vierzehn Uhr zu einer Sondersitzung eingeladen.«

»Schulz?«, fragte Röder. »Warum Schulz?«

Frau Vogel zeigte ihm ein Telefax. »Ist vor einer Stunde aus dem Justizministerium gekommen.«

Röder riss ihr das Blatt aus der Hand und las, dass das Ministerium beschlossen hatte, Herrn Frank Schulz die Vertretung von Gert Miltenberger für die Dauer seiner Abwesenheit zu übertragen. Unterschrieben war der Wisch von einem Staatssekretär im Auftrag des Justizministers. Röder knüllte das Papier zusammen und pfefferte es der verdutzten Frau Vogel vor die Füße. Er stürmte im Affekt, was er gleich darauf bereute, zu Schulz ins Büro, der zwar kurz erschrak, aber sofort sein arrogantestes Lächeln aufsetzte.

»Was wird hier gespielt, Schulz? Miltenberger wollte, dass ich seine Vertretung mache. Was läuft hier für ein Scheißspiel?«, polterte er.

»Röder, beruhigen Sie sich. Ich kann ja verstehen, dass Sie sich übergangen fühlen. Bestimmt haben Sie sich Hoffnungen auf eine Stelle als Oberstaatsanwalt gemacht.«

Nun tickte Röder aus. »Jetzt reicht es, Sie arroganter Schnösel.

Es geht um die Vertretung, nicht um eine Beförderung. Wenn hier jemand einen übertriebenen Ehrgeiz an den Tag legt, dann ja wohl Sie! Vom ersten Tag an haben Sie sich schlecht eingeführt und alles besser gewusst.«

»Röder, Sie scheinen es nicht zu begreifen. Ich bin ab sofort Ihr Vorgesetzter, ob Sie es wollen oder nicht. Im Ministerium gab es offenbar gute Gründe, mich und nicht Sie zu Miltenbergers Stellvertreter zu bestimmen. So wie Sie sich hier benehmen, verstehe ich das auch. Ihr exzentrischer Ruf ist überall bekannt. Wollten Sie nicht sowieso bald Urlaub machen? Soweit ich weiß, gibt es bei Ihnen zurzeit nichts, was nicht ein bisschen liegen bleiben kann. Von mir aus kann es direkt losgehen. Ich gebe Ihnen Sonderurlaub, und wenn Sie in zehn Tagen wiederkommen, sieht die Welt bestimmt ganz anders aus.«

»Leck mich am Arsch!«, zischte Röder und verließ den Raum.

»Was haben Sie gesagt?«, kreischte Schulz ihm noch hinterher.

Röder war erstaunlich ruhig, als er kurz darauf die offenen Akten in seinen Schreibtisch räumte und diesen sorgfältig verschloss. Fast schon wieder gut gelaunt fuhr er nach Hause, wo er Manu bei der Hausarbeit überraschte. Sie freute sich, ihn zu sehen, aber ihr war sofort klar, dass irgendetwas geschehen war. Als er ihr alles erzählt hatte, beschlossen sie, einen Spaziergang zur Klosterruine Limburg zu machen, wo sie eine Weile schweigend im Kirchenschiff vor dem Grab der Gunhild stehen blieben. Der Salierkaiser Konrad hatte im Jahr 1025 die romanische Benediktinerabtei angeblich am selben Tag wie den Speyerer Dom gegründet. Der Sage nach am Morgen, und erst am Mittag den Dom zu Speyer. Darauf waren die Bad Dürkheimer besonders stolz.

»Mach dir keinen Kummer. Es wird schon weitergehen«, sagte Manu und schmiegte sich eng an ihn. Er erwiderte ihren Blick und küsste sie, dankbar, dass er sie und keine andere Frau bekommen hatte.

***

Da sich Röder für den Rest der verregneten Woche – mehr oder weniger freiwillig – Sonderurlaub eingetragen und deshalb keine

Verpflichtungen hatte, freute er sich inzwischen regelrecht auf den Start der Vino Miglia. Von zwei seiner Kollegen und von Frau Vogel hatte er Anrufe erhalten. Er erfuhr, dass es Miltenberger etwas besser ging, und keiner hatte verstanden, warum so ein Greenhorn wie Schulz die Vertretung machen sollte. Von Frau Vogel erhielt er den entscheidenden Hinweis. »Der Schulz hat halt das richtige Parteibuch«, meinte sie. Auch wenn er die Sekretärin für eine Klatschbase hielt, so freute sich Röder doch, dass sie offensichtlich zu ihm hielt.

Am Freitagnachmittag fuhren Röder, Manu und zwei ihrer Töchter nach Deidesheim. Felicitas hatte beschlossen, bei ihrer Oma zu bleiben, und meinte noch, dass sie sich nicht für »olle Karren« interessiere.

»We let the good times roll« war das Motto des Hotels im »Paradiesgarten«, einer bevorzugten Weinlage von Deidesheim. Das im Stile der fünfziger Jahre nostalgisch eingerichtete Haus passte mit seinem Ambiente gut zu den Oldtimern. Heute, am Tag vor dem Start, erfolgte hier die Registrierung und technische Abnahme der Fahrzeuge. Die Teilnehmer konnten anschließend noch einen gemütlichen Tag in der Vorderpfalz verbringen, bevor beim gemeinsamen Abendessen die erste Fahrerbesprechung abgehalten wurde.

Vor dem Hotel herrschte ein buntes Treiben von Menschen und Fahrzeugen, das teilweise chaotische Züge angenommen hatte. Fahrzeuge wurden von Trailern geladen, Zufahrtswege versperrt, sodass es kein Vorwärts und Rückwärts mehr gab. In das Getümmel hatte sich auch ein Kastenwagen verirrt, der eigentlich nur das Hotel beliefern wollte. Dessen Fahrer hupte wild und machte hinter dem Steuer auf HB-Männchen.

Die Auffahrt zum Hotel war blockiert, und die Familie entschied, am Tennisplatz zu parken, wo die Teilnehmer ihre Transporttrailer für die Dauer der Veranstaltung abstellen durften. Auf dem Parkplatz vor dem Hotel standen schon einige rollende Schätze, umringt von Zuschauern und bewacht von den Eigentümern, die gerne Auskunft über technische und historische Details ihrer Fahrzeuge gaben. An einem besonders alten Auto blieben sie stehen. Von dem freundlichen Bonner Ehepaar erfuhren sie, dass es sich bei dem Wagen um einen Wanderer W11 von 1929 handelte. Auf die Frage von Laura, ob das alte Fahrzeug auf einer so langen Strecke nicht kaputtgehen würde, lächelten die beiden nur müde und zählten die Veranstaltungen auf, an denen sie mit ebendiesem Auto in fast dreißig Jahren teilgenommen hatten.

Sie gingen weiter, bis Marie-Claire bei einem adretten Mittzwanziger hängen blieb, der ihr seinen vierundsechziger Porsche 356 erklärte und sie zu einer Spritztour einlud, die sie aber lachend ablehnte. Röder fragte sich kurz, seit wann sie so viel von Autos verstand.

Manu hatte sich von ihnen getrennt und war auf dem Weg zum Organisationsbüro, um sich Informationen für ihre Pressearbeit zu besorgen. Sie hatte Laura mitgenommen, die bei ihrer Mutter bleiben wollte. Röder ließ Marie-Claire weiter mit dem Porschefahrer fachsimpeln und spazierte über den Parkplatz. Er genoss die Atmosphäre und bestaunte die eine oder andere Rarität auf vier Rädern. Ein paar schwarze Flecken auf dem Boden zeugten noch vom Brand des BMWs, aber der Gärtner hatte die umgetretenen Büsche bereits ersetzt. Er traf einen der Organisationsleiter, der zusammen mit dem Sachverständigen die historisch-technische Abnahme vornahm. Es gab ein Problem mit einem Opel Kapitän von 1956, der zu viel Öl verlor.

Dass die alten Gefährte Öl verloren, war eigentlich normal. Deswegen erhielten alle Teilnehmer mit der Aushändigung der Unterlagen auch einen großen Bogen Ölpappe, den jedes Fahrerteam bei längeren Aufenthalten unter das Fahrzeug schieben musste. Aber der alte Opel leckte geradezu.

Das nächste Fahrzeug, das an die Reihe kam, war ein MG TF Midget 1500. Das schicke Auto aus den Fünfzigern fuhr vor, und Fahrer und Beifahrer stiegen aus. Es waren Professor Sulger und Stadtrat Tauss. Sulger hatte Röder auch gesehen, drehte sich aber sofort weg.

Röder überlegte, ob er hingehen, sich vielleicht entschuldigen sollte. Ein konkreter Verdacht gegen den Professor bestand offiziell nicht mehr, aber letztendlich hatte er immer noch das Gefühl, dass Sulger mehr wusste, als er sagte. Andererseits hatte er mit den Ermittlungen zum Tod von Knecht offiziell nichts zu tun, der Fall gehörte der Staatsanwaltschaft Mannheim, und Röder hatte auch gar keine Lust mehr, sich an Detektivspielen zu beteiligen.

Röder wunderte sich über sich selbst. Dieses Gefühl war ihm neu. Bisher hatte er immer eine nicht nur berufliche Neugier entwickelt, wenn es um komplizierte Kriminalfälle ging.

Bei den Ermittlungen im Mordfall Knecht traten die Mannheimer auf der Stelle. Von Devries wusste Röder, dass eine Sonderkommission eingesetzt worden war, aber die Resultate dürftig ausfielen. Bis auf die DNS-Spuren, die durch die vorangegangenen Sexspiele vorhanden waren, hatte man keinerlei Spuren entdeckt. Das Wasser hatte ganze Arbeit geleistet, und die Folie, den Draht und die Betonsteine zum Beschweren konnte man in jedem Baumarkt kaufen. Einzig die genaue Untersuchung der Wunden des Opfers ließ darauf schließen, dass die arme Sau mit Zigaretten und Messerstichen gequält und schließlich mit einem Stahlseil erdrosselt worden war. Niemand konnte sich erklären, wozu diese Grausamkeiten nötig waren. Sulger half bei den Ermittlungen, so gut es ging.

Röder beschloss, zum Organisationsbüro zurückzugehen, und rannte dabei beinahe einen großen kräftigen Mann um. Erst auf den zweiten Blick erkannte er Hauer, seinen alten Studienkollegen.

»Hey, was machst du denn hier? Ich habe dich beinahe nicht erkannt, so in Räuberzivil.« Hauer trug Jeans, eine Baseballmütze und eine große Sonnenbrille.

»Oh, hallo, Ben. Schön, dich zu sehen. Ich bin mit meinem Sohn hier. Alle paar Wochen ist Vatertag, wie du weißt, und wir sind beide ein bisschen traurig, dass wir unseren Oldtimer nicht mehr haben. Wenigstens können wir hier noch ein wenig schwärmen. Sorry, Ben. Ich muss weiter. Ich suche nämlich meinen Junior und weiß nicht, wo er steckt.«

»Dann los. Vielleicht sehen wir uns später noch mal, dann trinken wir einen Schoppen.«

»Gute Idee«, sagte Hauer und verschwand eiligst.

Röder betrat das Hotel und traf dort auf Hellinger und Steiner, die am Registrierungsschalter standen, um sich das Bordbuch und die anderen Unterlagen abzuholen. Hellinger schien gedrückter

Stimmung zu sein, und Steiner war auffallend still. Röder verkniff es sich, nach den Gründen zu fragen, er kannte die Probleme seiner Freunde. Gemeinsam bereiteten sie die Abnahme des Fahrzeugs vor.

Beim gemeinsamen Abendessen wurde die erste Fahrerbesprechung abgehalten. Insgesamt gingen einundachtzig Fahrzeuge an den Start, die mit hundertzweiundsiebzig Fahrern und Beifahrern besetzt waren. Dreiunddreißig Organisatoren und Helfer würden den Tross begleiten. Die Liste der teilnehmenden Fahrzeuge war beeindruckend, was sich allein an der Klasseneinteilung ablesen ließ.

Sechs Fahrzeuge würden in der Klasse »Vintage« starten, die Fahrzeuge bis Baujahr 1931 beinhaltete. Das älteste Fahrzeug war ein Buick Master Six aus dem Jahr 1926, der von einem Ehepaar gesteuert wurde, das mehrmals pro Jahr an einer solchen Fahrt teilnahm und zu den absoluten Kennern der Szene gehörte.

Manu hatte das Besitzerehepaar in einer ihrer Pressemitteilungen besonders gewürdigt.

In der Klasse »Post Vintage« bis 1945 und »Historic« bis 1954 starteten etwa gleich viele Fahrzeuge, aber das mit Abstand größte Feld mit etwa fünfzig Fahrzeugen würde in den Klassen »Classic« bis 1960 und »Post Classic« bis 1972 starten. Die Organisatoren achteten darauf, dass die Fahrzeuge insgesamt ein großes Spektrum der Automobilgeschichte abdeckten und möglichst wenige Fahrzeuge mehrfach dabei waren. Das jüngste Fahrzeug war ein Karmann Ghia von 1972.

Steiners Käfer war Baujahr 1968 und bei Weitem nicht das jüngste Gefährt. Es war Steiners zweiter Käfer. Sein erstes Auto als Jugendlicher war ebenfalls ein Käfer gewesen, und er hatte ständig daran rumgeschraubt. Wenige Jahre später hatte er als junger Polizist auf dem Weg zum Dienst einen Totalschaden. Auf herbstnasser Fahrbahn geriet er in einer Kurve ins Schleudern. Der Motor im Heck sorgte für die entsprechenden Umdrehungszahlen um die eigene Achse, ein bekanntes Problem beim Käfer. Vor etwa zehn Jahren bekam er ein Fahrzeug aus der gleichen Baureihe, aber zum Cabrio umgebaut angeboten. Aus Sentimentalität und Spaß am

Schrauben griff er zu. Seitdem hegte und pflegte er den dreizehnhunderter Käfer, den er wegen seiner schwarzen Kunststoffsitze und der originalen cremefarbenen Lackierung liebevoll »Pinguin« nannte, in der Garage seines Reihenhauses.

Nach den allgemeinen Hinweisen zur Organisation und der Klasseneinteilung erläuterten die Organisatoren zwischen den Gängen die Strecke, die Durchfahrts- und Sonderkontrollen sowie die Wertungsregeln. Bewertet wurden der geschickte Umgang mit dem Fahrzeug, das Auffinden der Strecke und die gleichmäßige Fahrweise. Bei einer Rallye mit so alten »Schnauferln« kam es nicht auf Höchstgeschwindigkeiten oder Streckenrekorde an.

Gegen zehn Uhr waren das Abendessen und der offizielle Teil der Fahrerbesprechung vorüber. Ein paar Unentwegte verabredeten sich in der Hotelbar, aber Röder und seine Freunde beschlossen, nach Hause zu gehen, zumal sie ja aus der Gegend waren und am folgenden Tag ausgeruht auf die Strecke gehen wollten. Viele der Teilnehmer, die eine weite Anreise hatten, übernachteten im Hotel. Ein paar Profis zogen ihren Trailer für den Oldtimer mit einem Wohnmobil, in dem sie am Vortag der Rallye auch übernachteten. Auf der Reise nach Bozen und zurück würden die Teilnehmer durchweg in guten bis sehr guten Hotels wohnen, und jeder Tag würde mit einem gemeinsamen Essen beendet werden.

FÜNF

Nach mehreren Tagen mit bedecktem Himmel und Regen, den die Pflanzen dringend gebraucht hatten, war am Samstagmorgen die Sonne über der Pfalz wieder zu sehen. Die Wildrosenhecke an der Grenze zu Röders Nachbargrundstück stand in voller Blüte, und die frischen Farben und der Duft lockten alle möglichen Insekten an. In den Gärten summte und brummte es munter. Laura, die Frühaufsteherin, hatte ein paar Maikäfer gefangen. Insekten, die Röder schon seit seiner Kindheit nicht mehr gesehen hatte.

Kurz nach sieben kam Steiners Frau mit ihrem Mann und Hellinger vorgefahren, und Röder verabschiedete sich von seiner Familie. Manu würde erst später mit den Kindern nach Deidesheim kommen, um den Start mitzuverfolgen, dann musste sie dort nicht herumstehen, zumal Marie-Claire und Felicitas im Moment noch ziemlich verschlafen und wahrscheinlich schwer zu bewegen waren.

Steiners Käfer und die ganzen anderen Veteranen standen immer noch auf dem Hotelparkplatz, wo sie am Vorabend abgestellt worden waren. Der Parkplatz war bewacht, und die Sicherheitsmaßnahmen waren noch einmal verstärkt worden, seit Hellingers Auto abgebrannt war. Es hatte eine gewisse Unruhe unter den Teilnehmern gegeben, als sie von dem Vorfall erfuhren. Die Organisatoren konnten aber durch ihr überarbeitetes Sicherheitskonzept alle Gemüter beruhigen.

Bis zum Vorstart um halb neun war noch ein wenig Zeit. Dann würde das erste Fahrzeug in Richtung Stadthalle fahren, wo der eigentliche Startpunkt war. Die anderen Fahrzeuge würden im Abstand von dreißig Sekunden folgen, sodass alle Fahrzeuge nach einer guten Dreiviertelstunde auf dem Weg waren.

Die ganze Rallye war in sieben Tagesetappen von je zweihundert bis dreihundertzwanzig Kilometern eingeteilt. Röder, Hellinger und Steiner machten sich mit dem Bordbuch vertraut, das alle erforderlichen Informationen zur Strecke enthielt, um diese korrekt absolvieren zu können.

Die Strecke wurde mit Hilfe sogenannter Chinesenzeichen, das waren Symbole zum Straßenverlauf, und ergänzender Textinformationen beschrieben. Auf den einzelnen Etappen überwachten Durchfahrtskontrollen und unbekannte Sonderkontrollen die Einhaltung der vorgeschriebenen Strecke. Jede Kontrollstelle musste angefahren werden, und das Auslassen einer Kontrolle wurde mit Strafpunkten belegt. Der Zeitplan der Etappen war so ausgelegt, dass er mit einem Schnitt von fünfundzwanzig bis vierzig Stundenkilometern gefahren werden musste. Etappensieger wurde das Team, das sich am genauesten an die Vorgaben hielt und am wenigsten Strafpunkte bekam. Der Gesamtsieger der Rallye wurde durch Addition der Tagesergebnisse ermittelt. Er erhielt den Großen Preis der Landrätin, und der Fahrer oder Beifahrer wurde mit gutem Pfälzer Wein aufgewogen.

»War eine gute Idee, Achim mitzunehmen. Wenn wir ihn auf der Fahrt noch ein wenig mästen, dann bringt er es locker auf hundert Kilo«, feixte Steiner gut gelaunt. Er selbst brachte höchstens hagere siebzig Kilo auf die Waage. Hellinger, der keinesfalls dick, aber athletisch gebaut war, lächelte nur schwach. Überhaupt schien er auch heute nicht gerade bester Laune zu sein.

»Wo hast du denn den Max untergebracht?«, fragte Röder ihn, als Steiner kurz zur Toilette verschwand.

»Barbara kümmert sich um ihn«, antwortete Hellinger kurz angebunden. Barbara war eine Verwandte von Mariusz, Hellingers unverzichtbarem Vorarbeiter. Katrin war offensichtlich immer noch nicht wiederaufgetaucht.

»Ich mache mir Sorgen um dich«, meinte Röder.

»Danke, ich komme schon klar. Lass uns die Rallye genießen. Ich habe jetzt keinen Bock, über meine Frau zu sprechen.«

Gegen neun Uhr fünfzehn war es so weit. Vom Hotel aus wurden sie von Streckenposten zur Starthalle gelotst, wo sie unter dem Jubel der begeisterten Zuschauer über die Startlinie gewinkt wurden und die offizielle Zeitnahme zu ticken begann. Sie fuhren mit offenem Verdeck und machten in der Stadtmitte langsam, um aus dem Fahrzeug heraus ihren Familien zu winken, wobei Röder sogar Küsschen verteilte. Begleitet wurde das Ganze durch die Ansage ihrer Namen und ihres Fahrzeugs, das allerdings bei den vielen Nobelkarossen um sie herum etwas aus der Reihe fiel.

Die erste Etappe würde sie von Deidesheim nach Aalen führen. Es waren Zwischenstationen in Bockenheim und Speyer geplant, bevor sie dann die Pfalz verlassen und nach den Städten Marbach und Welzheim am Abend ihr Tagesziel erreichen würden.

Für die drei Pfälzer war es natürlich kein Problem, den richtigen Weg über die Landstraßen nach Bockenheim und Speyer zu finden. Hier fanden sie sich auch ohne Bordbuch oder Navi zurecht. Steiner fuhr, Röder hatte mit dem Bordbuch auf dem Schoß auf der Beifahrerseite Platz genommen, und Hellinger brütete schweigend auf der Rückbank vor sich hin. Röder war ein bisschen enttäuscht von seinem Verhalten, denn Hellinger hatte schließlich die Idee zur Teilnahme gehabt. Steiner hingegen war bester Laune und hatte seinen beruflichen Frust komplett zur Seite geschoben.

Nach der Schleife über Bockenheim, Heimatort der Weinkönigin, kamen sie in Speyer an. Hier wollte Röder nicht aussteigen. Die Durchfahrtskontrolle war direkt vor dem Dom, wo schon viele Zuschauer warteten. Röder hatte an diesen Ort seit der Schießerei im vergangenen Jahr keine guten Erinnerungen. Obwohl er Speyer sehr gerne mochte, wollte er den unangenehmen Erinnerungen keine Chance lassen und blieb im Wagen sitzen.

Die Fahrt zur Schillerstadt Marbach und weiter nach Welzheim, mitten im schönen Naturpark Schwäbisch-Fränkischer Wald, verlief ereignislos, beeindruckte aber alle sehr. Röder musste zu seiner Schande gestehen, dass er beide romantisch verträumten Städte noch niemals besucht hatte. Umso mehr freute er sich jetzt, dass er sich die Zeit und Muße für die Fahrt genommen hatte. Schon oft hatte er im Spaß gesagt, dass er manche Urlaubsländer besser kenne als die weitere Umgebung der Pfalz. Obwohl sie außerhalb der Wertung fuhren, nahmen sie an der Sonderprüfung mitten in der Innenstadt von Marbach teil. Einhundertzehn Meter sollten in genau 13,7 Sekunden gefahren werden. Gemessen wurde mit einer Lichtschranke, jede zeitliche Abweichung wurde mit Strafpunkten quittiert. Bei Timing-Prüfungen wie dieser war eine festgelegte Distanz in einer bestimmten Zeit zu fahren. An anderen Punkten der Strecke waren Gleichmäßigkeitsprüfungen vorgesehen, bei denen eine bestimmte Geschwindigkeit vorgegeben war, deren genaue Einhaltung gewertet wurde. Bei manchen Rallyes gab es darüber hinaus noch Spezial- oder Spaßprüfungen, etwa das Beantworten von mehr oder weniger ernst gemeinten Fragen über die Landschaft, die durchfahren wurde, oder über die Menschen, die an der Strecke lebten oder gelebt hatten.

Gegen fünf Uhr nachmittags erreichten sie Aalen. Die Aufregung, das erste Mal an einer Oldtimerrallye teilzunehmen, hatte sich gelegt, und die drei waren sich einig, dass sie ihre Sache nicht schlecht gemacht hatten. Sie freuten sich auf eine Dusche, etwas Gutes zu essen und zu trinken sowie ein bequemes Bett.

Röder hatte etwas Zeit gehabt, mit seiner Familie zu telefonieren und ein wenig in Aalen zu flanieren. Er hatte erfahren, dass die Stadt das größte römische Reiterkastell am Limes zwischen Rhein und Donau gewesen war, und er hatte den »Spion«, das Wahrzeichen von Aalen, auf dem Turm des alten Rathauses gesehen.

Im Speisesaal des Hotels zogen die beiden Rallyeleiter ein sehr kurzes Tagesresümee, bevor sie grünes Licht zur Plünderung des Buffets gaben, weil die Teilnehmer einen ziemlich ausgehungerten Eindruck machten. Nachdem alle weitgehend satt und zufrieden waren, ging man zur Ehrung der zehn besten Fahrer des Tages über. Der Tagessieger war genau genommen eine Tagessiegerin. Astrid Stark hieß sie, eine attraktive, sympathische Zahnärztin, Mitte vierzig, aus Oldenburg. Sie fuhr mit ihrem Partner einen schönen Mercedes-Benz 200 S Cabrio von 1957. Hellinger meinte, dass er sich von ihr nicht die Zähne ziehen lassen wollte, aber das Auto, das mindestens hunderttausend Euro wert war, würde er nehmen. Röder hatte beim Essen Gelegenheit, mit der Zahnärztin zu sprechen, und erfuhr von ihr einige Kniffe, mit denen die Rallyeprofis arbeiteten.

Als die Kellner abzuräumen begannen, beschlossen Röder und Hellinger, noch einen Absacker an der Bar zu nehmen, während Steiner dankend verzichtete und zu Bett ging. Er wollte auch am kommenden Tag im fitten Zustand die nächste Etappe fahren. Außerdem hatte sein Arzt ihm empfohlen, etwas weniger Alkohol zu trinken.

»Du bist halt kein gebürtiger Pfälzer«, hatte ihm Hellinger noch hinterhergerufen. »Dann hättest du schon aus genetischen Gründen keine Probleme mit der Leber. Schau mich an. Ich habe keine Probleme mit Alkohol, nur ohne.«

Hellinger schien wieder guter Laune zu sein. Er hatte gegessen und dazu einen guten Konkurrenzwein getrunken, den er in höchsten Tönen gelobt hatte.

Seine Stimmung wurde noch besser, als er die Weinkönigin an der Bar sitzen sah. Röder war klar, dass er seinen Freund jetzt bald für den Rest des Abends verabschieden konnte, denn der war quasi schon von Berufs wegen auf Weinhoheiten spezialisiert. Er bestellte sich ein Bier, während Hellinger mit einem Glas Trollinger in der Hand, über den er zwar schimpfte, den er aber trotzdem trank, einen strategisch günstigen Barhocker wählte.

Hellinger lächelte sein charmantestes Lächeln, und die schöne Weinkönigin lächelte strahlend zurück. Röder verdrehte die Augen und trank an seinem Bier. Hellinger würde nie zur Vernunft kommen, Röder sah schon wieder das Weiße in seinen Augen hochsteigen. Das Mädchen war locker fünfundzwanzig Jahre jünger als er.

Nichtsdestotrotz legte Hellinger sich sogleich ins Zeug und begann mit der jungen Frau über Wein zu fachsimpeln, bis er schließlich zu baggern anfing. »Ich dachte immer, die Wahl zur Weinkönigin sei kein Schönheitswettbewerb«, hörte Röder ihn säuseln, »aber bei dir beeindruckt nicht nur die ausgezeichnete Fachkenntnis über Wein, sondern auch deine wunderschöne Erscheinung.«

Die Weinkönigin sagte nichts, schwenkte nur ihren Weißburgunder, hielt das Glas ins Licht und betrachtete die Tränen. Hellinger legte nach: »Ich habe noch nie so schöne Augen gesehen, die edlen Wein so unbestechlich beurteilen.« Bei diesen Worten legte er der hübschen jungen Frau seine Hand auf den Arm und schaute ihr tief in die Augen.

»Oh, Hellinger. Lass die Pfoten von mir. Du hast doch wahrscheinlich schon meine Oma angemacht, und ehrlich, ich werde nicht die dritte Generation von Weinköniginnen sein, die auf deinen angestaubten Opa-Macho-Charme reinfällt.«

Röder prustete in sein gerade frisch serviertes zweites Bier, dass ihm der Schaum ins Gesicht spritzte, als die couragierte Weinkönigin den ungläubigen Hellinger einfach stehen ließ und davonstiefelte.

»Mach dir nichts draus, Achim. Du kommst halt auch in die Jahre. Ist auch gut so, denn sonst müsste ich Angst um meine Töchter haben, und so sind sie wenigstens einigermaßen sicher vor dir«, feixte Röder. Er erwartete, dass Hellinger jetzt platzen würde, aber nichts dergleichen geschah.

Hellinger nahm sein Glas, wandte sich Röder zu und seufzte: »Ach Ben, wahrscheinlich hast du recht. Seit ich denken kann, wollte ich von den Frauen nur einen geilen Fick. Aber es macht mir nicht mehr so viel Spaß wie früher. Ich möchte Geborgenheit, ein Heim, lachende Kinder. Irgendetwas, das mich spüren lässt, dass das Leben nicht umsonst ist.«

»Das hast du doch alles«, antwortete Röder.

»Ben, du weißt doch längst, was los ist. Katrin hat einen Lover, der zwanzig Jahre jünger ist als ich.«

»An dieser Situation bist du aber auch nicht ganz unschuldig. Katrin ist zehn Jahre jünger als du, und du hast sie oft betrogen.«

»Ja, ich weiß. Und ich weiß jetzt auch, dass sie die Richtige ist.« Tränen standen in Hellingers Augen.

»Bist du dir sicher, oder ist es nur deine gekränkte Eitelkeit?«

»Nein, ich liebe sie wirklich.«

»Und was sagt sie dazu?«

»Sie will sich scheiden lassen und ihren Trainer aus dem Sportstudio heiraten.«

Röder schwieg und nickte.

***

Hellinger erschien am Morgen völlig verkatert und übel gelaunt am Frühstückstisch. Er hatte als einer der letzten die Bar verlassen und, beim Konsum diverser Alkoholika, Freundschaft mit einem der anderen Teilnehmer geschlossen. Ein Unternehmer, der seine Firma zumachen musste und jetzt zwar nicht unbedingt an Geld-, aber an Beschäftigungsmangel und Frustration litt.

Röder und Steiner befahlen ihm, sich unbedingt noch mal unter die Dusche zu stellen, anderenfalls würden sie ihn in Aalen lassen und die Etappe nach Starnberg allein fahren. Alternativ boten sie an, ihm einen Platz hinten im Laderaum des Weintransporters zu besorgen. Hellinger, sonst immer für einen Spaß zu haben, schimpfte wie ein Rohrspatz über diesen Witz, was im Frühstückssaal für einiges Aufsehen sorgte, Steiner und Röder aber nur erheiterte.

Um neun Uhr fiel der Startschuss zur zweiten Etappe. Eigentlich sollten die Fahrzeuge im Abstand von einer Minute nach aufsteigenden Startnummern losfahren, doch das funktionierte nur am ersten Tag. An allen anderen Tagen wurde gestartet, wie die Fahrzeuge gerade zur Startlinie kamen. Der Moderator konnte sich jedenfalls keine Konzentrationsschwächen leisten, weil sich die Autos in einer langen Schlange bis in die Tiefgarage zurück stauten und er nicht die Details und Anekdoten zu Fahrern und Gefährt verwechseln durfte. Steiners Käfer ging als eines der letzten Fahrzeuge auf die Piste, da die drei Insassen mit den chaotischen Gepflogenheiten beim Start noch nicht vertraut waren.

Sie hatten die gleichen Plätze wie am Vortag eingenommen. Steiner und Röder vorne, Hellinger wieder vor sich hingrübelnd im Fond. Beinahe hätten sie das Schild für Jubs Sektstand übersehen. Jub war verantwortlich für die Weinversorgung auf der Fahrt. Jeden Morgen gegen elf Uhr baute er irgendwo auf der Strecke seinen Stand auf, an dem Neuigkeiten ausgetauscht und das eine oder andere Glas Sekt getrunken wurde.

Trotzdem trug der Sekt an diesem Tag nicht wirklich zur Hebung der Stimmung bei, denn Hellinger muffelte nur vor sich hin. Immerhin hatten Steiner und Röder ihren Spaß, als sie mit Jub und den anderen Teilnehmern scherzten.

Nach etwa fünf Stunden Fahrt überquerten sie bei Dillingen die Donau. Sie hatten zuvor eine Sonderprüfung in Augsburg absolviert und fuhren nun durch das platte oberbayrische Land zur nächsten Kontrollstelle in Herrsching am Ammersee. Die übernächste Station würde Starnberg sein, das Ziel der Tagesetappe, das seinen Ruf als Promi-Hochburg tapfer verteidigte. Röder war mit

Hellinger schon einmal hier gewesen, und zwar auf Urlaubsfahrt mit Hellingers altem BMW. Am Starnberger See hatten sie gezeltet und ein paar gar nicht so spröde Engländerinnen kennengelernt. Hellinger hatte noch Jahre später Post von einem der Mädchen erhalten, das er sogar mal besuchen wollte. Röder wusste nicht mehr, was aus diesen Plänen geworden war, aber erwähnte es nicht, denn er wollte Hellingers Laune nicht noch weiter trüben. Eigentlich hätten sie diese Fahrt ja wieder in dem orangefarbenen Oldtimer machen wollen.

Steiner störte die schlechte Stimmung. Er versuchte, das allgemeine Schweigen aufzubrechen, und erzählte einen Witz.

»Hey, kennt ihr schon den? Treffen sich zwei Frauen. Fragt die eine: ›Sag mal, erzählst du deinem Mann, wenn du einen Orgasmus hast?‹ Antwortet die andere: ›Nee, er hat's nicht gern, wenn ich ihn bei der Arbeit anrufe.‹«

Hellinger stürzte sich ohne Vorwarnung auf Steiner und würgte ihn von hinten. Auf der engen Straße veriss dieser beinahe das Steuer und schaffte es gerade noch, rechts heranzufahren.

Röder stand fast auf dem Beifahrersitz. Wütend rief er: »Spinnst du? Willst du uns alle umbringen?«

Der Tag und die Stimmung waren vollkommen verdorben. In Herrsching ließen sie sich ohne Worte den Stempel der Durchfahrtskontrolle geben und erreichten genauso wortlos das Ziel in Starnberg. Hellinger verließ das Fahrzeug und wurde nur noch kurz beim Essen und später an der Bar gesehen, wo er mit seinem neuen Bekannten einen hob.

Röder und Steiner hingegen hatten beschlossen, sich die Laune nicht verderben zu lassen, und stellten ihr Fahrzeug auf dem bewachten Parkplatz ab. Steiner sprach mit den beiden gelben Engeln, weil er während der Fahrt einige Aussetzer in der Zündung bemerkt hatte. Die viel beschäftigten Pannenhelfer drückten ihm Kontaktspray und eine kleine Messingbürste in die Hand, damit er den Schaltfinger des Zündverteilers reinigen konnte. Als das erledigt war, machten sie einen Rundgang durch Starnberg, denn vor dem Essen hatten sie noch genügend Zeit, sich die üppig ausgestattete Rokoko-Kirche Sankt Joseph und das wuchtige, vierflügelige Schloss aus dem siebzehnten Jahrhundert anzusehen. Natürlich ließen sie sich auch einen Besuch des Pfälzer Weinstandes nicht entgehen, der von der Weinkönigin und einem Vertreter der Pfalzweinwerbung in der belebten Fußgängerzone betrieben wurde.

Tagessiegerin wurde wieder die starke Astrid, wie die Teilnehmer die derzeitige Favoritin anerkennend nannten, und zwar nicht nur wegen ihres Nachnamens. Röder gratulierte ihr bei einer passenden Gelegenheit nach dem Essen und hatte noch viele Gespräche mit anderen Rallyefahrern. Die meisten waren Rallyeveteranen wie ihre Fahrzeuge. Aber keiner der drei Neulinge im Käfer bekam Arroganz oder Überheblichkeit zu spüren. Im Gegenteil, sogar für die schlechte Laune von Hellinger hatten die anderen Teilnehmer großes Verständnis, da sein geliebtes Fahrzeug schließlich im Vorfeld abgefackelt worden war. Jeder kannte die Geschichte und hoffte, dass die zusätzlichen Sicherheitsmaßnahmen griffen, damit nicht irgendein Verrückter noch ein Auto anzünden würde.

»Bestimmt war es einer von euch«, sagte ein Vertreter der örtlichen Presse, der prompt ausgebuht wurde und an diesem Abend garantiert nicht mehr viel im Milieu recherchieren konnte.

»Glauben Sie auch, dass es einer von uns war?«, fragte Sulger, der sich unvermittelt zu Röder und Steiner an den Tisch setzte. Die beiden waren etwas verdutzt, ließen sich aber nichts anmerken.

»Das kann ich mir nicht vorstellen«, meinte Steiner, »das ergibt keinen Sinn. Die Kollegen Profiler glauben, dass es ein Neider ist, und haben sogar ein dickes Dossier über den möglichen Täter gemacht. Sie gehen davon aus, dass er ein Entwurzelter ist und aus Frust gegen das Establishment handelt. Jemand, der außerhalb der gesellschaftlichen Norm lebt. Kaum anzunehmen, dass er auf der Rallye wieder zuschlägt.«

»Aha, was macht Sie da so sicher? Gibt es wirklich kein anderes Motiv?«

»Was wollen Sie damit sagen?«, fragte Röder, der sich über die Hartnäckigkeit des Professors wunderte. Überhaupt schien der gute Mann reichlich nervös zu sein. Er klammerte sich förmlich an sein Glas, sodass seine Knöchel hervortraten. »Meinen Sie, dass der Tod von Doktor Knecht etwas damit zu tun hat?«, fragte er ins Blaue hinein.

»Ich glaube, wir wissen alle nicht, was hier gespielt wird«, meinte Sulger und lächelte schief.

»Ach, hier bist du, bei den Herren Inquisitoren«, unterbrach der unversehens aufgetauchte Tauss das Gespräch.

Röder und Steiner begrüßten den Neuankömmling. Röder und Tauss kannten sich bereits, sie waren ja quasi in der gleichen Branche beschäftigt, wenn auch in verschiedenen Bundesländern.

»Die Frau von Herrn Röder war bei mir, weil sie einen Artikel über die RAF schreibt. Mich interessiert, wie sie vorankommt«, erklärte Sulger.

»Was wollte der uns jetzt sagen?«, fragte Steiner, als die beiden Männer wieder gegangen waren. Beiden kam der Auftritt von Sulger und Tauss verdächtig vor, besonders, da Sulger nicht in Gegenwart seines Freundes über den Mord an Knecht sprechen wollte.

»Einen echten Zusammenhang zwischen dem Mord an Knecht und dem Brand an Achims Auto sehe ich, ehrlich gesagt, im Moment nicht.«

Röder schüttelte den Kopf. »Das sehe ich aber anders. Sulger ist das Bindeglied. Sein Assistent und Mitarbeiter wurde ermordet. Er hat vor Jahren ein altes restauriertes Auto von Lorenz gekauft, der in seinem eigenen Wagen umgekommen ist. Hellingers BMW wurde mit einem ähnlichen Brandsatz zerstört, ebenso der Oldtimer des Kölner Verlegers. Wie wir es auch drehen, wir haben es immer wieder mit Oldtimern und Brandbomben zu tun. Und Sulger kennt zwei der Opfer.«

»Vielleicht Versicherungsbetrug?«, schlug Steiner vor.

»Lorenz starb nicht in einem wertvollen Oldtimer.«

»Der Kölner Verleger schon.«

»Meinst du, Achim hat die Versicherung beschissen? Das Auto war vielleicht zehn-, fünfzehntausend wert. Das bezahlt der doch aus der Portokasse«, meinte Röder.

»Ja, stimmt. Außerdem hing er an dem Auto. Ich glaube nicht, dass er es überhaupt dem Wert entsprechend versichert hatte. Aber ich lasse es trotzdem mal von Sybille prüfen.«

Steiner meinte seine junge Mitarbeiterin, die immer gerne mit besonders extravaganten Frisuren auffiel. Zurzeit war es ein orangefarbener Bubikopf. Bei ihrer letzten Begegnung hatte Röder ein neues Tattoo in Form eines chinesischen Drachen auf ihrem Rücken entdeckt, das von einem trägerlosen Top nur ansatzweise bedeckt wurde. Er musste Steiner mal indiskret fragen, wie es um das Liebesleben von Sybille stand, denn es gab da immer einen direkten Zusammenhang mit ihrem Outfit.

»Miltenberger meint, dass unsere Ermittlungen von oben boykottiert werden.«

»So hat der das bestimmt nicht gesagt«, wehrte Steiner ab. »Aber mal ehrlich. Mir ist der Gedanke auch schon gekommen. Herdegen ist ein alter Parteigaul und hat beste Beziehungen zum Ministerium. Nicht von ungefähr ist er damals nach Mainz befördert worden.«

Während sich Röder noch seine Gedanken über Steiners Bemerkung machte, telefonierte der bereits. Er erwischte seine Mitarbeiterin in einer In-Kneipe in Heidelberg, wo sie ihren freien Abend verbrachte und sich halb im Spaß, halb im Ernst über die Störung beschwerte. Sie versprach, gleich am nächsten Morgen der Versicherungssache nachzugehen. Bevor Steiner auflegen konnte, nahm Röder ihm das Handy aus der Hand und bat Sybille, bei der Gelegenheit mehr Informationen über das Kölner Mordopfer zu beschaffen. Sie sollte außerdem mal nachhaken, ob sie an die Unterlagen des Falles kommen konnte. Röder war der Weg über die Staatsanwaltschaft erst einmal versperrt, zumindest solange er sich in Urlaub und in Ungnade befand. Sybille verlangte noch mal ihren Chef, und Röder reichte das Handy an Steiner zurück.

»Das ist in Ordnung, das kannst du machen. – Ja, natürlich hat er uns zurzeit nichts zu sagen, du machst es auf meine Anweisung.« Er machte eine Pause. »Nein, sag dem Herdegen nichts davon.«

Einer plötzlichen Eingebung folgend, fügte er hinzu: »Warte mal, finde doch bitte heraus, ob der Schulz ein Parteibuch hat. Und wenn ja, welches. – Du bist ein Schatz. Mach dir über den Datenschutz keinen Kummer. Du kannst ihn ja ganz einfach fragen.

Wenn du dich als potenzielles Jungmitglied ausgibst, musst du nicht in verbotenen Datenbanken stöbern.«

Steiner beendete zufrieden das Gespräch, und die beiden hoben ihre Weingläser, die heute mit einer ausgezeichneten Rotwein-Cuvée aus der Pfalz gefüllt waren. Schon lange hatten sie nicht mehr so einträchtig miteinander ermittelt. Schließlich stellte Röder die indiskrete Frage, die ihm unter den Nägeln brannte, und erfuhr, dass Sybilles Neuer irgendein alternder Rockmusiker war.

***

Am Morgen machte sich der ganze Tross auf den Weg nach Garmisch-Partenkirchen, das Ziel der dritten Etappe. Hellinger tauchte weder beim Frühstück noch beim Fertigmachen der Fahrzeuge auf. Röder versuchte, ihn auf dem Handy zu erreichen. Als die automatische Ansage ihm mitteilte, der Teilnehmer sei zurzeit nicht zu erreichen, machte er sich Sorgen und fragte an der Rezeption nach, wo man ihm mitteilte, dass Hellinger bereits ausgecheckt hatte. Er ging zu den beiden Rallyeleitern, die wie jeden Morgen in der Empfangshalle den Troubleshooter machten. Sie wussten auch nichts, glaubten aber, Hellinger beim Vorauskommando gesehen zu haben, das vor einigen Minuten losgefahren war, um in Garmisch die Ankunft der Fahrzeuge und den Weinstand vorzubereiten. Röder bat um die Nummer des Weinlasterfahrers und erhielt von diesem die Bestätigung: Hellinger hatte sich einen Platz im Weinlaster ergattert.

Steiner und Röder beschlossen, ihren Freund am Abend zur Rede zu stellen. Seinetwegen hatten sie sich zur Rallye angemeldet, und jetzt nervte er mit miesester Laune und ließ sie auch noch hängen.

Die erste Zwischenetappe an diesem Morgen war der malerische Kurort Bad Tölz. Der Föhn hatte eingesetzt und ließ die Alpen zum Greifen nahe erscheinen. Es war eine wundervolle Fahrt auf diesen abgelegenen Straßen, mit diesem herrlichen Fernblick und der klaren Luft. Gegen halb elf hielten sie in einem Seitenweg, wohl wissend, dass sie Jubs Sektausschank verpassen würden, öffneten das Verdeck und genossen das grandiose Panorama. Gelegentlich rauschte ein Oldtimer vorbei, dessen Insassen freundlich winkten, bis schließlich das Pannenfahrzeug hielt. Es war der junge Mechaniker von gestern. Er ließ sich versichern, dass technisch alles in bester Ordnung war, und fuhr weiter. Auch das Schlussfahrzeug mit dem Arzt an Bord hielt an, und der Doktor erkundigte sich besorgt nach ihrem Befinden, das sie nur als großartig beschreiben konnten.

Viel zu spät, aber von dem Naturerlebnis berauscht, kamen sie in Bad Tölz an. Röder schlug vor, dass sie dem Bullen von Tölz einen Besuch abstatten sollten. Steiner, der kein großer Fernsehgucker war, stand zunächst auf dem Schlauch, bis Röder ihn aufklärte.

Auf der weiteren Strecke hatten sie einen unvergesslichen Blick auf die Benediktenwand, die hier das Panorama beherrschte. Auf dem Weg nach Murnau, in der Nähe von Kochel am See, konnten es sich die beiden nicht verkneifen, in einem urbayrischen Biergarten mit einer ebensolchen Bedienung »a Poar Weißwürschtl und zwoa Hoibe« zu verdrücken. So ließ es sich aushalten, und beide träumten schon jetzt davon, bei der nächsten Rundfahrt wieder dabei zu sein. Dann würden sie aber auch in der Wertung mitfahren. Obwohl sie bis vor wenigen Tagen von Tripmaster, Schnittrechner und der Verwendung von Stoppuhren bei Zuverlässigkeitsfahrten nie etwas gehört hatten, diskutierten sie die Abstimmung und Anwendung in Verbindung mit dem Bordbuch und den anderen Materialien, die sie beim Start in Deidesheim ausgehändigt bekommen hatten. Der Start in der Pfalz kam ihnen schon ewig lange zurückliegend vor, die Probleme des Alltags waren längst vergessen.

Gegen vier Uhr am Nachmittag erreichten sie bei strahlendem Sonnenschein ihr Hotel am Eibsee. Der Blick auf die Zugspitze war von keiner Wolke getrübt, und Röder und Steiner beschlossen, auf der Hotelterrasse ein Bier zu trinken, nachdem sie den Käfer geparkt hatten.

Sie hatten gerade ihr Bier angetrunken, als auf dem Parkplatz Hektik ausbrach. Das Servicefahrzeug war mit einem Auto auf dem Trailer vorgefahren. Es war ein alter Vorkriegs-BMW Cabrio.

Steiner wusste sogar das Modell und schätzte das Baujahr auf 1936. Die rechte Vorderseite war reichlich ramponiert.

»Hat es da einer auf BMWs abgesehen?«, fragte Steiner und ließ sein Bier stehen. Röder folgte ihm. Mittlerweile war ein Dutzend Teilnehmer herbeigelaufen. Sie standen um den Trailer herum und diskutierten die möglichen Ursachen.

Der Fahrer des Service-Fahrzeugs berichtete, dass das Auto auf einer abschüssigen Straße hinter Bad Kohlgrub von der Fahrbahn abgekommen und gegen den Fels gekracht war. Die Insassen waren mit einem Schrecken davongekommen, abgesehen von einer harmlosen Platzwunde, welche die Beifahrerin erlitten hatte, als sie gegen den Seitenholm prallte. Das Ehepaar aus Ratingen würde bald mit dem Begleitfahrzeug des Arztes eintreffen.

Steiner begutachtete den Schaden und sprach mit dem Service-Techniker, der sich anschickte, das Fahrzeug abzuladen. »Was, meinen Sie, ist passiert? War es ein Fahrfehler?«

»Da müssen Sie die Pfeiffers fragen. Da drüben kommen sie.« Der Mann zeigte auf den C-Klasse-Mercedes mit dem Schriftzug der Vino Miglia und des Sponsors, der gerade auf den Hof fuhr. Steiner ging mit Röder im Schlepptau rüber.

»Hallo. Das tut mir leid, dass ihr einen Unfall hattet«, sagte er zu dem reichlich betrippelten Ehepaar Pfeiffer. »Ich will euch nicht überfallen, aber ich bin im Zivilberuf Kriminalbeamter und wollte fragen, wie das passiert ist und ob ich euch irgendwie helfen kann.«

»Oh Gott!«, rief die Frau entsetzt. »Ich habe es doch gewusst. Wir sind alle in Gefahr! Dieses verbrannte Auto von dem Winzer – Karl, war das nicht auch ein BMW? All diese zusätzlichen Sicherheitsmaßnahmen und jetzt ein Kriminalinspektor, der bei der Rallye mitfährt!«

»Ermittelst du hier undercover?«, fragte Karl aufgeregt. Mittlerweile standen auch ein paar andere Rallyefahrer um sie herum.

»Nein, nein. Ich fahre privat mit und wollte euch nur meine Hilfe anbieten, weiter nichts. Ich kann euch versichern, dass alles in Ordnung ist.«

»Alles in Ordnung? Unser Auto ist kaputt!«, weinte Frau Pfeiffer, die jetzt ziemlich verstört bei ihrem Mann im Arm lag.

»Nun beruhige dich doch, Kätchen. Er will uns doch nur helfen. Das Auto hat keinen Totalschaden, das kriegen wir mit der Versicherung wieder hin, das verspreche ich dir.« Pfeiffer wandte sich an Steiner. »Wir sind bergab gefahren. Plötzlich gab es einen Knacks, und das Auto ließ sich nicht mehr richtig lenken. Wir sind nach rechts abgekommen und gegen den Felsen gekracht.«

»Du meinst, es war ein technischer Fehler?«

»Ziemlich sicher. Ich würde sagen, dass ein Achsschenkel gebrochen ist, obwohl wir die schon mal erneuert hatten.«

»Habt ihr die Polizei gerufen?«

»Wozu? Wir haben die Notfallnummer der Rallye gerufen, und dann hielt auch noch der Otto an und hat uns geholfen und mit uns auf den Trailer und den Doc gewartet. Dem muss ich noch einen ausgeben, weil seine Zeit jetzt total versaut ist.«

»Braucht ihr kein Polizeiprotokoll für die Versicherung?«

»Doch, schon. Wir haben Fotos gemacht. Wir gehen nachher mit dem Uli zur Polizei. Die sind froh, wenn sie wegen so etwas nicht rausfahren müssen.«

Steiner ließ die beiden gehen und kehrte mit Röder zu ihrem Tisch auf der Terrasse zurück.

»Die Pfeiffers lagen bei den Wertungen weit vorne. Sie gelten als Favoriten«, meinte Röder.

»Ich weiß, aber zurzeit ist die starke Astrid auf Platz eins. Du glaubst doch nicht wirklich, dass jemand Sabotage begeht, um die Konkurrenten auszuschalten?«

»Unwahrscheinlich«, sagte Röder. »Wir sehen wirklich schon überall Gespenster. Komm, lass uns unser Bier austrinken und dann einen kleinen Rundgang um den See machen.«

»Darf ich mich zu euch setzen?« Störzner, einer der beiden Rallyeleiter, nahm an ihrem Tisch Platz. »Ermittelt ihr hier auch wirklich nicht?«, wollte er ohne Umschweife wissen. »Es ist schon komisch, erst brennt Achims Auto, dann taucht ein Kriminalkommissar auf und will mitfahren. Also sagt mir, woran ich mit euch bin. Müssen wir irgendetwas befürchten?«

Röder und Steiner mussten all ihre Überzeugungskraft einsetzen, um glaubhaft zu machen, dass sie rein privat an der Rallye teilnahmen. Sie verschwiegen allerdings, dass sie an einer großen Sache arbeiteten und aus Gründen, die sie nicht erklären konnten, an ihre Grenzen gelangt waren.

»Ich hoffe nur, dass es so ist, wie ihr sagt«, sagte Störzner. »Außerdem, Ben. Dein Ruf in Bad Dürkheim ist einschlägig.«

»Wie meinst du das?« Röder hoffte, dass das Gespräch jetzt eine andere Richtung nehmen würde.

»Na ja. Alle Dürkheimer wissen, was du geleistet hast. Deine Fälle waren spektakulär. Das spricht sich jetzt hier rum.«

Noch bevor Röder antworten konnte, wurde Störzner gerufen. Das nächste Problem wartete bereits auf ihn. Die Rallye war für ihn keine Erholungsreise, sondern echte Arbeit.

»Mist, die halten uns jetzt für verdeckte Ermittler«, sagte Steiner und trank sein Bier aus.

»Ja, vielleicht hätten wir nicht so spontan sein sollen. Jetzt meinen alle, dass wir an einem Fall arbeiten.«

»Störzner wird es schon richtigstellen.«

»Klar, aber Gerüchte sind interessanter. Außerdem, was ist, wenn der Unfall doch was mit den anderen Dingen zu tun hat?«

»Welche anderen Dinge?«, fragte Steiner frustriert. Röder ließ es dabei bewenden und bestellte noch zwei Bier. Der Ausblick auf die Zugspitze war phantastisch.

»Ah, der Undercover-Rallye-Agent!« Die starke Astrid wäre auf dem Weg vom Buffet zu ihrem Tisch beinahe mit Röder zusammengestoßen.

»Ich bin rein privat auf dieser Rallye«, sagte Röder.

»Ich habe aber gehört, dass du als Staatsanwalt ein ganz scharfer Hund bist und schon die tollsten Verbrechen aufgeklärt hast. Du bist eine echte Berühmtheit.«

»Unn mir nenne ihn nur de Sherlock Holmes vun Derkem.« Der schon angesäuselte und nach Alkohol riechende Hellinger kam mit einem krachend vollen Teller ebenfalls vom Buffet zurück. »Der konn gar net onnerscht. Der is immer im Oisatz.« Er kam Astrid ziemlich nahe und grinste. »Fer disch rentiert sich's aber. Du haschd doi schärfschdie Konkurrenz ausgeschaldet«

»Sag mal, hast du sie noch alle?«, zischte Astrid und machte einen Schritt zurück. Sie hätte ihm wohl eine geschmiert, wenn sie die Hände frei gehabt hätte.

Hellinger wurde laut: »Do is ä riesische Verschwörung im Gong. Des konn isch eisch saan. Ihr kenne froh sinn, dass noch kenner in soim Audo abgebrennt is.«

Frau Pfeiffer schrie auf.

»Froh kamm'er sinn!«, setzte Hellinger nach.

Röder versuchte Hellinger zur Seite zu ziehen, aber der wehrte sich und setzte sich an einen Tisch im hinteren Bereich des Restaurants.

Die Rallyefahrer hatten an diesem Abend nur noch ein Thema. Zwar versuchten die beiden Rallyeleiter, die Fahrer zu beruhigen, aber bei der Ehrung der Tagessiegerin – wieder war es Astrid – herrschte nur verhalten gute Stimmung. Die Nacht am Eibsee ging früh zu Ende. Nur vereinzelt saßen ein paar Teilnehmer zusammen und ließen den verrückten Tag Revue passieren. Hellinger stand noch lange allein an der Bar. An diesem Abend wollte keiner mit ihm sprechen.

***

Am anderen Morgen stand ihnen die Etappe Garmisch–Bozen bevor. Beim Frühstück schienen sich die Gemüter offensichtlich wieder beruhigt zu haben, der Vorabend war kein echtes Thema mehr, jedenfalls hatte Röder diesen Eindruck. Die Vorbereitungen zur Abfahrt waren wie immer, und die Stimmung der Fahrer war gut. Es regnete leicht, aber alle wussten, dass das Wetter hinter dem Brenner wieder perfekt sein würde.

Die Pfeiffers hatten in der Frühe schweren Herzens den Transport ihres Autos nach Deutschland geregelt und fuhren jetzt in einem der beiden Vorfahrzeuge mit. Auch wenn es ihrer Ansicht nach nur der halbe Spaß war, mit einem modernen Auto zu fahren, wollten sie doch wenigstens die Landschaft und die Gemeinschaft der Rallyefahrer genießen.

Röder und Steiner saßen schon im Auto und warteten auf ihren Start, als Steiners Handy klingelte und Sybille ihre vorläufigen Ergebnisse durchgab. Sie hatte Antwort auf die Versicherungsanfragen bekommen. Hellinger hatte für seinen BMW nur die obligatorische Haftpflichtversicherung abgeschlossen. Für den Wagen des Verlegers hatte zusätzlich eine Oldtimerversicherung existiert, die den wahren Wert des Fahrzeugs aber bei Weitem nicht deckte.

Sybilles Antwort auf ihre andere Frage war da schon interessanter.

»Der Schulz wird parteiintern als Führungsnachwuchs gehandelt. Er gehört außerdem zu den jungen Wilden in der Pfalz, die sich im Arbeitskreis ›Neuer Wind für Politik und Wirtschaft‹ organisiert haben und die Landespolitik der Partei radikal reformieren wollen.«

Steiner lobte seine junge Mitarbeiterin. »Haben die Kölner irgendwelche Unterlagen zu dem Fall rausgerückt?«

»Fehlanzeige. Gestern sagten sie mir, dass sie irgendein Problem mit dem Archivsystem haben.«

»Bullshit!«

»Meine ich auch. Die wollen uns aus irgendwelchen Gründen keine Informationen geben. Ich habe gesagt, dass ich wenigstens mit einem ermittelnden Beamten sprechen will, und da meinten sie glatt, der sei im Urlaub.«

Steiner fluchte laut. »Ich habe noch was anderes. Hier ist ein Unfall passiert.« Er gab das Kennzeichen durch. »Bitte teile der Versicherung mit, dass sie bei der Erstellung des Gutachtens auch Hinweise auf Sabotage berücksichtigen sollen. Die werden dann bestimmt einen ihrer Prüfer schicken und sich die Sache genau angucken, ob ein Betrug oder was Ähnliches vorliegt.«

»Warum sagst du nicht der Polizei da unten Bescheid? Dann wird der Wagen beschlagnahmt, und die KTU nimmt sich der Sache an.«

»Das habe ich mir auch schon überlegt, aber wir haben zu wenig Beweise, und eine Untersuchung würde hier große Wellen schlagen.«

»Gerald, das war clever«, sagte Röder beeindruckt, als Steiner aufgelegt hatte.

»Ja, wenn wir wirklich einem großen Ding auf der Spur sind, dann verursacht diese Vorgehensweise kein großes Aufsehen. Versicherungen arbeiten äußerst effektiv, wenn sie einen Beschiss wittern.«

Sie wurden von einem Klopfen an der Scheibe unterbrochen. Hellinger stand vor ihnen. »Jungs, es tut mir leid«, sagte er zerknirscht. »Ich habe mich wie ein Idiot verhalten. Ich will wieder mit euch fahren.«

»Hast du geduscht?«, fragte Röder.

»Ja. Ich habe sogar eine Packung ›Fisherman's Friend‹ gekauft.«

»Steig ein, du Rindvieh. Du entschuldigst dich aber noch bei Astrid.«

»Schon geschehen.«

Röder ließ Hellinger auf seiner Seite einsteigen, und Hellinger klopfte Steiner auf die Schulter. »Sorry, alter Freund.«

»Das kostet dich eine Flasche von deinem Spätburgunder.«

»Schauen wir uns morgen den Ötzi an?«, fragte Hellinger, als er das Bordbuch ausgiebig studiert hatte und Planungen für Mittwoch, den freien Tag für Fahrer und Automobile, machte.

»Du willst wohl mal sehen, wie du in fünftausend Jahren aussiehst. Konserviert durch deinen sauren Riesling«, stichelte Röder.

»Dir werde ich noch mal eine Schorle mischen«, antwortete Hellinger gut gelaunt.

Röder und Steiner stimmten dem Ötzi-Vorschlag zu. Keiner von ihnen hatte bisher Gelegenheit gehabt, die berühmte Gletschermumie zu besichtigen.

Bei Mittenwald überquerten sie die Grenze und wunderten sich, dass sie in Österreich nur eine Zwischenetappe in Axams, in der Nähe von Innsbruck, einlegen sollten. Axams war bekannt für seine Olympia-Skiabfahrt. Ansonsten bot der Ort nicht viel mehr als einen schönen Blick über das Inntal, wenn das Wetter mitspielte. Leider war es nicht besonders. Es regnete zwar kaum, und die Temperatur war erträglich, aber Österreich war, zumindest dort, wo die Rallye das Land durchquerte, wolkenverhangen und grau. Entsprechend ereignislos verlief die Fahrt zur Durchfahrtskontrolle in Axams. Die nächste Etappe war Sterzing, und je näher sie dem Brenner kamen, desto besser wurde das Wetter.

In Sterzing wartete eine Sonderprüfung auf sie, die sie gerne mitmachten. So langsam entwickelten sie ein Gefühl dafür. Diesmal galt es, eine Strecke von exakt dreitausendfünfhundert Metern in vier Minuten und siebenundzwanzig Sekunden zurückzulegen. Nur mit einer Stoppuhr – Hellinger zählte die Sekunden runter – und mit dem Kilometerzähler und den Kilometerzeichen an der Straße absolvierten sie die Prüfung recht präzise. Wären sie in der Wertung mitgefahren, dann hätten sie Platz achtzehn belegt, was angesichts der Tatsache, dass sie keinen genauen Kilometerzähler zur Verfügung hatten, eine beachtliche Leistung war. Steiner versprach, dass er sich für ihre nächste Oldtimerrallye garantiert einen solchen genauen Tripmaster einbauen würde.

Von Sterzing ging es weiter nach Süden, und sie verließen das Eisacktal bei Egg, um den Anstieg auf das Penser Joch zu wagen. Das Penser Joch lag auf über zweitausendzweihundert Metern mit einer Steigung von teilweise dreizehn Prozent. Für die alten Veteranen war das eine Herausforderung, für den luftgekühlten Käfer jedoch kein Problem. Es war ja gerade dieses Auto, das in den sechziger und siebziger Jahren Schwärme von Touristen über die Alpen gebracht und den Ruf des reiselustigen Deutschen begründet hatte. Steiner konnte sich noch gut daran erinnern, wie er als Kind mit seinen Eltern und den beiden Geschwistern mit einem Käfer Urlaub in Italien gemacht hatte.

»Das müsst ihr euch mal vorstellen: Eine fünfköpfige Familie fährt Tausende Kilometer, nicht angeschnallt und mit Sitzen ohne Kopfstützen, durch halb Europa. Mein Vater hat damals vor dem Fahrtantritt die Lüftung mit einem Lappen verstopft, weil eine der Heizbirnen durchgerostet war und dadurch Abgase in den Innenraum kamen. Heute käme man dafür wahrscheinlich in den Knast. Oder wäre mindestens seinen Führerschein los.«

»Er läuft und läuft und läuft«, sagte Röder, dessen erstes Auto ein R4 gewesen war. Er hatte sich das Fahrzeug mit der legendären Handschaltung für ein paar hundert Mark gegen den Widerstand seiner Eltern gekauft, die nicht wollten, dass ihr Sohn in einer solchen, ihrer Ansicht nach gefährlichen Schrottmühle fuhr. Sie hatten ihm ein Auto zum Abitur versprochen, aber so lange wollte er damals nicht warten. Er erzählte seinen Freunden diese und andere Geschichten, und alle lachten und wussten ebenfalls einige Anekdoten rund ums Autofahren beizutragen.

Etwa einen Kilometer vor dem Joch, dort, wo der Anstieg am steilsten war, stand rechts ein dampfender Chrysler P20 aus früher Nachkriegsproduktion. Steiner fuhr rechts ran und fragte, ob sie helfen konnten. Sie konnten, wurden aber ihren Vorrat an Trinkwasser los. Hans, der Fahrer, versprach, das Wasser am Abend mit der gleichen Menge Bier zurückzuzahlen. Allerdings würde sich seine Ankunft verzögern, da er erst einmal warten musste, bis der Kühler abgekühlt war. Erst dann konnte er die Schraube gefahrlos öffnen und die drei Plastikflaschen Wasser in den Kühler kippen.

Der nächste Pass, an dem sie sich einen ganz besonderen Durchfahrtsstempel abholten, war der Sattel zwischen dem Weißhorn und dem Tagewaldhorn, deren Spitzen majestätisch über die Vegetationsgrenze herausragten. Die Dokumentation ihrer Durchfahrt war deshalb von besonderer Art, weil sie mit einem Korken und einem kräftigen Pfälzer Dornfelder auf die Bordkante gestempelt wurde.

Als letzte Station vor Bozen erreichten sie Sarntal und konnten kurz das schöne Panorama genießen, das sich von Schloss Reineck bot. Jetzt waren es keine zwanzig Kilometer mehr bis zum Etappenziel.

Röders Handy klingelte, es war Manu.

»Sag mal, kennst du eine Frau Everts aus Köln?«, fragte sie nach einer intimen Begrüßung, die Röder nicht richtig erwidern konnte, da er zu viele Zuhörer hatte

»Ja, sicher weiß ich, wer das ist. Ich kenne sie nicht persönlich, habe aber vor Kurzem versucht, sie zu erreichen.«

»Sie hat bei Frau Vogel angerufen und ausrichten lassen, dass du sie unbedingt zurückrufen sollst.« Manu gab eine Handynummer durch. »Stimmt es, dass ihr Mann auf die gleiche Weise umgekommen ist wie neulich der Typ auf dem BASF-Parkplatz?«

Röder antwortete wahrheitsgemäß, dass es Parallelen gebe,

aber keine Beweise. »Das ist ein typischer Brandsatz, wie ihn viele Brandstifter verwenden.«

»Aber nur wenige Brandstifter sind Mörder, die ihre Opfer bei lebendigem Leib verbrennen«, folgerte Manu vollkommen richtig.

Sie unterhielten sich noch eine Weile, und Röder erfuhr, dass Felicitas irgendetwas aus der Schule verschwieg, aber Manu nicht sagen konnte, um was es ging. Feli war in einem schwierigen Alter und erzählte längst nicht mehr alles, was sie bewegte.

»Mach dir keinen Kummer, es wird schon nichts Schlimmes sein.«

Nach einem Treueschwur legte er auf und sprach mit Steiner. Sie beschlossen, von Bozen aus bei Frau Everts anzurufen.

Bozen war der Höhepunkt der Oldtimerrallye, und das nicht nur deshalb, weil die Partnerschaft der Deutschen und der Südtiroler Weinstraße bei einem Abend am Montiggler See gebührend gefeiert werden sollte. Die Stadt war das südlichste Ende des deutschen Sprachraums und gleichzeitig der Übergang in das mediterrane Italien. Der Tross wurde auf zwei Hotels aufgeteilt. Sie sollten im Hotel Laurin übernachten. Nachdem sie die Anmeldeformalitäten erledigt hatten, wollten sie Frau Everts anrufen, sich frisch machen und danach den Weinstand der Weinköniginnen aufsuchen, der in der Innenstadt aufgebaut worden war.

»Vielleicht hast du ja bei der Südtiroler Weinkönigin mehr Glück«, konnte sich Röder nicht verkneifen zu sagen, was ihm einen Stüber von Hellinger einbrachte, der zum Glück lächelte und wieder die richtige Einstellung zu Utzereien unter Freunden hatte. Dann verzogen sie sich in eine ruhige Ecke in der Hotellobby und wählten die Nummer der Verlagsfrau. Röder hatte sein Handy auf laut gestellt, damit Steiner mithören konnte. Frau Everts meldete sich sofort, und Röder erklärte nach der Begrüßung, dass sie an einem ähnlichen Fall in der Pfalz arbeiteten und der leitende Ermittler neben ihm saß und zuhörte.

»Ich verstehe, dass es schwer für Sie sein muss, mit uns darüber zu sprechen, aber vielleicht können Sie uns helfen.«

»Es fällt mir schwer, und es wird immer schwer bleiben«, antwortete die Frau mit einer unüberwindbaren Trauer in ihrer Stimme. »Ich möchte mich gerne mit Ihnen treffen. Was ich zu sagen habe, kann ich nicht am Telefon besprechen.«

»Hören Sie. Wir brauchen nicht Ihre Aussage, die haben Sie bereits den Kölner Kollegen gegeben. Wir brauchen nur ein paar Antworten auf Fragen, die nicht in den Protokollen stehen.« Röder bluffte. Er wollte nicht zugeben, dass er die Akten aus Köln immer noch nicht gesehen hatte.

»Die Protokolle!«, rief Frau Everts verächtlich aus. »Da steht noch nicht einmal die Hälfte von dem drin, was ich zu Protokoll gegeben habe.«

»Wie meinen Sie das?«

»Ich will am Telefon nicht darüber sprechen. Nur so viel: Die Ermittler haben das Vorleben meines Mannes total ignoriert. Darum möchte ich Sie treffen. Mein Mann hat Unterlagen hinterlassen, die ich erst kürzlich erhalten habe. Sie könnten eine Rolle bei der Aufklärung spielen, an der man hier in Köln aber nicht sehr interessiert zu sein scheint. Vielleicht ermitteln die Pfälzer Behörden nicht so schlampig. Ich habe mich über Sie informiert und bin bereit, es noch einmal mit den Behörden zu versuchen, aber bestimmt nicht mehr hier in Köln.«

Röder konnte nicht glauben, was er da hörte. Die Frau warf den Behörden Schlamperei vor? Sie vereinbarten, sich gleich nach seiner Rückkehr, am kommenden Montag, in Köln zu treffen. Es würde eine ganz private Reise sein, die Röder bei der Arbeit wieder einigen Ärger einbringen konnte, aber das war ihm egal.

»Eines muss ich Sie aber noch fragen«, sagte er zum Schluss. »Warum sind Sie nicht an die Öffentlichkeit gegangen, wenn Sie der Meinung sind, dass schlampig ermittelt wurde?«

Frau Everts lachte heiser. »Weil man es mir verboten hat. Aber ich denke trotzdem darüber nach.«

»Wer soll Ihnen denn das verbieten?«

»Der Verfassungsschutz.« Damit unterbrach sie die Verbindung und ließ Röder und Steiner auf ihrer Vergnügungsfahrt durch einen der schönsten europäischen Landstriche ratlos zurück.

»Das ist ja ein Ding. Sollte das der Grund sein, warum wir kaltgestellt wurden?«, fragte Röder.

Steiner zückte sein Handy und wählte eine Nummer aus dem Speicher. Es meldete sich eine Mailbox. »Sybille? Gerald hier. Bitte versuche herauszufinden, ob die Akten des Kölner Falls gesperrt sind, und wenn ja, warum. Geh damit zu Herdegen, selbst er kann nicht so dumm sein und das ignorieren. Du bist ein gutes Mädchen. Mach's gut.«

Dass der folgende Tag für Fahrer und Automobile frei sein sollte, ließ die Rallyefahrer am Abend deutlich entspannter und länger als sonst feiern. Am Mittwoch würden sie ausschlafen und ein wenig durch Bozen bummeln, bevor am Abend ein Ausflug in eines der besten Weingüter der Gegend am Montiggler See bevorstand. Hellinger freute sich ausdrücklich darauf und ließ seinen ganzen Charme sprühen, um zu beweisen, dass er doch nicht das Arschloch war, für das ihn einige Teilnehmer hielten.

Astrid, die den Tagessieg an das Gespann Wilmut und Pressel abgeben musste, sagte ziemlich beschwingt zu Röder: »Dein Winzerfreund ist ja gar nicht so schlimm. Ich kann verstehen, dass er schlecht drauf ist. Wenn man meinen Mercedes abfackeln würde, dann wäre ich auch sauer. Stimmt es, dass er auch noch Stress mit seiner Frau hat?«

Röder gab eine ausweichende Antwort, und Astrid verschwand mit zwei frisch gefüllten Sektgläsern in Richtung Hellinger.

»Ist sie nicht mit ihrem Partner unterwegs?«, fragte er Steiner irritiert, während sie der attraktiven Frau nachblickten.

»Ja, schon. Er ist ihr Partner in der Praxis. Sie haben zwei Einzelzimmer gebucht.«

»Woher weißt du das?«

»Berufsgeheimnis.« Steiner lächelte. »Wenn du nicht mit dir selbst beschäftigt wärst, hättest du das bestimmt auch schon längst herausgefunden.«

Es wurde noch lange gefeiert. Von Hellinger und Astrid war schon lange nichts mehr zu sehen gewesen, als die letzten Unentwegten gegen halb drei das Restaurant verließen. Röder und Steiner waren nur unwesentlich früher gegangen. Sie wollten nicht vor elf zum

Ötzi, hatten also ausreichend Schlaf vor sich. Niemand konnte ahnen, dass die Nacht so schnell enden würde.

Gegen vier Uhr wurde Röder von lautem Sirenengeheul aus dem Schlaf gerissen. Er stürzte ans Fenster, konnte aber nichts sehen. Sein Zimmer lag auf der Seite zum Garten. Die Hauswände reflektierten das Blaulicht, und Kommandos wurden durch die Nacht gebrüllt. Er dachte einen Moment daran, wieder ins Bett zu gehen, denn im Hotel selbst gab es keinen Alarm, der Einsatz war wohl in der Nachbarschaft. Irgendwo fingen Generatoren an zu brummen, sodass durch die Resonanz sein Zimmer zu vibrieren schien. Auf dem Gang wurden Türen geöffnet, und Stimmen wurden laut, dann hörte er Getrampel von anderen Stockwerken.

Röder bekam es mit der Angst zu tun. Er schnappte sich seine Schuhe und griff wahllos einen Pullover. Hatte die Hotelleitung vergessen, Feueralarm auszulösen? Als er die Tür öffnete, stellte er erleichtert fest, dass es nicht nach Rauch roch. Also rannte er den Gang hinunter und klopfte an Steiners Tür, bis dieser wankend im Türrahmen erschien. Zusammen pochten sie erfolglos an Hellingers Tür.

»So wie ich ihn kenne, ist der nicht in seinem eigenen Bett«, sagte Steiner, der einen vorbeieilenden Hotelgast aufhielt und fragte, was denn eigentlich los sei. Der Mann wusste es nicht genau, aber draußen würde wohl ein Auto brennen. Im Laufen zog sich Röder die Schuhe und den Pulli an.

Vor dem Hotel standen schon viele Schaulustige und blickten auf das lichterloh brennende Auto, dem sich gerade ein paar Feuerwehrleute mit Löschgeräten näherten, um dem Spuk mit Unmengen von Schaum ein schnelles Ende zu setzen. Nach weniger als einer Minute war das Auto vollkommen weiß und dampfte nur noch wie ein überquellender Nudeltopf.

Frau Pfeiffer brach das Schweigen.

»Ich hab's gewusst«, rief sie aufgeregt. »Da hat es jemand auf uns abgesehen. Wir sind bestimmt die Nächsten. Oh Gott!« Ihr Mann versuchte sie zu beruhigen.

»Das war ein Oldtimer«, sagte Sluiter, Störzners Stellvertreter, der neben Röder stand. »Ich tippe auf einen Maserati GT.«

Die Feuerwehrleute rückten näher an das Fahrzeug heran. Sie

waren noch immer mit Feuerlöschern bewaffnet, bereit, eine weitere Ladung in das Auto zu blasen. Carabinieri drängten die Zuschauer zurück und versuchten, den Ort des Geschehens abzusperren. Einer der Carabinieri blieb bei den Einsatzfahrzeugen zurück und sprach in ein Funkgerät.

Plötzlich stand Störzner bei ihnen und wandte sich an seinen Stellvertreter: »Ein Maserati? Dann ist es keiner von uns. Bei uns fährt kein Maserati mit.«

»Stimmt. Wahrscheinlich steht er deshalb hier draußen und nicht auf dem bewachten Parkplatz wie alle anderen«, meinte Röder.

»Bestimmt ein Auto von einem Oldtimerfan, der unseretwegen gekommen ist«, fügte Steiner hinzu.

Die Anspannung der Anwesenden wich einer gewissen Erleichterung, als sich herumsprach, dass wahrscheinlich keines ihrer Automobile betroffen war. Eine Geschichte von einem Motorbrand in Seefeld vor einigen Jahren machte die Runde. Damals war niemand zu Schaden gekommen, und die Ursache war ein technischer Defekt gewesen.

Röder stieß Steiner in die Seite und deutete mit dem Kopf zu Sulger, der inmitten der anderen unbeweglich wie eine Salzsäule dastand und auf das Wrack starrte. Tauss stand daneben und hatte ihm eine Hand auf die Schulter gelegt. Alle anderen redeten durcheinander und gestikulierten aufgeregt, nur diese beiden waren auffallend still.

Der Schaum im Fahrzeug sackte langsam in sich zusammen. Einige der Schaulustigen waren schon wieder gegangen und nahmen auf den Schreck einen Drink an der Bar, die der Nachtportier spontan geöffnet hatte. Ein Feuerwehrmann griff nach einem Klappspaten und schob damit den Schaum auseinander. Er stieß erschrocken einen italienischen Fluch aus, gestikulierte wild und winkte wortreich die Carabinieri herbei. Einer der Jüngeren blickte in das Wageninnere und machte ein paar schnelle Schritte zurück, bevor er sich an einer Hauswand erbrach. Neues Entsetzen machte sich unter den verbleibenden Zuschauern breit, eine Frau begann zu weinen.

Röder und Steiner wollten näher an das Fahrzeug heran, aber die Carabinieri drängten sie massiv zurück. Da half auch Steiners Polizeimarke nicht, die er in die Höhe hielt. Italienische Carabinieri, die dem Militär und nicht der Polizei angehörten, verstanden nicht viel Spaß. Der offensichtlich Ranghöchste unter den Polizisten befahl allen Umstehenden, in das Hotel zurückzugehen und weitere Anweisungen abzuwarten. Mittlerweile waren weitere Streifenwagen eingetroffen, und ein Beamter wurde am Hoteleingang postiert.

Röder und Steiner baten in der Hotelbar um einen Grappa und bekamen ihn postwendend von dem bedrückten, aber freundlichen Portier eingeschenkt.

»Sie sind Polizist?«, fragte er Steiner, der nickte. »Die Carabinieri können ziemlich brutal sein. Sie haben Glück gehabt, dass Sie keine verpasst bekommen haben.«

»Bloß, weil ich meinen Ausweis gezeigt habe?«

Der Portier nickte. »Da nehmen die keine Rücksicht drauf. Ihr Ausweis ist in Italien nichts wert. Hinzu kommt, dass hier in Südtirol meistens junge Burschen aus dem Süden eingesetzt werden.« Er machte eine Pause und schenkte sich selbst ein Glas ein. »Ich glaube, ich habe den Mann, der in dem Auto verbrannt ist, gesehen.«

»Wo denn?«, fragte Röder verdutzt.

»Ich war draußen eine rauchen, da fuhr der Maserati vorbei und parkte auf der anderen Seite, aber der Fahrer blieb sitzen, er stieg nicht aus. Das ist um diese Uhrzeit schon komisch. Ich ging also wieder rein, war aber neugierig und habe mich so gestellt, dass ich das Auto im Blick hatte. Wissen Sie, um diese Uhrzeit ist man als Portier vorsichtig. Es treiben sich ja die verrücktesten Typen rum. Nach ein paar Minuten ist er ausgestiegen, hat gewinkt und sich wieder ins Auto gesetzt.«

»Haben Sie gesehen, wem er gewinkt hat?«

»Nein, es könnte jemand auf der Straße gewesen sein, aber auch jemand aus den unteren Stockwerken des Hotels.«

»Können Sie den Mann beschreiben?«

»Grauhaarig. Schwarze Jacke. Er war recht weit weg, aber ich würde sagen, er war nicht sehr gepflegt.«

»Was haben Sie dann gemacht?«

»Ich habe mich versichert, dass die Tür richtig geschlossen war. Manchmal klemmt der Elektroschließer. Dann bin ich zurück an meinen Platz gegangen. Ich habe mir gedacht, der Typ wartet vielleicht auf eine Frau, aber man weiß ja nie.«

Mit quietschenden Reifen und aufgesetztem Blaulicht stoppte ein Zivilfahrzeug vor dem Hotel. Ein großer Mann stieg aus, vor dem die uniformierten Beamten salutierten. Er wurde zum Tatort durchgelassen und sprach als Erstes mit dem Carabiniere, der vorhin recht barsch die Befehle ausgeteilt hatte. Nach einer Weile konnten sie sehen, dass er um das Fahrzeug herumging und etwas aufhob. Aus der Ferne sah es wie ein Mobiltelefon aus.

In der Hotelbar waren schon lange nicht mehr alle Teilnehmer der Rallye anwesend. Viele waren wieder auf ihre Zimmer gegangen.

»Hast du eigentlich Achim irgendwo gesehen?«, fragte Röder.

»Nein, aber Astrid auch nicht. Wahrscheinlich haben sich die beiden beim Vögeln so verausgabt, dass selbst eine Bombe sie nicht wach bekommt.«

Draußen kam Bewegung auf. Der Neuankömmling marschierte mit ein paar Uniformierten auf den Eingang des Hotels zu, und der Portier ging ihm raschen Schrittes entgegen. Ruhig, aber mit schnellen italienischen Worten redete der Mann auf den Portier ein, dieser nickte. Dann kam er auf sie zu und sagte: »Er will den Leiter Ihrer Reisegruppe sprechen. Wer ist das?«

Röder zeigte auf Störzner und Rheinwalt, die an einem Tisch in der Lobby saßen und mit anderen Leuten vom Organisationsteam versuchten, die Lage zu verstehen. »Will er sonst noch was?«, fragte er mit einem Nicken in Richtung des Beamten.

»Die Gästeliste und den Hotelmanager. Den habe ich schon informiert, der ist bereits unterwegs.«

Der Zivilbeamte folgte dem Portier in die Lobby, und Röder sah, wie die beiden Rallyeleiter aufstanden und eine Weile mit dem Mann sprachen. Schließlich drehten sie sich um und deuteten in Röders und Steiners Richtung. Der Mann nickte, und gleich darauf kam Störzner zu ihnen herüber.

»Ich habe ihn gefragt, ob ich euch dabeihaben kann, wenn er

mit uns redet. Ich habe gesagt, ihr seid Kriminalbeamte aus Deutschland. Sorry, ich will euch keine Unannehmlichkeiten machen, aber ich bin nicht sonderlich geübt im Umgang mit der Polizei, und ich denke, ihr könnt mir helfen. Er ist einverstanden.«

»Ist schon gut, Uli«, sagte Röder und glitt vom Barhocker. Er konnte sich vorstellen, warum der Italiener einverstanden war. Wahrscheinlich witterte auch er eine verdeckte Ermittlung. Warum sonst waren deutsche Beamte zufällig bei einem ungeklärten Todesfall anwesend? »Schöne Scheiße«, zischte er in Richtung Steiner, der unauffällig beipflichtete.

Der Italiener stellte sich als Oberst Brunelli von der staatlichen Sicherheitspolizei vor. Die Sicherheitspolizei war in Italien ebenfalls eine paramilitärische Einheit mit über siebzigtausend Mann und einer Menge Sonderrechte. Das kann ja heiter werden, dachte Röder.

Brunelli wirkte ausgesprochen freundlich, als er sagte: »Wir haben da draußen einen Toten in einem Oldtimer, hier drin eine große Gruppe von Rallyefahrern aus Deutschland und zwei deutsche Kriminalbeamte. Wie, meinen Sie, passt das alles zusammen?«

Steiner seufzte. »Herr Kollege, lassen Sie mich zunächst feststellen, dass der Staatsanwalt Röder und ich uns tatsächlich nur auf einer Urlaubsreise befinden, das können Sie jederzeit in unseren Dienststellen nachprüfen.«

Brunelli lächelte.

»Aber ich will Ihnen nicht verheimlichen, dass sich in Deutschland eine Serie von ähnlichen Morden ereignet hat.«

»Woher wissen Sie, dass es sich um Mord handelt?«

»Es ist zurzeit nur eine Annahme, aber es gibt Ähnlichkeiten zwischen den Fällen.«

Ein Uniformierter kam herein, salutierte und gab Brunelli einen Zettel. Draußen war ein derartiger Lärm, dass im Hotel wohl niemand mehr schlief. Röder fragte sich, ob Hellinger schon wieder aufgetaucht war, während Steiner in geübter Weise die Fakten zusammenfasste und dabei nicht viel ausließ. Er hatte gerade seinen Bericht zu Ende gebracht, als wieder ein Uniformierter hereinkam, salutierte und mit dem Oberst einige Worte auf Italienisch wechselte.

»Können Sie uns bitte sagen, was da draußen vor sich geht?«, bat Röder, als der Carabiniere wieder verschwunden war.

»Herr Staatsanwalt, hier stelle ich die Fragen«, sagte Brunelli und lächelte sanft. Er zog ein Mobiltelefon aus der Tasche. »Dieses Handy gehörte vermutlich dem Toten. Es lag neben dem Fahrzeug und ist deshalb noch intakt. Das ist die letzte Nummer, die er gewählt hat. Eine deutsche Mobilfunknummer.« Er drückte die grüne Taste, schaltete die Freisprechfunktion ein und legte das Gerät mitten auf den Tisch. Sie hörten ein Freizeichen, aber niemand hob ab, bis schließlich die automatische Ansage der Mailbox kam. Röder fröstelte, er hatte die Stimme schon beim ersten Wort erkannt. Es war die von Sulger.

»Offenbar gehört das Telefon Professor Sulger. Er ist ein Rallye-Teilnehmer«, meinte Steiner.

»Wissen Sie, wo er ist?«, fragte Brunelli.

»Er wird auf seinem Zimmer sein.«

»Ist er nicht, wir haben nachgesehen und sind dabei, die Personalien aller Gäste aufzunehmen. Er ist offensichtlich nicht da.«

»Haben Sie schon mit Tauss gesprochen? Er ist sein Beifahrer.«

Brunelli stand auf und ging zur Tür. Er sprach mit einem Uniformierten, der davor wartete.

Keine zwei Minuten später stand Tauss im Raum und ergriff sofort das Wort: »Ich möchte Ihnen eine Nachricht meines Mandanten überbringen.«

»Ihres Mandanten?«, fragte Röder irritiert.

»Ja, Mandant, Freund und Clubkollege.«

»Wie lautet die Nachricht?«, fragte Brunelli freundlich, aber mit einem gefährlichen Unterton.

»Mein Mandant lässt sich entschuldigen, er hat die Rückreise angetreten, um Kontakt zu den deutschen Behörden aufzunehmen.«

»Vianetto!«, brüllte Brunelli, und der uniformierte Beamte kam zur Tür herein. Das erste Mal an diesem Abend war Brunelli ungehalten. »Leiten Sie sofort eine Großfahndung nach diesem Professor Sulger wegen Mordverdacht ein. Er ist offensichtlich auf der Flucht nach Deutschland.«

»Lieber Herr Oberst. Von Flucht kann nicht die Rede sein.

Mein Mandant möchte mit den deutschen Behörden kooperieren, denn er hat Informationen von großer Wichtigkeit. Ich denke, Sie haben Ihr eigenes kleines Problem mit der Leiche da draußen.«

Brunelli lief rot an. »Sie sagen mir jetzt alles, was Sie über Sulger wissen, oder ich lasse Sie in Beugehaft nehmen.«

»Ich kenne ja die italienischen Gesetze nicht so genau wie Sie, aber im deutschen Rechtsstaat sind Rechtsanwälte an die Schweigepflicht gebunden. Und ich glaube gehört zu haben, dass Sie mich auch in Italien nicht so leicht in Beugehaft nehmen können. Ich habe meinem Mandanten übrigens nicht zur Flucht verholfen, wie Sie vielleicht denken. Ich habe ihm sogar noch geraten, dass er sich hier in Italien stellen soll.«

»Passen Sie auf, dass ich Sie nicht auf der Flucht erschießen lasse!«, polterte Brunelli.

»Das möglicherweise begründete mangelnde Vertrauen meines Mandanten in die italienische Exekutive könnte dazu beigetragen haben, dass er sich zu einer schnellen Rückreise entschlossen hat«, meinte Tauss lakonisch.

»Sie decken einen mehrfachen Mörder!«

»Keine Vorverurteilungen bitte. Mein Mandant wird zu allen Punkten Stellung nehmen. Aber sagen Sie den Herren hier doch erst mal, wer der Mann da draußen war, der so elend in seinem Fahrzeug verreckt ist.«

»Was bilden Sie sich ein?«

»Oberst Brunelli«, mischte sich Steiner ein. »Ich stimme Herrn Tauss zu. Auch wenn wir hier nicht ermitteln, sollten wir doch unsere Ergebnisse austauschen. Auf diese Weise kommen wir womöglich alle ein großes Stück voran.«

Brunelli atmete tief durch. Er schien kurz nachzudenken und einen Entschluss zu fassen. »Sein Name war Bruno Piatore. Ein bekannter Südtiroler Krimineller. Geldwäsche und Glücksspiel, das waren seine Spezialgebiete.«

»Dafür, dass er ein gewöhnlicher Krimineller war, wurde die Sicherheitspolizei aber sehr schnell eingeschaltet. Weswegen sind Sie hinter ihm her?«, fragte Röder.

Brunelli stutzte. »Sie sind auf Draht, das muss ich sagen. Piatore war früher ein kleiner Bankangestellter und ist rausgeflogen, weil er Gelder veruntreut hatte. Eine Anklage gab es nicht, weil die Bank zu großes Aufsehen fürchtete. Piatore hat dann hier in Bozen sein Geld in Casinos und andere dubiose Geschäfte investiert. Eine Zeit lang ist es ruhig um ihn gewesen, und wir nahmen an, dass er aus dem Geldwäschegeschäft ausgestiegen ist und sich nur noch um seine mehr oder weniger legalen Spielbetriebe kümmert. Vor Kurzem ist er allerdings wieder aktiv geworden. Wir wunderten uns über bestimmte Transaktionen auf seinen Konten. Jedenfalls haben wir seine Geldströme überwacht, für den Fall, dass er etwas vorhat. Heute Nacht bekam ich dann den Anruf, dass sein Auto brennt und er vermutlich drinsitzt.«

»Sie haben ein ausgeklügeltes Überwachungssystem.«

»Ja, das hängt mit den Anti-Mafia-Gesetzen zusammen. Wir haben mittlerweile alle wichtigen Fahndungsdatenbanken miteinander verknüpft.«

»Haben Sie einen Verdacht, was er vorbereitete?«

»Durch die Telefonüberwachung wissen wir, dass die Spur nach Deutschland führt. Wir wussten nicht, was er genau vorhatte, waren aber im Begriff, uns mit den deutschen Behörden in Verbindung zu setzen.«

»Der Zeitpunkt ist wohl gekommen.«

Brunelli nickte.

»Haben Sie eine Erklärung dafür, wie das Handy unter das Auto gekommen ist?«, fragte Röder.

»So wie ich es sehe, würde ich sagen, er ist nicht ganz freiwillig ins Auto gestiegen. Bei einem Handgemenge könnte er es verloren haben.«

Brunelli hatte die ganze Zeit Röder angesehen, als wolle er dessen Gedanken lesen. Plötzlich brüllte er: »Viatello!« Der Carabiniere stand sofort in der Tür. »Bringen Sie uns eine Flasche Grappa und Gläser. Wir müssen mit den deutschen Behörden Kontakt aufnehmen.«

Sie hoben die Gläser und stießen auf die italienisch-deutsche und danach auf die Südtiroler-Pfälzer Freundschaft an.

Nach einer weiteren Runde fragte Rheinwalt ziemlich heiser: »Was wird denn jetzt aus der Rallye? Müssen wir die abbrechen?«

»Ich denke, wir müssen den morgigen Tag und die ersten Untersuchungsergebnisse abwarten, aber außer Professor Sulger wird keiner der Rallyefahrer verdächtigt. Wir müssen erst mal herausfinden, ob das Stück Kohle wirklich Piatore war und ob ihm das Handy überhaupt gehört. Was den Herrn Tauss betrifft, so können wir ihm nicht viel anhaben. Aber wenn die Fahndung erst mal richtig läuft, werden wir den sauberen Herrn Professor schon schnappen. Machen Sie also erst mal so weiter, wie es ihre Planung vorsieht.«

»Danke, Herr Oberst. Ich denke, wir sollten die Teilnehmer gleich informieren.« Störzner und Rheinwalt erhoben sich und gingen in die Lobby, wo noch einige Unentwegte der Dinge harrten und wissen wollten, wie es weitergehen würde.

Draußen war es bereits hell. Röder ging in den Garten, um Manu anzurufen und ihr zu sagen, dass sie den Flug am frühen Nachmittag streichen sollte. Hier war eindeutig zu viel Chaos. Tauss stand neben einer Figur der Diana und tippte auf seinem Multifunktionshandy herum.

»Herr Tauss, was war denn das vorhin für eine Vorstellung? Das hätte ins Auge gehen können«, sagte Röder. »Wenn die Italiener organisiertes Verbrechen wittern, dann können die vieles, was wir nicht können.«

Tauss lächelte. »Ich musste pokern, andernfalls hat Erich überhaupt keine Chance.«

»Was ist, wenn Sie einen Mörder decken?«

»Ich muss mich Ihnen gegenüber zwar nicht rechtfertigen, aber Erich ist mein Freund. Ich kenne ihn schon lange. Er ist kein Mörder.«

»Es spricht nur leider alles gegen ihn«, sagte Röder, der immer mehr zweifelte.

»Erich wird sich stellen, sobald er in Deutschland ist.«

»Wissen Sie, wo er sich gerade befindet?«

Tauss lächelte. »Und wenn, ich würde es Ihnen nicht sagen. Aber ich weiß es tatsächlich nicht. Er hat wohlweislich sein Handy ausgeschaltet, um nicht geortet werden zu können.«

Röder telefonierte mit Manu, die zwar einsah, dass es keine gute Idee war, wie ursprünglich vorgesehen nach Bozen zu kommen, aber alles andere als begeistert klang, als sie hörte, dass ihr Mann mal wieder von Mord und Totschlag umgeben war. Von den Töchtern gab es nichts Neues, außer dass Marie-Claire einen sündhaft teuren Lippenstift vermisste und ihre Schwestern des Diebstahls bezichtigte. Röder ging zurück in die Lobby. Er traf Steiner, der ebenfalls mit dem Handy hantierte.

»Wir müssten jetzt eigentlich unsere Fahrt abbrechen und zurück an die Arbeit gehen«, sagte Röder unwillig.

»Also ich auf keinen Fall. Ich habe Sybille in Kenntnis gesetzt. Die Arme muss es jetzt Herdegen verkaufen. Er kann das nicht ignorieren. Er muss was tun, und das wird ihm stinken. Arbeiten tut der nämlich nicht gerne, schon gar nicht jetzt, so kurz vor seiner Rente. Wie dem auch sei, soll er doch schauen, wie er damit zurechtkommt. Den Rest erledigt sowieso Devries in Mannheim, sobald der Professor auftaucht. Der wird mit so etwas fertig. Und wenn ich du wäre, dann würde ich auf den kleinen Deppen von Möchtegern-Oberstaatsanwalt scheißen. Auch der soll selbst gucken, wie er's hinbekommt.«

»Eigentlich hast du recht. Wir schicken denen einfach einen Bericht und genießen den Rest der Fahrt.« Röder grinste.

Sie gingen in eine Ecke nahe der Rezeption, wo die Internetrechner standen, und verfassten gemeinsam eine E-Mail-Nachricht. Fast erleichtert drückten sie den Sendeknopf. Auf gutes Zureden von Steiner hatte Röder Schulz ebenfalls auf die Liste der Empfänger gesetzt, Miltenberger und den leitenden Oberstaatsanwalt auf CC. Sie wollten sich eigentlich gerade abmelden, da setzte sich Röder noch einmal hin und schrieb eine zweite E-Mail an Frau Vogel, um zu fragen, ob es etwas Neues von Miltenberger gab.

»Ich hole mir jetzt einen Kaffee und ein Brötchen und haue mich in den Liegestuhl auf meinem Balkon. Was machst du?«, wollte Röder von Steiner wissen, nachdem er sich endgültig abgemeldet hatte.

»Kaffee ist eine gute Idee, danach sehe ich weiter.«

In der Küche war schon reger Betrieb, denn Frühstück gab es von sieben bis halb elf. Auf dem Weg zum Frühstücksraum sahen sie noch einmal auf die Straße, wo jetzt die Leute von der Spurensicherung in weißen Kutten aktiv waren.

»Die sind ganz schön fix, die Italiener«, sagte Steiner anerkennend, als er seinen Kaffee schlürfte. »Nur das militärische Gehabe geht mir auf die Nerven.«

»Solltest du auch mal probieren. Ich bin echt gespannt, wie Sybille reagiert, wenn du sie so zackig herumkommandierst.«

***

Röder war in dem Liegestuhl auf seinem Balkon eingeschlafen. Gegen Mittag weckte ihn die Sonne, die jetzt direkt in sein Gesicht schien. Er prüfte sein Mobiltelefon und wunderte sich, dass Hellinger sich noch nicht gemeldet hatte. Dafür hatte er eine Nachricht von Schulz, der dringend um Rückruf bat. Er ignorierte den Anruf, denn er befand sich schließlich im Urlaub. Dann wählte er Steiners Nummer und fragte ihn, ob es etwas Neues von Sulger gab, ob er inzwischen festgenommen worden war. Steiner verneinte und berichtete, dass er zwischenzeitlich mit Devries und Herdegen telefoniert hatte.

Sie beschlossen, sich in der Lobby zu treffen, um den Rest des Tages zu planen. Röder duschte und ging hinunter. Der Schrotthaufen auf der anderen Straßenseite, der einmal ein Maserati gewesen sein sollte, war beseitigt, nur ein paar Absperrhüte zeugten davon, dass die Straßenmeisterei noch kehren musste.

Die Rallyeleitung hatte ein Flipchart aufstellen lassen, auf dem für siebzehn Uhr dreißig eine Versammlung angekündigt wurde. Das ließ ihnen etwas Zeit, um in die Stadt zu fahren und den Ötzi zu besichtigen. Normalerweise schwärmten die Rallyefahrer an ihrem freien Tag in die Umgebung aus, um das schöne Südtirol zu genießen. Viele hatten geplant, das Etschtal entlang nach Meran zu fahren, aber Röder konnte schon von der Lobby aus sehen, dass die meisten Fahrzeuge noch auf dem Hof standen.

Er machte sich ernsthaft Sorgen um Hellinger, als dieser gut gelaunt, aber mit tiefen Ringen unter den Augen aus dem Fahrstuhl trat. Hellinger nannte diese Erschöpfungszeichen gerne Bio-Piercing, weil er die Ringe unter den Augen trug. »Was ist, Männer, gehen wir zum Ötzi?«, fragte er.

»Der sieht wahrscheinlich besser aus als du«, meinte Röder.

»Ja, ich habe nicht viel geschlafen.«

»Wer hat das schon?«

»Habt ihr so lange Party gemacht?«

Röder und Steiner blickten sich an.

»Sag mal, weißt du nicht, was letzte Nacht passiert ist?«, fragte Röder ungläubig.

»Was bei mir passiert ist, weiß ich schon, aber sonst? Ich bin erst vor einer Stunde aufgestanden.«

»Du kannst bei dem Lärm doch unmöglich so fest geschlafen haben.«

Hellinger grinste breit und erklärte, dass er im anderen Hotel übernachtet hatte. Die starke Astrid und er hatten überhaupt nichts von dem ganzen Tohuwabohu mitbekommen. Steiner und Röder wollten es nicht glauben. Der nächtliche Brand hatte sich längst zur anderen Gruppe herumgesprochen, aber Hellinger hörte die Geschichte zum ersten Mal. Er war sehr erschrocken und telefonierte sofort mit seiner neuen Rallyebekanntschaft, um ihr die Neuigkeit mitzuteilen.

Das Südtiroler Archäologiemuseum konnte sich vor Besuchern nicht mehr retten, seit es die berühmteste Gletscherleiche der Welt ausstellte. Fast zwanzig Minuten mussten sie anstehen, um einen Blick auf die sterblichen Reste des fünftausend Jahre alten Mannes werfen zu können. Während sie warteten, diskutierten sie begeistert die gerichtsmedizinischen Befunde des archäologischen Sensationsfundes. Frau Vogel hatte sich telefonisch gemeldet und berichtet, dass Miltenberger wohl das Schlimmste hinter sich hatte und die Ärzte überlegten, die Bypass-Operation bald durchzuführen.

Kurz nach fünf waren sie wieder im Hotel. Brunelli war auch da, und Röder nutzte eine günstige Gelegenheit, ihn anzusprechen.

»Haben Sie Sulger schon erwischt?«

»Nein, aber wir wissen jetzt, dass er sich mit einem Taxi nach Innsbruck hat fahren lassen. Er hat einen Spezialpreis ausgehandelt, sagt der Fahrer, und der Taxifunk war ausgeschaltet. Sulger scheint ein echter Profi zu sein. Wir nehmen an, dass er ab Innsbruck die Bahn genommen hat. Seine Spur verliert sich da.«

»Wie geht es jetzt weiter?«, wollte Röder wissen.

»Ich sag's gleich für alle.«

Mittlerweile hatte sich der Sitzungsraum bis auf den letzten Platz gefüllt. Manche standen sogar. Alle wollten wissen, wie es mit der Rallye weitergehen würde.

»Meine Damen und Herren. Ich nehme es vorweg, ich habe eine gute Nachricht: Sie können die Rallye weiterfahren.« Beifall und freudige Pfiffe ertönten, als Brunelli die erlösenden Sätze sagte. »Nichtsdestotrotz kann es sein, dass wir Sie noch einmal brauchen. Dazu haben wir Ihre Adressen notiert und Kontakt mit den deutschen Behörden aufgenommen. Bitte teilen Sie uns mit, wenn Sie etwas beobachtet haben, das Ihnen vielleicht ungewöhnlich vorkommt. Sie können sich jederzeit bei mir melden oder sich natürlich auch gerne an Herrn Steiner oder eine beliebige deutsche Polizeibehörde wenden. Haben Sie noch Fragen?«

Ein Mann in der vorderen Reihe meldete sich. »Stimmt es, dass verdeckte Ermittler unter den Rallye-Teilnehmern waren und uns ausspioniert haben, mit dem Ziel, eine Mord- und Brandserie aufzuklären?«

»Nein, das trifft nicht zu. Es ist Zufall, dass ein Kriminalbeamter und ein Staatsanwalt mitfahren, die übrigens keinerlei Befugnisse hier in Italien haben.«

»Was können Sie uns über den Toten sagen?« Der Mann ließ nicht locker.

»Der Tote war ein stadtbekannter Krimineller. Wir kennen die Hintergründe nicht, aber wir werden sie bald herausfinden.«

»Was ist dran an dem Gerücht, dass Professor Sulger etwas mit dem Mord zu tun hat und sich auf der Flucht befindet?« Es war die starke Astrid, die sich von hinten einschaltete. Sie sah weniger mitgenommen aus als Hellinger, der neben ihr stand.

»Dazu kann ich zurzeit nichts sagen, aber wir suchen nach ihm, weil wir uns sachdienliche Hinweise von ihm versprechen.« Die Anwesenden wurden unruhig, lautes Gemurmel ertönte. »Haben Sie sonst noch Fragen?«

Als keine weiteren Wortmeldungen kamen, trat Rheinwalt vor. »Herr Brunelli, wir danken Ihnen herzlich für Ihren unermüdlichen Einsatz für unsere Sicherheit. Ich denke, ich spreche für alle, wenn ich sage, dass wir alles tun werden, um Ihnen zu helfen, diesen schlimmen Fall zu lösen. Ich muss Ihnen auch danken, dass wir so unbürokratisch unsere Fahrt fortsetzen dürfen, und möchte Sie gerne im Namen aller Teilnehmer zu unserer heutigen Abendveranstaltung am Montiggler See einladen.«

»Ich nehme die Einladung gerne an«, sagte Brunelli unter Beifall.

Röder erfuhr erst später, dass Brunelli selbst um die Einladung gebeten hatte. Offenbar wollte er seine Ermittlungen auf der Veranstaltung fortführen.

Die trübe Stimmung war wie weggeblasen, und der Abend wurde ein voller Erfolg. Alle waren froh, dass die Rallye wie geplant weitergehen konnte. Noch nicht einmal der Zeitplan war durcheinandergeraten. Nur den freien Tag hatte niemand genießen können, weil jeder um die Fortführung der Fahrt bangte.

Der Hausherr des Weingutes, selbst ein begeisterter Oldtimerfan, ließ es sich nicht nehmen, persönlich seine Erzeugnisse und seine Oldtimer zu präsentieren. Dazu gab es alle möglichen kulinarischen Leckereien der Region. Die Tische bogen sich unter der Masse der Pustertaler Tirtlan, Schlutzkrapfen und Geröstel und unter den unvermeidlichen Speckknödeln. Dazu gab es Lagrein und Edelvernatsch bis zum Abwinken. Hellinger klärte sie auf, dass der Vernatsch nichts anderes als Trollinger war, was seinen Appetit und Durst aber nicht schmälerte, auch wenn er ihn als »Schwabenwein für Pfennigfuchser« bezeichnete.

Als Nachtisch gab es Strauben mit Brombeermarmelade, und für diejenigen, die wirklich alle Spezialitäten kosten wollten, durfte es noch der ein oder andere Mirabellenschnaps sein.

Der Südtiroler Winzer schloss mit Hellinger schnell Freundschaft, und in Anwesenheit von Röder, Steiner und Astrid beschlossen die beiden, gemeinsam eine Pfälzer-Südtiroler Cuvée zu kreieren. Da Hellinger einige Flaschen seiner Produkte als Geschenk für den Gastgeber mitgebracht hatte, schlug Astrid vor, doch gleich hier mit dem Mischen zu beginnen. Die beiden Edelwinzer lehnten das jedoch entrüstet ab.

Brunelli bewegte sich unauffällig unter den Anwesenden und betrieb freundliche Konversation. Niemand wäre auf die Idee gekommen, dass er dienstlich zugegen war, aber bei einem Glas Wein ließ er Steiner wissen, dass die Spurensicherung Reste einer Brandbombe gefunden hatte. Sie verabredeten, die Ergebnisse ihrer Untersuchungen zu vergleichen.

Röder hingegen fand in Brunelli einen Seelenverwandten. Lange diskutierten sie über Rechtssysteme und Ermittlungen und stellten erstaunt fest, dass sie beide drei Töchter und das gleiche Hobby hatten. Wenn es die Umstände erlaubten, dann würden sie zusammen den Venedig-Marathon im Oktober laufen, der am Ende durch die Altstadt von Venedig, vorbei an den bekanntesten Sehenswürdigkeiten der Stadt, ins Ziel am Ende der »Riva dei Sette Martiri« im »Giardini Pubblici« führte.

Hellinger war richtig enttäuscht, als er hörte, dass der Marathon im Herbst war, mitten in der Erntesaison. Röder zog ihn ein wenig auf, als er sagte, dass er während der Weinlese sowieso nicht fähig war, einen Marathon zu laufen, was auf seinen übermäßigen Konsum von neuem Wein und Zwiebelkuchen zurückzuführen war. Er nahm sich fest vor, mit Manu zu sprechen, sobald er wieder in Bad Dürkheim war, um Pläne für einen Urlaub in der Stadt der Verliebten zu machen.

SECHS

Der Juni galt als einer der schönsten Monate in Südtirol. Der Schnee in den Bergen war fast getaut und der Pegel der Flüsse weitgehend normal. Es herrschte ein angenehmes Klima, das viele Urlauber anzog, die nicht auf die Schulferien angewiesen waren. Diese Zeit war zum Wandern ideal, da auch das Wetter meist stabil war und die Almwiesen in prächtiger Blüte standen.

An diesem Donnerstagmorgen kamen alle schwer aus dem Bett, aber es gab keinen Totalausfall zu beklagen. Die gelben Engel sammelten die vielen Batterieladegeräte ein, und Röder staunte über die Beladung des Zwölftonners, der, statt leerer zu werden, mit immer mehr Gepäck vollgestopft wurde. Er sah die Helfer schuften, die Zitruspflanzen, Olivenbäume, ganze Südtiroler Schinken und kistenweise Wein und Schnaps verluden.

Beim Etappenbeginn, um neun Uhr, fehlte kein einziger Fahrer. Nur der Start war diesmal besonders chaotisch. Alle Fahrer waren froh, wieder auf die Piste zu kommen, und ließen fast gleichzeitig ihre Motoren an, bis die Gaswarnanlage der Tiefgarage Alarm schlug. Wie immer standen sie in langer Reihe, und die Helfer hatten schwer damit zu kämpfen, alle Fahrzeuge aus der Garage zu winken, bevor es die ersten Kohlenmonoxidopfer zu beklagen gab. Steiner fühlte sich nicht wohl, wurde aber von Hellinger beruhigt, weil dieser der Meinung war, dass der leichte Schwindel eher vom gestrigen Abend als von dem tückischen Gas herrührte.

Die Etappe führte von Bozen nach Sankt Moritz, am Etschtal entlang, das bei Meran einen Knick nach Westen machte. Gegen Mittag telefonierte Röder während der Fahrt kurz mit Devries in Mannheim, der ihm mitteilte, dass Sulger noch nicht aufgetaucht war. Die Fahndung nach ihm lief auf Hochtouren, aber bisher ohne jeden Erfolg.

»Sulger war's. Aber irgendwann schnappt ihr ihn, und dann ist er dran. Ist doch nur eine Frage der Zeit«, sagte Röder unvermittelt, obwohl er noch am Vorabend aus Gründen, die er sich selbst nicht erklären konnte, die Unschuld von Sulger ernsthaft in Betracht gezogen hatte.

»Ich glaub's nicht. Ich glaub's einfach nicht. Das dürfte das erste Mal sein, dass wir am Ende eines Falles gleicher Meinung sind«, meinte Steiner perplex.

»Du meinst, der Fall ist geklärt?«

»Klar, sagst du doch selbst. Sulger ist abgetaucht, weil er schuldig ist. Er hat seinen Mitarbeiter abgemurkst und dann Piatore.«

»Was für ein Motiv soll er denn gehabt haben?«

»Ich tippe darauf, dass Piatore ihn erpresst hat. Womöglich wusste er vom Mord an Doktor Knecht, und vielleicht ist das Alibi von Tauss doch nicht echt.«

»Woher sollen sich denn Piatore und Sulger gekannt haben?«, fragte Röder zweifelnd.

»Weiß ich noch nicht. Aber du sagst ja selbst, wir haben es hier mit Oldtimern zu tun und mit Brandsätzen, die in allen Fällen ähnlich waren.«

»Knecht wurde aber gefoltert und dann erdrosselt. Sein Mord passt nicht ins Schema«, widerlegte Röder seine eigene Theorie.

»Wir werden die Wahrheit herausfinden«, sagte Steiner.

»Was meinst du, wo ist Sulger?«, wechselte Röder das Thema.

»Der hat uns verarscht. Der ist nicht nach Norden abgehauen. Wahrscheinlich sitzt er in Kalabrien in einer netten Strandkneipe und haut sich einen Rotwein nach dem anderen rein, während er sich über uns kaputtlacht.«

In Prad war eine Sonderprüfung zu absolvieren, und danach kam eine der härtesten Prüfungen für das Material. Es ging hinauf auf den Umbrailpass. Auf über zweitausendsiebenhundert Metern fuhren sie engste Serpentinen, aber mit einem der schönsten Ausblicke in den Südtiroler Alpen. Im Vorbeifahren sahen sie am Straßenrand zwei Fahrzeuge, die den Anforderungen nicht gewachsen waren. Auf den Kühlern konnte man Spiegeleier braten.

Besonders schön war das kleine Sträßlein in die Schweiz hinein, nach Sankt Maria im Münstertal. Von dort nahmen sie die Ofenpassstraße über den gleichnamigen Pass und weiter bis Zernez. Hier, am letzten Stopp vor Sankt Moritz, wartete wieder eine Sonderprüfung auf sie.

Am Tagesziel angekommen, stellten sie ihr Auto ab und trugen sich als Gäste im weltberühmten Grand Hotel Kempinski ein. Danach gingen sie in das Dorf, um den schiefen Turm zu besichtigen, lernten, dass Sankt Moritz im Rätoromanischen »San Murezzan« hieß, und bewunderten die Dreitausender, die das Panorama der Landschaft ringsherum prägten. Nachdem jeder ein Stück Engadiner Nusstorte verdrückt hatte, gingen sie zurück zum Hotel und ließen sich angenehm im gewohnten Rhythmus der gemeinsamen Abende treiben. Astrid war nur Tagesfünfte geworden, weil sie auf den Passstraßen Probleme mit ihrem Mercedes gehabt hatte, und wollte getröstet werden. Bevor er sich dementsprechend früh verabschiedete, meinte Hellinger noch zufrieden, dass er bis zur Rente Rallye durch Europa fahren könnte, um sich danach nahtlos auf einem Kreuzfahrtschiff einzumieten.

***

Am nächsten Morgen ging es früh raus. Die längste Etappe wollte bewältigt werden. Fast vierhundert Kilometer sollten sie quer durch die Schweiz, durch Liechtenstein und am Bodensee entlang bis zum Schluchsee zurücklegen. Sie waren begeistert. Keiner der drei dachte noch an seine Arbeit daheim, alle hatten nur Spaß an den kleinen und großen Attraktionen entlang der Strecke. Da sie keinen Wertungsregeln unterworfen waren, fuhren sie einfach drauflos und stoppten, wo immer sie Lust hatten.

Irgendwann klingelte auf der Strecke zwischen Liechtenstein und Konstanz Steiners Handy. Es war Brunelli. Steiner klemmte das Handy zwischen Kopf und Schulter, und es wäre beinahe in den Fußraum gefallen, hätte Röder es nicht aufgefangen. Er hielt es Steiner ans Ohr, der wenig sagte, bis er das Gespräch schließlich beendete.

»Wir haben eine Verbindung zwischen Piatore und Lorenz«, sagte Steiner.

»Wie bitte? Sag das noch mal.«

»Wir haben eine Verbindung. Das Auto. Piatore hatte den Maserati von Lorenz.«

»Wie haben die das herausgefunden?«

»Sie haben in Piatores Wohnung den deutschen Kfz-Schein bei den Unterlagen zum Kauf gefunden. Lorenz war dort als Vorbesitzer eingetragen.«

»Lass Sybille prüfen, woher der Kölner Verleger sein Fahrzeug hatte.«

Steiner nickte. »Das habe ich mir auch gerade gedacht. Wähl doch bitte mal ihre Nummer. Sie ist im Speicher.«

»Müsst ihr denn immer kriminalisieren? Könnt ihr euch nicht mal entspannen und den ganzen morbiden Scheiß sein lassen?«, meldete Hellinger sich vom Rücksitz. Er hatte immer noch tiefe Ringe unter den Augen.

»Weißt du, das ist bei uns so wie bei dir mit den Frauen. Du kannst einfach nicht anders.«

Hellinger brummte nur zur Antwort.

Kurz darauf bimmelte wieder ein Handy, diesmal das von Röder. Manu war dran.

»Ben, ich habe schlechte Nachrichten. Feli ist bis auf Weiteres vom Unterricht suspendiert.«

»Sie ist was? Warum denn das?«, antwortete er aufgeregt.

»Sie hat einem Jungen mit einem Karateschlag das Nasenbein gebrochen.«

»Das gibt's doch nicht!«, rief Röder aus.

»Doch, das gibt's.«

»Wer ist denn der Junge?«

»Du hast ihn schon mal gesehen. Es ist dieser Kotzbrocken aus Mannheim, der Feli vor ein paar Wochen bei unserer Shopping-Tour so übel angemacht hat.«

»Das kleine Arschloch? Der hat's aber auch verdient gehabt. Der wird sie wieder aufs Übelste provoziert haben.«

»Die Schulleitung sieht das aber anders. Sei's drum. Wir müssen jedenfalls am Montag in die Schule. Es wird eine Aussprache geben. Danach wird entschieden, ob sie von der Schule verwiesen wird oder nicht.«

»Scheiße!«

»Das kannst du laut sagen.«

»Probleme?«, fragte Hellinger, als Röder einige Minuten später aufgelegt hatte.

»Kann man wohl sagen«, meinte Röder und erklärte das Problem. Seine Stimmung war verdorben.

Während die Rallyefahrer den Autosalon in Singen, einen auf Oldtimer spezialisierten Autohändler, besuchten, machte Röder einen Spaziergang durch die Stadt. Dass Felicitas in einer schwierigen Phase war, wusste er schon eine Weile, das konnte auch jeder sehen. Grübelnd lief er durch die Gegend, setzte sich auf eine Bank und blickte auf den Hohentwiel hinauf. Seine Gedanken kreisten um alle seine Probleme, aber er kam immer wieder auf seine Tochter zurück. Wie schwer es werden würde, wenn sie tatsächlich von der Schule flog. Tränen standen ihm in den Augen, als er sich erhob und zum Autosalon zurücklief.

Schweigend saß er auf dem Beifahrersitz, während sie die letzten Kilometer zum Schluchsee fuhren. Hellinger hatte beschlossen, das letzte Stück bei Astrid mitzufahren. Steiner hatte ihn aufgezogen, dass er wohl gute Beziehungen zu Zahnärzten aufbauen wolle, weil er bald seine dritten Zähne brauchen würde.

»Was ist, wenn der Schmidt auch was mit dem Lorenz zu tun hatte? Schließlich war er Kfz-Mechaniker. Und ich glaube zu wissen, dass auch er mal in Verbindung mit Oldtimern erwähnt wurde«, sagte Röder unvermittelt.

»Was hast du gesagt?«, fragte Steiner.

»Ich habe nichts gesagt«, antwortete Röder geistesabwesend.

»Klar hast du was gesagt. Irgendwas von einem Schmidt.«

Röder schüttelte sich. »Ich werde wohl schon alt und seltsam. Offenbar habe ich laut gedacht.« Er machte eine Pause. »Erinnerst du dich noch an den skurrilen Fall von Brandstiftung, der neulich in Neustadt verhandelt wurde?«

»Der Depp, der das Auto seiner Freundin angezündet hat, weil er den Brief einer anderen vernichten wollte.«

»Genau. Ruf doch noch mal Sybille an, damit sie rausfindet, ob Schmidt und Lorenz sich kannten.«

»Was versprichst du dir davon?«

»Keine Ahnung, mach's einfach.«

Steiner telefonierte mit Sybille und bat sie nachzusehen. Tüchtig, wie sie war, hatte sie inzwischen Lorenz' Kundenliste auf dessen Computer gefunden und wollte sie an Steiners E-Mail-Adresse schicken. »Lorenz hat in den letzten fünfzehn Jahren über dreißig wertvolle Oldtimer hergerichtet und mit Gewinn verkauft. Er galt als Geheimtipp in der Szene. Und noch etwas: Auch Everts hatte seinen Oldtimer von ihm.«

»Wir müssen uns die Kundenliste nachher genauer ansehen«, sagte Röder, und Steiner nickte.

Kurz nachdem sie in ihrem Hotel angekommen waren, wollte Steiner seine E-Mails abrufen, aber wegen einer Störung des Internetanschlusses musste er dieses Vorhaben verschieben. Erst beim Abendessen hatte er die Liste zur Hand. Zusammen mit Röder ging er die Namen durch. Ihre Tischnachbarn blickten ein wenig pikiert, weil die beiden sich nicht an den Gesprächen beteiligten. Hellinger versuchte die beiden zu entschuldigen: »Die sind immer im Einsatz.«

Ein Maserati 3500 GT war auf der Liste, aber anstelle eines Kundennamens stand nur »Italien« in der entsprechenden Spalte. Im Gegensatz zu den anderen Einträgen war bei dem Maserati außerdem kein Kaufbetrag angegeben.

»Ich habe mich mal umgehört. So ein Auto kostet gut und gerne über hunderttausend Euro. Ich kann mir nicht vorstellen, dass Lorenz den Wagen an einen italienischen Ganoven verschenkt hat«, meinte Steiner. »Hier, guck mal, den Namen kennst du auch«, fügte er hinzu und zeigte auf einen Eintrag. Der Käufer des Triumph TR3, Baujahr 1957, der vor etwa sechs Jahren für dreißigtausend Euro den Besitzer gewechselt hatte, war Kurt Hauer, der den Oldtimer nach eigenen Angaben erst kürzlich aus Geldmangel wieder verkauft hatte.

»Ich habe Hauer erst vor ein paar Wochen getroffen. Bei der Verhandlung von Schmidt, dem Dappschädel.«

Ihre Überlegungen wurden von der Siegerehrung unterbrochen. Astrid konnte zwar zum vierten Mal den Tagessieg einfahren, aber in der Gesamtwertung blieb sie auf Platz zwei. Der Punkteabstand war zudem so groß, dass sie das Ehepaar Friedrich wohl nicht mehr einholen würde. Sie nahm es aber sportlich, wie Röder feststellte, als er später mit ihr sprach.

»Astrid hat doch den Hauptpreis schon gewonnen«, sagte Hellinger und nahm seine neue Freundin in den Arm, bevor sie alle in die berüchtigte Hoteldisco wechselten, wo er fröhlich einige Runden Bier springen ließ und später beim Anblick der Rechnung nicht einmal mit der Wimper zuckte.

An diesem vorletzten Abend trank Röder zu viel. Gerne wäre er sofort ins Auto gestiegen, um zu seiner Familie zu fahren. Er hatte vor dem Abendessen noch lange mit Manu telefoniert und vermisste seine vier Mädels sehr. Außerdem wollte er unbedingt herausfinden, warum Felicitas so ausgerastet war. Ziemlich angeschlagen fiel er schließlich ins Bett. Als er am Morgen mit einem dicken Kopf erwachte, hatte er noch seine Kleider vom Vortag an.

***

Es versprach wieder ein strahlend schöner Tag zu werden, als sie in Richtung Heimat aufbrachen, aber das ungezwungene Leben auf der Landstraße würde bald ein Ende haben. Trotz der leichten Wehmut freuten sich alle drei, dass sie nach anfänglichen Schwierigkeiten ihre Freundschaft wieder gründlich aufgefrischt hatten.

Gütenbach und Simonswald im Südschwarzwald waren Stationen auf dem Weg nach Offenburg, wo in gewohnt angenehmer Routine eine Sonderprüfung auf sie wartete.

Steiner hatte auch heute, am Samstag, mit Devries telefoniert, aber nur erfahren, dass Sulger immer noch nicht gefasst worden war. Auch von Sybille gab es nichts Neues. Röder und Steiner diskutierten den Fall in aller Ausführlichkeit, bis Hellinger drohte auszusteigen. Er wollte per Anhalter weiterfahren, wenn sie ihre kriminalistischen Diskussionen nicht lassen würden.

»Das ist echt schlecht für dich«, meinte Steiner lakonisch. »Astrid fährt vor uns, die wird dich nicht mitnehmen.«

Zum Spaß fuhr er rechts heran, aber Hellinger stieg schließlich doch nicht aus dem Wagen.

»Schade, ich hatte gehofft, du steigst aus, weil ich nicht deine miese Laune ertragen will, wenn wir heute Abend zu deiner Konkurrenz gehen.« Steiner spielte damit auf den Pfälzer Abend an, der den Abschluss der Vino Miglia bildete und wie immer im Weingut Reichsrat von Buhl stattfand, einem der renommiertesten und ältesten Weingüter der Pfalz.

»Pah, denen reiche ich noch allemal das Wasser.«

»Das werden wir ja sehen.«

In Offenburg geschah das schier Unmögliche. Astrid übernahm wieder die Führung, weil die Friedrichs bei der letzten Sonderprüfung total gepatzt hatten, was kaum jemand verstehen konnte. Jedenfalls lagen sie in der Wertung jetzt haarscharf hinter Hellingers neuer Flamme.

»Sorry, Jungs«, meinte dieser, als er in Offenburg zu Astrid ins Auto stieg. »Astrid wiegt keine sechzig Kilo, und Pit sagt, dass er auch nur dreiundsiebzig Kilogramm auf die Waage bringt. Mit anderen Worten: Ich muss für ihn einspringen. Wenn sie gewinnt, lass ich mich an seiner Stelle in Wein aufwiegen.« Pit, der reguläre Beifahrer von Astrid, würde das letzte Stück mit Tauss fahren, mit dem er sich angefreundet hatte und mit dem er wohl auch die eine oder andere Vorliebe teilte.

Nach einer schönen Fahrt am rechten Rheinufer entlang kreuzten sie den westlichsten Zipfel Frankreichs und durchfuhren in Schweigen das Tor zur Deutschen Weinstraße. Hier herrschte ein richtiger Jahrmarktsbetrieb, denn viele Leute wollten die einmalige Oldtimerparade begrüßen. Weiter ging es nach Maikammer, wo die Begrüßung wieder äußerst herzlich ausfiel, bis sie schließlich gegen fünf Uhr in Deidesheim eintrafen.

Kaum waren sie durch das Ziel gefahren, da wurde ihr Auto von Röders Töchtern umringt. Er sprang förmlich aus dem Auto und umarmte jede einzelne. »Wo ist denn Mama?«, fragte er, nachdem er sich suchend umgeblickt hatte.

»Mama ist heute Morgen nach Köln gefahren«, sagte Marie-Claire. »Sie hat vorhin angerufen und gesagt, dass sie sich bereits auf der Rückfahrt befindet und dass sie zur Siegerehrung hier ist.«

»Was macht denn Mama in Köln?«

»Sie schreibt doch wieder was Politisches. Sie war die letzten Tage gar nicht richtig ansprechbar, so hat sie ihre Arbeit beschäftigt. Und gestern sagte sie, dass sie nach Köln fahren müsse, um dort jemanden zu treffen.«

Röder bekam sofort ein flaues Gefühl im Magen. »Hat sie gesagt, wen?«

»Nein, hat sie nicht.«

Röder wählte sofort Manus Nummer, obwohl er wusste, dass sie keine Freisprechanlage im Auto hatte. Sie ging tatsächlich an den Apparat, machte es aber kurz. Beruhigt legte er auf, nachdem er erfahren hatte, dass sie sich bereits auf der A61 in der Höhe von Waldesch befand.

»Wie seid ihr denn hergekommen?«, fragte er seine Töchter.

»Mit Frau Steiner.« Erst jetzt sah Röder die Ehefrau seines Freundes und ging hinüber, um sie zu begrüßen.

Die »starke Astrid« hatte es tatsächlich geschafft und konnte nun mit einer erheblichen Menge Wein mehr rechnen. Störzner verdrehte nur die Augen, als er den neuen Beifahrer der Siegerin sah. »Als ob du nicht schon genug Stoff in deinem Keller hast«, sagte er.

»So wie ich Achim kenne, trinkt der jetzt noch schnell fünf Schorlen, dann bekommt er noch zweieinhalb Liter puren Wein zusätzlich«, meinte Steiner und lächelte, als er Hellinger mit einem vollen Dubbeglas am Weinstand stehen sah. Er nahm seine Frau in den Arm und ging vor, Röder folgte mit seinen Töchtern. Es war Zeit für eine anständige Rieslingschorle.

Im Hof des Weingutes Reichsrat von Buhl waren Zelte aufgebaut, und eine Band spielte Jazz. Marie-Claire hatte den Porschefahrer von letzter Woche entdeckt, der sich offensichtlich über das Wiedersehen freute. Röder blieb eine Weile bei ihm stehen und unterhielt sich über die Rallye. Er hatte ein Dubbeglas in der Hand und freute sich, wieder daheim zu sein. Gleichzeitig sehnte er sich nach seinem Bett und nach Manu. Die Mädchen klebten förmlich an ihm, und seine Mitfahrer staunten über die hübschen und wohlerzogenen Töchter. Felicitas setzte an, um über ihr Problem zu sprechen.

»Ich weiß, Feli. Mama hat mir alles erzählt. Lass uns morgen in Ruhe darüber sprechen. Hier ist nicht der richtige Ort, und heute freuen wir uns, dass wir wieder zusammen sind. Oder gibt es noch etwas, was ich wissen muss?«

Felicitas schüttelte den Kopf, und Röder nahm sie in den Arm. »Das kriegen wir schon wieder hin. Aber du musst stark sein und die Konsequenzen tragen, egal wie es ausgeht.« Felicitas hatte Tränen in den Augen, aber sie fing schon mal an, stark zu sein.

SIEBEN

Die Siegerehrung war der krönende Abschluss. Jeder Teilnehmer wurde aufgerufen und erhielt die Veranstaltungsplakette. Die Sieger und Platzierten jeder Klasse erhielten Pokale und Ehrenpreise. Dann kam die Ehrung der Gesamtsiegerin, die den Großen Preis des Landkreises, eine prall gefüllte Spezialitätenkiste, aus der Hand der Landrätin entgegennahm. Hellinger machte tatsächlich noch den Witz mit der Schorle, bevor er auf die Waage stieg, um sich für Astrid in Wein aufwiegen zu lassen. Mit einem Zug leerte er das Dubbeglas und fragte die Landrätin: »Halbe Liter werden doch aufgerundet, oder?«

Unter großem Gejohle wurde Weinflasche um Weinflasche auf die Waage gestellt, bis der hünenhafte Winzer über dem Boden schwebte. In diesem Moment klingelte Röders Mobiltelefon, und er meldete sich gut gelaunt. Gleich darauf erstarrte sein Gesicht in blasser Regungslosigkeit. Er stellte eine kurze Frage, schwankte und wäre beinahe gestürzt. Seine Töchter wollten wissen, was mit ihm los war, und er stammelte mühsam: »Mama hat einen Unfall gehabt.«

Steiners Frau hatte ihnen ihren Renault überlassen. Sie würde mit ihrem Mann im Käfer nach Hause fahren. Röder hatte sich so weit wieder gefasst, dass er fahren konnte, aber seine Töchter saßen nun weinend im Wagen. Sie waren auf dem Weg nach Oggersheim in die Unfallklinik. Viel hatte der Beamte der Verkehrspolizei nicht sagen können, außer dass Manu auf der Intensivstation lag. Sie war zwischen Worms und Frankenthal mit hoher Geschwindigkeit von der Fahrbahn abgekommen und hatte sich mit dem Familienvan mehrmals überschlagen. Mit dem Rettungshubschrauber hatte man sie nach Oggersheim geflogen, wo sie sofort notärztlich versorgt worden war.

Röder stürmte mit den Mädchen auf die Station, die man ihm genannt hatte, wurde dort aber von einem Polizeiobermeister aufgehalten. Röder stieß ihn zur Seite. »Wo ist meine Frau? Ich will einen Arzt sprechen.«

Der Polizist stellt sich ihm freundlich, aber bestimmt in den Weg. »Sie dürfen da jetzt nicht rein.«

Eine Krankenschwester hatte den Lärm gehört und öffnete von innen die schwere Schiebetür. Da der Polizist versprach, bei den drei Mädchen zu bleiben, erlaubte sie Röder den Zutritt. Er musste sich einen sterilen OP-Anzug und einen Mundschutz anziehen, bevor er in Überwurfschuhen in den Raum geführt wurde, in dem Manu lag. Als er sie dort mit Hunderten von Schläuchen an die Geräte angeschlossen liegen sah, gab er einen erstickten Schrei von sich. Sie lag auf einer Unterlage, die sich genau ihrem Körper anpasste, und wurde künstlich beatmet.

»Was ist mit ihr?«, fragte er verzweifelt den jungen Arzt, der neben ihn getreten war.

»Ihre Frau hat ein Schädel-Hirn-Trauma, Prellungen und ein gebrochenes Schlüsselbein. Sie ist bewusstlos, und wir halten sie in dem Zustand, weil wir sie abgekühlt haben. Wir hoffen, dadurch die Schwellung im Kopf in den Griff zu bekommen.«

»Wie ernst ist es?« Tränen flossen Röder die Wangen herunter, er zitterte stark.

»Das können wir erst in ein paar Stunden sagen. Der Druck im Kopf muss sinken.«

Fünf Minuten konnte er bleiben, dann kam die Schwester zurück und bat ihn zu gehen. Er weigerte sich, aber die Schwester bestand darauf. Schließlich hatte er ein Einsehen. Weinend küsste er Manu auf die Stirn und ging zurück in den Vorraum, wo seine Töchter warteten. Eine junge Schwesternhelferin brachte ihnen Kaffee und Wasser. Röder wollte zunächst nichts nehmen, aber der Polizist reichte ihm eine Tasse und bat ihn um ein Gespräch unter vier Augen. »Es gibt Augenzeugen vom Unfall«, sagte er und blickte Röder ernst an.

»Was ist denn bloß passiert?«

»Haben Sie Feinde, Herr Röder?«, fragte der Polizist, ohne auf die Frage einzugehen.

»Wie bitte?«

»Sie sind Staatsanwalt, ein bekannter noch dazu. Wir haben Grund zu der Annahme, dass der Unfall Ihrer Frau kein gewöhnlicher war.«

»Wie bitte?«, fragte Röder noch einmal.

»Augenzeugen haben ausgesagt, dass ein großer schwarzer Wagen, vielleicht ein Touareg, an dem Unfall beteiligt war.«

»Was soll das heißen?«

»Das soll heißen, dass Ihre Frau möglicherweise von der Straße abgedrängt wurde.«

Um Röder schien sich alles zu drehen.

»Meine Frau kam aus Köln«, brachte er mühsam hervor. »Sie war auf dem Weg nach Hause. Ich habe mit ihr telefoniert. Sie schrieb an einer Geschichte über die RAF.«

Der Polizist verzog keine Miene.

»Ich muss mal telefonieren«, sagte Röder plötzlich. Ein ganz unglaublicher Gedanke hatte sich in sein Bewusstsein gedrängt. Er verließ den kleinen Raum, in den er sich mit dem Polizisten zurückgezogen hatte, und rannte die Treppen hinunter, um ins Freie zu gelangen. Aus seinem Geldbeutel zog er zitternd eine Telefonnummer und tippte sie in sein Handy. Er hatte Glück. Frau Everts war sofort am Apparat. Er entschuldigte sich für die späte Störung und erklärte den Grund seines Anrufes, was Entsetzen auf der anderen Seite auslöste.

»Was wollte meine Frau bei Ihnen?«

»Sie hatte mich angerufen, weil sie irgendwie über die Vergangenheit meines Mannes gestolpert war.«

»Sie wollten doch mit mir darüber reden. Wir hatten uns sogar schon verabredet. Meine Frau hat damit doch gar nichts zu tun!«, brüllte Röder in das Telefon.

Frau Everts schwieg betroffen und beteuerte dann, dass sie niemals daran gedacht hatte, dass Manu etwas passieren könnte. Dann erklärte sie: »Ich habe schon zu lange geschwiegen und will schon eine ganze Weile mit der Presse darüber sprechen. Ich lasse mir nicht den Mund verbieten. Jetzt erst recht nicht mehr. Als Ihre Frau mich anrief, nahm ich an, Sie wüssten davon, und habe die Gelegenheit genutzt.«

»Was war mit Ihrem Mann? Um was geht es hier? Sagen Sie es mir«, drängte Röder.

Frau Everts stöhnte, aber sie gab sich einen Ruck. »Mein Mann stand der RAF sehr nahe. Er gehörte zwar nicht zum inneren Zirkel, zu den Terroristen, aber er war ein Sympathisant und wollte ihnen Geld für ihre Unternehmungen beschaffen.«

»Wie?«

»In den Siebzigern war mein Mann in Koblenz beim Bundeswehrbeschaffungsamt beschäftigt. Er war Programmierer. Er hat Rundungsfehler im System ausgenutzt und die Differenzen auf ein eigenes Konto überwiesen. Bei den vielen Transaktionen hat sich mit der Zeit ein unglaublicher Betrag auf dem Konto angesammelt. Dieses Geld wollte er an die RAF weitergegeben.«

»Wie viel Geld hatte er denn auf diese Weise unterschlagen?«

»Ich weiß es nicht genau. Aber es ging um Millionenbeträge.«

»Kannten Sie damals Ihren Mann schon?«

»Nein, aber er hat es mir erzählt. Es hat ihn zeitlebens beschäftigt.«

»Wie ging es weiter?«

»Er wurde entdeckt. Es hat lange gedauert, aber irgendwann sind sie ihnen auf die Schliche gekommen.«

»Ihnen?«

»Ja, ihnen. Er konnte das nicht alleine machen. Er hatte einen Freund und Komplizen.«

Röder lief es kalt den Rücken runter. »Lorenz?«, fragte er.

»Keine Ahnung. Ich weiß nicht, wie er heißt.«

»Lorenz ist der Tote, den wir in Ludwigshafen gefunden haben. Er starb unter ähnlichen Umständen wie Ihr Mann.«

Frau Everts antwortete nicht.

»Ihr Mann fuhr einen Oldtimer. Nach unseren Erkenntnissen hatte er das Auto von Lorenz gekauft und herrichten lassen.«

»Ja, das Auto hatte er irgendwo in Süddeutschland gekauft.«

»Was passierte, als die beiden aufflogen?«

»Na, was wohl. Man machte ihnen einen Hochverratsprozess.«

»Wie lange war Ihr Mann im Gefängnis?«

»Eineinhalb Jahre.«

»Nicht mehr?«

»Die beiden waren Kronzeugen. Sie haben gegen irgendwelche Hintermänner ausgesagt, was zur Aufklärung verschiedener Anschläge auf US-Einrichtungen führte. Ich glaube, die konnten auch ein Attentat auf einen General aufklären.«

Röder verstand auf einmal die Zusammenhänge. »War Ihr Mann im Zeugenschutzprogramm?«

»Ja, natürlich. Er hat mir erzählt, dass er damals Morddrohungen erhalten hat. Er und sein Komplize.«

»Das neue Leben Ihres Mannes begann 1983?«

»Ja, er bekam einen neuen Namen und einen neuen Lebenslauf.«

»Wie hieß Ihr Mann vorher?«

»Meinrad, Günter Meinrad.«

»Wann hat Ihr Mann Ihnen das alles erzählt?«

»Vor unserer Hochzeit. 1988.«

Röder beendete das Gespräch und atmete tief durch. Er hatte soeben ein wichtiges Puzzlestück erhalten, das ihn der Lösung des Falls ein beträchtliches Stück näher brachte. Aber momentan war er noch zu durcheinander, um wirklich klar zu denken.

Er hatte gerade aufgelegt, als sein Handy wieder klingelte. Es war Hellinger, der sich nach Manu erkundigte. Steiner hörte mit. Die beiden waren entsetzt. »Das Schwein kriegen wir«, brüllte Steiner in den Hörer. »Verlass dich drauf.«

Röder brauchte eine Weile, um sich zu sammeln, bevor er stockend über das Gespräch mit Frau Everts berichten konnte. Als er geendet hatte, sagte Steiner: »Da haben wir uns aber ein dickes Ei an Land gezogen. Es geht bei Weitem nicht nur um alte Karren. Ben, wir müssen ab sofort besonders vorsichtig sein, wenn wir den Fall aufklären wollen.«

»Ich will nur wissen, wer Manu das angetan hat«, sagte Röder wütend.

***

Röder und seine Töchter hatten die ganze Nacht apathisch im Aufenthaltsraum verbracht und auf neue Informationen gewartet. Am Morgen tauchte endlich ein Arzt auf und setzte sie über Manus derzeitigen Zustand in Kenntnis.

»Ihre Frau hat die Nacht gut überstanden, und die noch bessere Nachricht ist: Der Druck in ihrem Kopf ist gesunken. Wir werden das künstliche Koma zwar noch eine Weile aufrechterhalten, aber wenn es so weitergeht, dann dauert es nicht mehr lange, bis wir sie wieder aufwachen lassen.«

Röder und seine Töchter fielen sich in die Arme und weinten.

»Wird Mama wieder ganz gesund?«, fragte Laura.

»Natürlich. Eure Mama wird wieder gesund.«

Röder missfiel der Unterton in der Stimme des Arztes. Er fing ihn ab, bevor dieser wieder in sein Reich zwischen Leben und Tod verschwinden konnte. »Wird sie Spätfolgen haben?«

»Das ist schwer zu sagen. Ich weiß es nicht. Ihre Frau wird überleben, das ist erst einmal wichtig. Die anderen Verletzungen sind zweitrangig. Wir müssen abwarten.« Der Arzt machte eine Pause. »Gehen Sie doch noch einmal zu ihr hinein, und dann gehen Sie mit Ihren Mädchen frühstücken. Wir rufen Sie an, wenn sie aufwacht.«

Sie gingen in eine Bäckerei mit Café in der Ortsmitte. Röder trank mehrere Tassen Kaffee, aber der Nebel in seinem Kopf lichtete sich nicht. Seine Kinder waren bleich und verweint, aber sie waren guter Dinge, dass sie ihre Mutter bald wieder in die Arme schließen konnten.

»Schmidt. Ich muss mit Schmidt sprechen«, sagte Röder zu sich selbst. Seine Kinder schauten ihn an, als ob er von einem anderen Planeten käme. Er gab ihnen etwas Geld und sagte, sie sollten im Café auf ihn warten. Er müsse sie alleine lassen, käme aber in einer Stunde wieder zurück.

Mit dem kleinen Renault brauste er nach Ludwigshafen, in die Maudacher Straße. Er brauchte keine zehn Minuten für die Strecke, aber er schlug die ganze Zeit auf das Lenkrad ein und redete mit sich selbst. Er verstand nicht, warum er die Verbindung zwischen Schmidt und Lorenz nicht schon früher erkannt hatte: Schmidt war Kfz-Mechaniker und schlug sich mit irgendwelchen Gelegenheitsarbeiten durch. Sein Name wurde mit Oldtimern in Verbindung gebracht, auch wenn Röder sich nicht erinnern konnte, woher er das wusste. Was, wenn Schmidt für Lorenz gearbeitet hat und in der RAF-Geschichte mit drinhing? Oder irgendwas darüber wusste? Vielleicht hätte er wie Lorenz und Everts bei dem Autobrand sterben sollen? Röder war sich auf einmal sicher, dass der Vorfall keine Dummheit im Suff gewesen war, sondern ein Anschlag. Ein Anschlag auf Schmidt. Er musste ihn sprechen, dann würde er den Fall lösen und den Täter, der Manu auf dem Gewissen hatte, zu Strecke bringen.

Um halb elf stand er vor dem fünfstöckigen heruntergekommenen Mehrfamilienhaus. Schmidt wohnte laut Klingelschild im dritten Stock. Röder klingelte, aber es rührte sich nichts. Also klingelte er Sturm, bis sich endlich eine verschlafene Stimme über die Sprechanlage meldete. Röder legte größtmögliche Autorität in seine Stimme und gab sich als Polizist aus. Ein alter Trick, für den er schon mal gerne den offiziell aussehenden Zugangsausweis zur Staatsanwaltschaft zückte. Wenn das jemand bemerkte, behauptete er einfach, die Leute verstünden halt immer nur »Polizei«, auch wenn er »Staatsanwaltschaft« sagte. Bisher hatte das noch immer geklappt.

Röder stürmte die Treppen hinauf. In der halb geöffneten Tür stand der erschrockene Schmidt. »Verdammt, Sie sind doch der Staatsanwalt, der mich hinter Gitter bringen wollte!«, rief er aus, traute sich aber nicht, die Tür zuzumachen. Er ließ Röder hinein.

»Herr Schmidt, Sie haben im Prozess gelogen. Sie haben das Auto nicht versehentlich angezündet. Es war ein Anschlag, vielleicht eine Drohung an Sie persönlich. Sagen Sie mir, warum?«

»Ich weiß nicht, wovon Sie sprechen«, stotterte Schmidt.

»Natürlich wissen Sie das. Und wenn Sie mir das nicht sagen wollen, dann wandern Sie wirklich in den Bau. Diesmal geht es nicht um fahrlässige Brandstiftung, sondern um Beihilfe und Falschaussage. Das gibt ein paar Jahre. Ohne Bewährung, weil es sich um Mord handelt.«

»Sie Schwein! Sie bluffen. Sie können mir nichts anhängen.«

»Kann ich schon. Wer hat Sie erpresst? Piatore?« Die Gesichtsfarbe von Schmidt änderte sich rapide. »Was wusste er über Sie? Haben Sie mit Lorenz und Everts gemeinsame Sache gemacht? Sie sind beide tot. Wenn Sie nicht den Mund aufmachen, dann sind Sie der Nächste. Oder haben Sie die Morde begangen?«

»Nein, nein. Ich war's nicht!«, schrie Schmidt entsetzt.

»Wer war es dann?«, brüllte Röder.

»Ich weiß es nicht.« Schmidt suchte nach Halt und setzte sich auf einen abgenutzten, wackligen Küchenstuhl. »Ich habe für Lorenz nur Kurierdienste gemacht.«

»Was für Kurierdienste?«

»Ich habe Lorenz früher immer geholfen, die Oldtimer herzurichten. Er hat damit gutes Geld verdient, weil er sie teuer verkauft hat. Der Markt ist nicht schlecht. Er kaufte alte Autos und restaurierte sie. Dann hat er sie mit Gewinn verkauft. Ungefähr vor neun Jahren bat er mich, für ihn eine Summe Bargeld nach Malta zu bringen.«

»Malta?«

»Ja. Lorenz meinte zu mir, für ihn sei es zu gefährlich, das Geld wegzubringen. Er sagte, das Finanzamt sei hinter ihm her. Er hat mich gut bezahlt.«

»Warum ausgerechnet Malta?«

»Das war damals noch kein Euroland. Außerdem waren die maltesischen Banken verschwiegen, noch nicht europaweit vernetzt, und die maltesische Lira galt als äußerst stabil.«

»Wie viel Geld haben Sie nach Malta gebracht?«

Schmidt schluckte heftig. »Insgesamt fast fünf Millionen.«

Röder pfiff durch die Zähne. »Und Sie glaubten, dass er das Geld mit seinen Autos verdient hatte?«

»Anfangs schon. Da bin ich nur mit einer fetten Brieftasche runtergefahren. Einhundertfünfzigtausend D-Mark.«

»Wie oft sind Sie gefahren?«

»Vier Mal. Nach Civitavecchia in Italien und von dort mit der Fähre nach Valletta. Nachdem es das erste Mal so einfach war, bin ich noch dreimal mit einem Koffer gefahren.«

»Haben Sie sich nie gewundert, woher das Geld kam?«

»Zuerst dachte ich, es sei von seinen Autos. Aber beim zweiten Mal mit dem Koffer habe ich gefragt. Er lachte nur, sagte, ich solle den Mund halten, ich wäre jetzt im Team. Dann hat er mein Honorar erhöht.«

»Was sprang für Sie raus?«

»Hunderttausend.«

Röder nickte und machte eine Pause.

»Was hat Piatore damit zu tun gehabt?«

»Der war ein Geier.« Schmidt verzog angewidert das Gesicht. »Der hatte einen Tipp von einem korrupten Bankbeamten bekommen, der gerochen hatte, dass an dem Geld etwas faul war. Irgendwann stand er bei Lorenz auf der Matte und wollte Geld.«

»Hat er es bekommen?«

»Lorenz hat ihm einen Maserati gegeben, der locker über hunderttausend Euro wert war, und dann war erst mal Ruhe.«

»Aber Piatore kam wieder?«

»Ja. Im vergangenen Jahr. Lorenz hätte ihn beinahe mit einem Schraubenschlüssel totgeschlagen, wenn ich nicht dazwischengegangen wäre. Ich hätte wohl besser nicht einschreiten sollen, dann hätten wir weniger Probleme gehabt.«

»Hat Piatore Sie bedroht?«

Schmidt schauderte. »An dem Abend, an dem ich mit Anne in der Kneipe war, stand er auf einmal in der Tür und wollte mich sprechen. Anne hat das nicht mitgekriegt, die war total voll. Wir sind zusammen raus, und weil es so kalt war, haben wir uns in den Wagen gesetzt. Kaum waren wir drin, da hat dieses Arschloch mir ein Messer an den Hals gehalten und mich an das Lenkrad gefesselt. Er sagte, dass er mich mit dem Wagen anzünden würde, als kleine Warnung an Lorenz. Der Sack hatte einen Brandsatz dabei, so eine mit Draht umwickelte Sprudelflasche aus Plastik. Er meinte, ich hätte noch eine Chance, nämlich wenn ich ihm helfe, an das Geld zu kommen.«

»Wie hätten Sie ihm helfen können?«

»Ich sollte die Daten von Werners Nummernkonto auf Malta besorgen, damit er sich Zugang verschaffen konnte.«

»Wären Sie da rangekommen?«

»Ich ging bei Lorenz ein und aus. Das Konto kannte ich von den Einzahlungen, und Werner hatte einen Tresor, in dem er alle wichtigen Unterlagen aufbewahrte.« Schmidt atmete durch. »Aber ich habe ihn nicht verraten. Ich habe es ihm gesagt, und wir haben überlegt, wie wir da wieder rauskommen.«

»Wie wollten Sie das schaffen?«

»Wir wollten das Schwein umlegen. Er oder wir. Wir konnten uns doch nicht einfach verkriechen und warten, bis der uns abmurkst.«

»Warum sollte er Lorenz umbringen? Er wollte doch sein Geld.«

»Erst das Geld und dann wir. Wir hätten niemals Ruhe gehabt. Außerdem, ohne Geld hätten wir keinen Grund mehr zum Schweigen gehabt, und Piatore wäre mit hochgegangen. Dann hätte keiner mehr etwas von der Kohle gehabt.«

»Sagt Ihnen der Name Everts was?«

Schmidt schüttelte den Kopf.

»Und was ist mit Sulger?«

»Das war Lorenz' Anwalt. Na ja, eher sein Rechtsberater. Er praktizierte ja nicht mehr. Der ist ja jetzt Professor in Mannheim.«

Für Röder ergab die Geschichte noch immer keinen rechten Sinn, aber er glaubte, dass er nahe dran war. »Sie könnten es gewesen sein. Sie haben ein Motiv, Sie wollten das Geld.«

»Nein«, schrie Schmidt. »Sie wollen mir wieder etwas anhängen. Ich habe Werner nicht umgebracht. Er war mein Freund.«

»Ich rede nicht von Lorenz.«

»Von wem dann?«

»Von Piatore.« Röder betrachte sein Gegenüber.

»Piatore ist tot?«, fragte Schmidt ungläubig, und Röder nickte. Er hatte die Reaktion auf die Todesnachricht im Gesicht des Mannes beobachtet. Sie schien echt, außerdem war Schmidt wohl viel zu einfältig. Aus irgendeinem undefinierbaren Grund glaubte Röder seine Geschichte. Er musste Sulger finden. Der Professor war der Schlüssel zur Lösung, ging es ihm durch den Kopf.

»Sagen Sie mir noch eins. Warum hat Ihr Auto dann doch noch gebrannt?«

»Piatore hat die Flasche aufgemacht und mir Benzin in den Schritt geschüttet. Mit dem Messer hat er mir die Kabelbinder durchgeschnitten und mir befohlen auszusteigen. Dann hat er den Sitz angezündet, um zu demonstrieren, wie ernst er es meint.«

Eine gute Stunde nachdem er seine Töchter im Café zurückgelassen hatte, war er wieder bei ihnen. Er wollte, dass sie alle mit ihm nach Hause fuhren, um sich umzuziehen und etwas zu schlafen. Außerdem musste sich jemand um seine Mutter kümmern. Frau Röder senior war zwar zum Glück noch kein Pflegefall, aber ihre

Alzheimererkrankung schritt unaufhörlich fort, sodass sie nicht mehr lange allein bleiben konnte. Marie-Claire weigerte sich. Sie wollte ins Krankenhaus zurück, bei ihrer Mutter bleiben und ihn anrufen, wenn sich ihr Zustand ändert. Röder freute sich darüber, nahm sie in den Arm und versprach ihr, frische Kleider und Zahnputzzeug mitzubringen.

»Ach Papa, bring mir bitte auch meine Feuchtigkeitscreme mit.«

Röder ließ sich erklären, wo die sündhaft teure, ohne Tierversuche getestete Schmiere stand. Marie-Claire investierte einen erheblichen Teil ihres Taschengeldes in Kosmetik, wobei Röder immer mit den Augen rollte, wenn er die Preise erfuhr.

Zu Hause erklärte Röder seiner entsetzten Mutter, was vorgefallen war, und überließ ihr die beiden jüngeren Töchter, damit diese sich duschen und etwas schlafen konnten. Er versprach, sie holen zu kommen, wenn ihre Mutter wieder aufgewacht war.

Er machte sich ebenfalls kurz frisch und grübelte vor sich hin. Ein bestimmter Gedanke ging ihm nicht mehr aus dem Kopf.

Auf dem Weg zurück in die Unfallklinik rief er Steiner an, dem er das Gespräch mit Schmidt wiedergab.

»Wir sind also auf der richtigen Fährte«, meinte Steiner. »Sulger war es. Das Problem ist nur, er ist von der Bildfläche verschwunden. Wir haben seit Innsbruck keine Spur von ihm.«

»Irgendetwas ist aber trotzdem faul«, sagte Röder. »Habt ihr schon in seiner Mühle nachgesehen?«

»Klar, das hat Devries bereits letzte Woche veranlasst. Er ließ sie durchsuchen.«

»Wird sie observiert?«

»Nein. Aber die Streifen in der Gegend haben Anweisung, regelmäßig das Anwesen zu kontrollieren, ob es irgendwelche Veränderungen gibt.«

Röder machte einen Gedankensprung, aber er konnte nicht zu Ende denken, weil Steiner fortfuhr: »Dabei ist Tauss einer Streife in die Arme gelaufen, nachdem er den Oldtimer von Sulger abgestellt hat.«

»Wann war das?«, fragte Röder schnell.

»Gestern.«

»Die Mühle ist in Mühlheim?«

»Ja, die Kurzmühle.«

Röder stieg in die Eisen, drehte abrupt den Wagen auf dem Zubringer zur Autobahn und fuhr zurück. Er drückte die rote Taste und hörte Steiners Frage »Ben, was hast du vor?« nicht mehr. Sein Weg führte ihn auf der Weinstraße durch Kallstadt nach Grünstadt, das er durchqueren musste, bevor er in Asselheim rechts die Straße nach Mühlheim nahm. Die Kurzmühle befand sich außerhalb der Ortschaft. Der Bach, der die Mühle einst angetrieben hatte, war der Eisbach, der bei Worms in den Rhein mündete. Hier in Mühlheim wies der Eisbach noch ein starkes Gefälle auf und hatte sich tief in die Landschaft gegraben. Die Heimatforscher vermuten, dass es in alter Zeit mehr als die heute noch existierenden zwei Mühlen gegeben hatte.

Röder ließ sein Auto vor dem Anwesen stehen. Das Tor war geschlossen, die Eingangstür daneben auch. Eine hohe, aber nicht unüberwindbare Sandsteinmauer umgrenzte das Grundstück. Röder ging ein Stück die Mauer entlang, bis er von der Straße aus nicht mehr zu sehen war, und kletterte daran hoch, was durch einige herausgebrochene Steine erleichtert wurde. Auf der anderen Seite befand sich ein mit Sandsteinen gepflasterter Hof, an dessen linker Seite das Hauptgebäude und auf der rechten Seite das Wirtschaftsgebäude stand. Das Mühlrad musste sich früher an der Außenseite des Wirtschaftsgebäudes befunden haben, wo auch der Bach floss.

Röder sah sich im Innenhof um. Drei alte Mahlsteine standen in der Mitte und waren mit verwilderten Blumen geschmückt. Die Türen zum Hauptgebäude waren alle geschlossen und von der Polizei versiegelt, auch die vorsintflutlichen Doppelfenster boten keinen einfachen Zugang. Er spähte hindurch, konnte aber kein Leben entdecken. Irgendetwas stimmte nicht, das konnte Röder deutlich spüren. Sein Gefühl wurde bestätigt, als er das Siegel der Kellertür näher untersuchte. Es war gerissen, obwohl die Tür verschlossen war. Jemand, der einen Schlüssel hatte, war nach der Durchsuchung hier gewesen.

Da im Haupthaus ohne einen handfesten Einbruch nichts zu erreichen gewesen wäre, wandte sich Röder dem anderen Gebäude zu. Das ganze Anwesen war nicht wirklich heruntergekommen, aber die alte Bausubstanz versprühte einen morbiden Charme. Der Zugang zu dem Wirtschaftsgebäude erfolgte über ein doppelflügeliges Tor, das nicht verschlossen war. Röder betrat einen großen Raum, der wohl früher die Lagerhalle für das Getreide und die Fertigprodukte gewesen war. Jetzt befand sich hier eine Werkstatt, und in der Mitte stand Sulgers alter MG, der mit einer grauen Plane abgedeckt war. Links zweigte ein breiter Korridor ab, der zu den Räumen führte, in denen das Mehl gemahlen wurde. Im ersten Raum hatte früher die Achse des Mühlrades über Umlenkriemen die Transmissionswelle angetrieben, die immer noch rostend an der Decke montiert war. In den anderen Räumen konnte man noch die Reste der Riemen und die gusseisernen Transmissionsscheiben sehen. Die Mühlen selbst waren vermutlich schon vor langer Zeit abgebaut worden.

Röder hörte ein Geräusch, und sein ungutes Gefühl verstärkte sich, auch wenn er sich einredete, dass das Geräusch bestimmt von einem vierbeinigen Bewohner verursacht worden war. Er ging zurück zum ersten Raum und war sich plötzlich sicher, dass hier irgendetwas nicht stimmte. Mit beherzten Schritten ging er zu dem Fahrzeug und zog die Plane herunter.

Sulger saß auf dem Beifahrersitz, eine große Wunde auf der rechten Schädelseite. Splitter des Schädelknochens mischten sich mit grauer Hirnmasse. Das Blut war noch nicht getrocknet. Sein Gesichtsausdruck war irgendwie überrascht, er musste sofort tot gewesen sein. Wahrscheinlich hatte er mit einem harten Werkzeug einen wuchtigen Schlag auf den Kopf bekommen. Röder blickte sich um, konnte aber keinen herumliegenden Gegenstand entdecken, der als Tatwaffe in Frage kam. Er holte tief Luft und ging hinaus.

In der Tür blieb er stehen und wollte Steiner anrufen, doch gerade als er die ersten Ziffern tippte, bemerkte er aus den Augenwinkeln einen Schatten und hörte das Zischen eines Gegenstandes, der durch die Luft sauste. Er fühlte einen brennenden Schmerz an seinem rechten Ohr, bevor er bewusstlos in die Knie sank und zu Boden ging.

Röder erwachte durch das Klingeln seines Handys. Er wollte danach greifen, aber seine Hände gehorchten ihm nicht. Vor seinen Augen tanzten grelle Lichtpunkte, sein Kopf schmerzte, und von den Füßen kroch Hitze an ihm hoch. Röder schüttelte sich, und seine Sinne kehrten langsam zurück. Zu langsam. Es roch streng nach verbranntem Leder, und die Hitze hüllte ihn jetzt fast ein. Er glaubte immer noch an Halluzinationen, als er endlich die Augen öffnete und brennende Tropfen fallen sah. Abermals versuchte er, die Hände zu bewegen, und bemerkte entsetzt, dass sie mit Kabelbindern an dem hölzernen Lenkrad des MG festgebunden waren. Auf dem metallenen Armaturenbrett lag eine Plastikflasche, an die mit Draht zwei brennende Klötzchen angebracht waren. Die Flasche leckte bereits, brennendes Benzin verteilte sich unaufhörlich über die Instrumente und tropfte zum Teil in den Fußraum.

Röder zog mit aller Gewalt an den Kabelbindern, bis das gesamte Fahrzeug wackelte und Sulgers blutige Leiche in seinen Schoß kippte. Das Benzin tropfte jetzt auf Sulger, dessen Kleidung bereits Feuer gefangen hatte. Röder schrie, aber der Rauch brachte ihn zum Husten. Er sah, wie Sulgers Haare schmorten, und der Gestank zog in seine Nase. Er zerrte und riss, aber die Kabelbinder gaben nicht einen Millimeter nach. Immer mehr brennendes Benzin verteilte sich im Fahrerraum, und Sulgers Kleidung brannte an einer Seite fast vollständig. Das lederne Verdeck verhinderte, dass der Rauch abzog, und Röder merkte, wie er das Bewusstsein langsam verlor.

In diesem Moment wurde die Fahrertür aufgerissen, was wegen der unvermittelten Sauerstoffzufuhr eine Stichflamme erzeugte, die aus dem Auto schoss und Röder Haare und Augenbrauen versengte. Er hörte einen Schrei, als der Mann an der Tür erschrocken zurückwich. Hellinger! Es war Hellinger, der jetzt sein Winzermesser ausklappte und sich in den brennenden Wagen beugte, um mit raschen Schnitten die Kabelbinder zu durchtrennen. Er zerrte Röder aus dem Fahrzeug und warf sich auf ihn, um die züngelnden Flammen zu ersticken, die sich auf Röders Kleidung breitgemacht hatten. Er brüllte und schlug auf Röder ein, der vollkommen erschlafft alles über sich ergehen ließ. Auch dass Hellinger ihn mit rauchenden Kleidern wenig sanft aus der Gefahrenzone in den Hof zog, bekam Röder nur halb mit.

»Wie kommst du denn her?«, fragte Röder, nachdem er mehrere Minuten an der Sauerstoffmaske gehangen hatte. Ein Sanitäter versorgte seine Brandwunden mit einem Gel und sterilen Verbänden.

»Steiner hat mich angerufen und gesagt, dass du hier bist. Er meinte, dass ich schneller hier wäre als er und dass du irgendetwas Dummes machen willst. Als ich ankam, habe ich dein Auto gesehen und bin dem Geräusch nach, als dein Handy geklingelt hat.«

Röder lächelte schief. »Du hast mir das Leben gerettet.«

»Daran bist du selbst schuld, denn wenn du nicht gewesen wärst, dann wäre ich letztes Jahr schon in München draufgegangen, und wir wären jetzt beide tot.«

»Mein alter Freund, was bin ich froh, dass ich dich habe.« Röder versuchte aufzustehen Der Arzt herrschte ihn an, doch Röder wiegelte ab: »Ich geh nicht ins Krankenhaus. Ich muss zu Manu.«

»Ich fahre dich«, sagte Hellinger und nahm seinen Freund in die Arme.

Steiners Wagen fuhr mit quietschenden Reifen vor und kam hinter dem Rettungswagen zum Stehen. Er rannte auf Röder zu, erkundigte sich nach dessen Befinden und ließ sich den Hergang in groben Zügen berichten. Der Brand war bereits gelöscht, denn die freiwillige Feuerwehr war noch schneller als der Rettungswagen gewesen. Außer dem Fahrzeug gab es zum Glück nicht viele brennbare Materialien in der kleinen Halle.

Es folgte eine größere Diskussion mit dem Notarzt, der Röder immer noch ins Krankenhaus einliefern wollte. Nur widerwillig gab er klein bei und ließ sich von seinem widerspenstigen Patienten eine Unterschrift geben.

Zitternd und mit schmerzenden Händen hörte Röder die Nachricht von Marie-Claire ab, die angerufen hatte, als er in dem brennenden Fahrzeug gefangen war. Die Ärzte sagten, dass Manu bald aufwachen würde. Er versuchte seine älteste Tochter zu erreichen, aber sie nahm nicht ab.

Hellinger bugsierte Röder in sein Auto, fuhr ihn nach Bad Dürkheim zurück und half ihm, so gut es ging, mit der Handbrause zu duschen und saubere Klamotten anzuziehen. Als Laura ihn in seinem erbärmlichen Zustand sah, meinte sie nur, dass es gut wäre, dass Mama ihn so nicht sehen konnte, denn sie würde bestimmt schimpfen, weil er sich beim Detektivspielen wieder in Gefahr gebracht hatte. Feli bekam einen Weinkrampf, beruhigte sich aber nach einigen Minuten.

Röder wusste weder ein noch aus, alles um ihn herum brach zusammen, ihm war schwindelig. Er fühlte sich total hilflos. Hellinger war eine große Hilfe. Er blieb ruhig, nahm seinen Freund und dessen Töchter in den Arm. Er sagte, dass alles wieder gut werden würde, und sie wollten ihm nur zu gerne glauben. Schließlich deckte er Felicitas zu, die auf der Couch eingeschlafen war, und ging in die Küche. Er griff in den Schrank, in dem der zweifach gebrannte Tresterbrand stand, den er gemacht hatte, nahm selbst einen auf den Schreck und flößte Röder zur Sicherheit einen doppelten ein.

***

»Ben?«

»Ja, Manu. Ich bin's. Alles wird wieder gut.« Tränen liefen ihm die Wangen herunter.

»Ben, ich bin ja so froh, dass du da bist. Wie geht's den Kindern?«

»Sie sind auch da. Sie stehen neben mir.« Röder trat zurück.

Manu hatte seine Verbände nicht gesehen. Die Töchter umarmten ihre Mutter, so gut es ging. Manu war so schwach, dass sie sich kaum für die Zärtlichkeiten ihrer Familie revanchieren konnte, aber sie lächelte glücklich, bevor sie wieder die Augen schloss.

Die Schwester kam herein. »Sie müssen jetzt wieder gehen. Ihre Frau braucht Ruhe.«

»Ben?« Manu war doch noch nicht weggedöst.

»Manu. Ich liebe dich.«

»Ich dich auch.« Sie schluckte und machte eine Pause. Die Schwester drängte. »Ben, im Auto. Frau Everts hat mir einen Umschlag gegeben. Er ist hinten, hinter der Klappe im Verbandskasten.«

»Manu, was sagst du da?«

»Hol den Umschlag«, flüsterte sie, und die Augen fielen ihr zu.

»Sie müssen jetzt gehen«, sagte die Schwester mit Nachdruck.

Röder ging schweren Herzens zur Tür und hatte schon den Türgriff in der Hand, als Manu erstaunlich laut sagte: »Ben, sei vorsichtig. Er wusste, dass ich nach Köln fahre.«

»Verdammt! Wer wusste, dass du nach Köln fährst?« Er machte kehrt, aber die Schwester stellte sich in den Weg und sagte: »Sie ist eingeschlafen, Sie können sie jetzt nicht wecken.«

Hellinger fuhr die Mädchen nach Hause. Auch Marie-Claire wollte sich nun hinlegen. Sie war total übermüdet. Röder hielt sich gerade im Aufenthaltsraum auf, als der Arzt kam und ihm mitteilte, dass Manu bald auf eine normale Station verlegt werden konnte und dass sie riesiges Glück gehabt hatte.

Röder rief bei Steiner an. »Gerald? Hier ist Ben. Wo haben die unser Auto hingebracht? Ich meine, das von Manu.«

»Du stellst Fragen. Das ist in der KTU, wo sonst?«

»Kannst du mich abholen? Im Verbandskasten liegen Dokumente, die Manu aus Köln mitgebracht hat.«

»Was für Dokumente?«, wollte Steiner wissen.

»Komm einfach und hol mich ab. Ich erkläre dir alles, wenn du hier bist. Es ist dringend.«

Als Steiner kam, hörte er Röder aufmerksam zu, und gemeinsam fuhren sie zum Polizeipräsidium. Sie mussten sich beim diensthabenden Beamten ausweisen und konnten schließlich das Auto untersuchen, das nur noch ein Schrotthaufen war. Durch die Überschläge war es wie eine Rolle verformt. Röder war entsetzt und froh zugleich, dass Manu diesen Crash überlebt hatte. Die Zeugen hatten einen schwarzen Geländewagen gesehen, der Manu auf gerader Strecke, bei etwa einhundertdreißig Stundenkilometern, schräg gerammt hatte. Auf dem Autobahnabschnitt waren keine Leitplanken installiert, und der Wagen war die Böschung hinuntergerast und hatte sich mehrmals überschlagen, bevor er schließlich zum Liegen gekommen war.

Durch die zerbrochene Heckscheibe griff Steiner in den Kofferraum und schob die demolierte Innenraumverkleidung zur Seite. Mit drei Fingern zog er den Verbandskasten aus dem Zwischenraum, in den er hineingerutscht war. Sie fanden, was sie suchten, und breiteten die Unterlagen auf einem Tisch aus. Röder musste sich setzen, ihm war schwindelig.

»Du siehst scheiße aus«, meinte Steiner.

»Ich fühl mich auch so.«

Sie überflogen die Papiere. Es waren vergilbte Kopien von den Prozessunterlagen aus dem Jahr 1979. Everts musste sie irgendwie abgezweigt und kopiert haben. Röder und Steiner staunten nicht schlecht, als sie die Namen der Vertreter der Bundesanwaltschaft lasen. Der zweite war ein Doktor Sulger! Seine RAF-Kenntnis war offensichtlich nicht nur theoretisch. Er war mit den damaligen Prozessen vertraut und kannte Lorenz und Everts demnach schon fast dreißig Jahre.

Eine Abschrift der Anklageschrift zog Röders Interesse auf sich, und er überflog sie, wobei er sich nur schwer konzentrieren konnte. Die Angeklagten waren geständig gewesen und hatten fast das ganze Geld zurückgegeben. Außerdem führten ihre Hinweise zur Verhaftung einiger Terroristen und ihrer Helfer. Er stutzte, als ihm die angenommene Schadenssumme von drei Millionen D-Mark ins Auge stach. Er zeigte Steiner die Abschrift, der durch die Zähne pfiff.

»Woher kommen dann die fünf Millionen, die in Malta gammeln?«

»Wenn sie überhaupt noch dort sind. Das musst du gleich morgen überprüfen.«

Steiner nickte. »Die haben also nicht alles zurückgegeben und sich stattdessen ein Sparkonto auf Malta angelegt. Ich schätze, dass sie das Geld lange Zeit in bar gebunkert hatten, und als der Euro kam, mussten sie es irgendwie waschen. Malta hatte damals noch nicht den Euro, und in Deutschland hat das BKA alle größeren Umtauschaktionen überwacht. Einige spektakuläre Straftaten wurden nachträglich aufgeklärt. Sogar aus der Oetker-Entführung sind noch Scheine aufgetaucht.«

»Insgesamt müssen es noch mehr als diese acht Millionen gewesen sein. Die haben in den Jahren zuvor bestimmt nicht von der Hand in den Mund gelebt.«

»Wahnsinn. Klar, dass die Aasgeier hinter ihnen her waren.«

Zwischen den Papieren fanden sie ein digitales Aufnahmegerät. Steiner drückte »Play« und die Stimme von Everts alias Meinrad ertönte. Er hatte das Gerät offensichtlich kurz vor seiner Ermordung besprochen, weil er Schwierigkeiten befürchtete. In knappen Worten schilderte er seine Tat, den Prozess und die Tatsache, dass er und Lorenz mit dem Geld niemals wirklich glücklich geworden waren. Er erklärte, wie sie es geschafft hatten, die tatsächliche Höhe des unterschlagenen Geldbetrags zu verschleiern: Einer der mutmaßlichen RAF-Angehörigen, den Lorenz und Everts genannt hatten, war ein V-Mann des Verfassungsschutzes gewesen. Es hätte einen innenpolitischen Skandal ohnegleichen gegeben, wenn herausgekommen wäre, dass Beamte an Verbrechen gegen den Staat beteiligt gewesen waren, den sie eigentlich schützen sollten. Außerdem wollte der Verfassungsschutz aus ermittlungstaktischen Gründen nichts über die Strategien zur Terrorbekämpfung verraten.

Röder und Steiner blickten sich an. Ihnen war nun klar, warum die Behörde auf allzu genaue Untersuchungen verzichtet hatte. Gegen Ende der etwa zwanzigminütigen Aufnahme behauptete Everts, dass ein paar der damals verantwortlichen Verfassungsschützer politische Karrieren hingelegt hatten, wobei er namentlich einen Staatssekretär im rheinland-pfälzischen Innenministerium nannte.

»Ist der heute nicht unser Innenminister?«, fragte Steiner, obwohl er die Antwort wusste.

Everts kam schließlich auch auf Sulger zu sprechen. Der Professor hatte damals als Bundesanwalt besonders milde Strafen angeboten, allerdings nicht ohne Eigennutz, denn er bekam seinen Anteil an dem privaten Rentenfonds. Fortan beschützte er die beiden und half ihnen, das Versteckspiel mit dem vielen Geld zu organisieren.

Die Doktorarbeit von Knecht war Teil einer Strategie, die dazu diente, die Mitwisser zu kontrollieren. Über die Jahre waren immer mehr Details durchgesickert, die wissenschaftlicher Erklärung bedurften. Sulger war der Meinung, Knechts Recherchen entsprechend steuern zu können.

»Geschichte wird auch immer von den Geschichtsschreibern gemacht«, sagte Röder müde.

»Und von Journalisten wie Manu. Kein Wunder, dass sie bei der Story Blut geleckt hat.« Steiner betrachtete seinen lädierten Freund, der am Tisch beinahe eingeschlafen war. »Ich bring dich jetzt nach Hause.«

***

Röder wusste nicht mehr, wie er am Vortag nach Hause gekommen war. Felicitas und Laura hatten ihm Frühstück gemacht, nachdem sie ihn voller Sorge behutsam geweckt hatten. Er hatte wie ein Toter geschlafen.

»Ist Marie-Claire in der Schule?«, fragte Röder, als er aus der Dusche kroch.

»Nein, Achim hat sie nach Oggersheim zu Mama gefahren. Sie will uns anrufen, wenn Mama ansprechbar ist.«

»Wir fahren nach dem Frühstück hin.«

»Oma will, dass du nachher bei ihr vorbeischaust.«

Röder nickte und schlürfte gierig seinen Kaffee. Sogar frische Brötchen hatten die Kinder besorgt.

»Haben wir heute nicht den Termin in der Schule?«

Felicitas wurde blass. »Das ist doch jetzt nicht wichtig.«

»Nein, das ist wirklich nicht wichtig«, sagte Röder und nahm einen weiteren großen Schluck aus der Kaffeetasse. »Es war der Kotzbrocken aus Mannheim. Richtig?«

Felicitas nickte. »Der Hauer ist ein echtes Arschloch.«

»Der Hauer? Meinst du etwa den Sohn von meinem alten Studienkollegen Kurt Hauer?«

Sie zuckte mit den Schultern. »Weiß ich nicht.«

»Was hat er denn überhaupt zu dir gesagt?«

»Der Typ ist so was von gemein. Der und seine Freunde. Er ist mir einfach zu nahe gekommen.«

»Hat er dich angefasst?«

Felicitas schüttelte den Kopf.

»Du musst doch einen Grund gehabt haben, ihm ins Gesicht zu schlagen.«

»Ich hab doch nicht gewusst, dass ich ihm gleich das Nasenbein breche.«

»Das hättest du aber wissen müssen. Du trainierst doch Karate.«

Feli stiegen Tränen in die Augen. Plötzlich stand sie auf und rannte aus der Küche.

Laura hatte die Diskussion mit ihrem neunmalklugen Blick verfolgt. »Sie traut sich nicht, dir zu sagen, was war. Sie schämt sich.«

»Warum sollte sie sich schämen?«

»Es ging um dich.«

»Um mich?«

»Ja, Hauer hat was über dich gesagt.«

»Woher weißt du das?«

»Feli hat mit Marie gesprochen, und ich habe es gehört.«

Röder stand auf und ging zu Feli, die auf ihrem Bett saß und sich in ihr Kopfkissen gekrallt hatte.

»Was hat Hauer über mich gesagt?«, fragte er.

»Hat das kleine Biest gepetzt?«

Röder ging auf die Frage nicht ein. »Hör mal, wenn der Hauer etwas über mich sagt, dann geht mich das doch wohl etwas an.«

Feli weinte, dann schluchzte sie: »Er hat gesagt, dass du mit deinen schwulen Freunden bei der Rallye mitfährst und dass du …« Sie beendete den Satz nicht.

»Dass ich …?«

»Dass du ein … Lutscher bist.«

»Ein Schwanzlutscher?« Röder lachte. »Der ist ja ganz schön dreist. Hat selbst von Tuten und Blasen keine Ahnung, aber das Maul kann er aufreißen. Es ist gut, dass du mir das sagst, das ist eine glatte Beleidigung, das lässt die Sache ganz anders aussehen. Ich denke, das wird deine Direktorin interessieren. Hast du Zeugen?«

Feli schüttelte den Kopf.

»Waren seine Kumpels dabei?«

Sie nickte.

»Na also. Einer von denen wird schon auspacken. So hartgesotten können die gar nicht sein, wenn ich ihnen die Konsequenzen einer Falschaussage erkläre.«

»Willst du ihn anzeigen?«

»Nein, aber wir können sie zum Reden bringen, und dann sieht es für dich schon ganz anders aus.« Er nahm Feli in den Arm und sah aus den Augenwinkeln einen Schatten vorbeihuschen, der wohl zu seiner Jüngsten gehörte. »Ich danke dir, dass du dich für mich so eingesetzt hast. Du hast ganz schön viel Mumm.« Er drückte sie fest.

Nach einer Weile sagte er: »Lass dich in Zukunft aber nicht von solchen Spinnern provozieren. Dass er eins auf die Nase bekommt, hat er wohl nicht erwartet. Da war er bestimmt baff.«

»Und seine Kumpels erst!«, sagte Felicitas. »Wenn ich nicht von der Schule fliege, habe ich in Zukunft bestimmt meine Ruhe vor denen. Der Hauer ist ja eh bald weg.«

»Wieso das?«

»Der wohnt jetzt bei seiner Mutter in Mannheim und geht nach den Sommerferien auch dort zur Schule. Sein Vater darf ihn nur am Wochenende besuchen. An dem Tag, als er mich in Mannheim so dumm angemacht hat, ist er hinterher mit seinem Vater einen saufen gegangen. Damit hat er jedenfalls montags in der Schule angegeben.«

Felicitas erschrak, als Röder ruckartig aufstand. »Papa, was ist?«

»Nichts, mein Schatz. Ich muss noch mal kurz weg, bevor wir zu Mama fahren. Ruft mich auf dem Handy an, wenn was ist.«

Mit diesen Worten zog Röder sich eiligst ein Paar Turnschuhe an und lief zu seinem Auto. Seine Töchter blickten ihm verwundert hinterher.

Viel zu schnell fuhr er Richtung Süden. Er hatte sich mit einem Schlag daran erinnert, wer ihm gesagt hatte, dass Schmidt Oldtimer restaurierte. Diese Information hatte er von Hauer. Von seinem alten Studienkumpel Hauer, der bis vor Kurzem selbst einen restaurierten Oldtimer besessen hatte. Einen von Lorenz restaurierten Oldtimer.

Ein unglaublicher Verdacht keimte in Röder auf. Hauer war an dem Tag in Mannheim gewesen, an dem Lorenz ein paar Kilometer entfernt umgebracht wurde. Er war mit seinem Sohn einen trinken und hätte anschließend die Möglichkeit gehabt, den Mord zu begehen. Entgegen seiner sonstigen Gewohnheit griff er während der Fahrt nach seinem Mobiltelefon, um Steiner anzurufen und ihm davon zu erzählen. Kurz darauf stoppte er mit quietschenden Reifen in der Robert-Stolz-Straße. Dank seines Ausweises wurde er sofort in den nicht öffentlichen Bereich des Gebäudes eingelassen, und er rannte die Treppen hoch, bis er im Büro von Hauer stand. Der zuckte zusammen, als er den keuchenden Röder vor sich sah.

»Warum? Warum wolltest du Manu umbringen? Was hat sie dir getan?«

»Ben, was ist denn in dich gefahren? Bist du jetzt total verrückt?«

»Du hast sie auf der Autobahn gerammt. Hast du gedacht, sie ist schon tot?« Röder ging auf Hauer los, der blitzartig vom Schreibtisch aufstand und auf Abstand ging.

»Du spinnst. Warum sollte ich das tun?«

»Weil du das Geld haben und alle Mitwisser beseitigen wolltest. Du wusstest von dem Prozess vor fast dreißig Jahren. Du hast beste politische Beziehungen nach Mainz. Du kennst den Innenminister, der früher beim Verfassungsschutz war und der dir irgendwann einmal, wahrscheinlich beim Bier, vom Prozess, von Sulger und den beiden RAF-Unterstützern erzählt hat, durch deinen beschissenen Arbeitskreis. Du hast die Ermittlungen behindert, indem du über den Minister Einfluss auf die Polizeiarbeit und auf uns genommen hast. Dem käme es nämlich nicht sehr gelegen, wenn die alte Geschichte mit dem V-Mann aufgewärmt werden würde. Dafür kann der heute noch den Hut nehmen. Also habt ihr uns den kleinen, ehrgeizigen Staatsanwalt vor die Nase gesetzt, der so blöd war und auf euch reingefallen ist.«

Er stürzte sich auf den Hundertzwanzig-Kilo-Mann, der sich heftig wehrte, aber Röder war vor Wut außer Rand und Band, und beide stürzten in das Bücherregal, das die gesamte Wand hinter dem Schreibtisch einnahm. Röder prügelte wie von Sinnen auf

Hauer ein, bis dieser mit Gewalt von ihm weggezogen wurde. Steiner und zwei Streifenbeamte hatten erhebliche Mühe, den tobenden Röder im Zaum zu halten.

»Gut, dass Sie kommen, Steiner. Der gute Staatsanwalt dreht durch«, sagte Hauer, der nur schwer wieder auf die Beine kam. Dann gab er sich versöhnlich. »Ist aber ja auch kein Wunder, nach allem, was er durchgemacht hat«

»Was hat er denn durchgemacht?«

»Na, der Unfall mit seiner Frau, und dann gestern die Sache in Mühlheim.«

Steiner wurde ganz still, und auch Röder beruhigte sich wieder.

»Woher wissen Sie, dass Herr Röder gestern in Mühlheim war?«, fragte Steiner lauernd.

»Das steht doch heute in allen Zeitungen.«

»Sein Name wird nicht erwähnt.«

»Ich kann doch eins und eins zusammenzählen. Da steht etwas von einem Mannheimer Professor, einem Staatsanwalt und einem Oldtimer. Er ist doch die Rallye gefahren.«

Steiner schwieg und kramte ein Blatt Papier aus der Tasche. »Das hier haben wir vor wenigen Stunden aus Italien erhalten.«

Es war eine schlechte Fotografie, die durch das Faxen nicht gerade besser geworden war. Zwei Männer waren darauf zu sehen, die in einem Café zusammensaßen. Trotz der geringen Qualität war eindeutig zu erkennen, dass es sich um Hauer und Piatore handelte.

»Es ist Ihr Pech, dass Piatore von der italienischen Sicherheitspolizei beobachtet wurde. Die meinten, er würde Geld für die Mafia waschen. Ich meine, Sie haben ihn umgebracht.«

Hauer schwieg.

»Sie waren letzte Woche in Südtirol, weil Sulger und Piatore in Bozen zu einer Geldübergabe verabredet waren. Geld, das Sie ihm abgenommen haben, bevor Sie ihn in seinem Auto bei lebendigem Leib verbrannten.«

»Sie spinnen komplett. Sie können nichts beweisen. Und wissen Sie was? Ich erstatte Anzeige gegen den verrückten Staatsanwalt, wegen Körperverletzung.« Hauer berührte seine geplatzte Lippe und verzog das Gesicht.

»Aha. Haben Sie Zeugen?«

»Na klar, Sie haben doch gesehen, wie der auf mich los ist.«

»Ich habe nur gesehen, wie sie Widerstand gegen einen Vollstreckungsbeamten beziehungsweise einen Gleichstehenden geleistet haben. Ich glaube, das sind die Paragraphen 113 und 114 im Strafgesetzbuch.«

»Sie sind ja alle beide total verrückt. Ich sage ohne meinen Anwalt gar nichts mehr.«

EPILOG

Die Tage waren schon wieder deutlich kürzer geworden, aber die Sommerhitze war noch nicht gebrochen. An der Deutschen Weinstraße wurde bereits der erste neue Wein feilgeboten, den die Pfälzer auch gerne »Bitzler« oder in der roten Variante »Roter Sauser« nannten. Hellinger hatte ein paar Flaschen mitgebracht, weil er nicht wollte, dass seine Freunde sich mit irgendeinem importierten Gesöff vergifteten. Die Winzer der Pfalz hielten die Spitze bei der Produktion von neuem Wein in Deutschland, aber oft war das angebotene Getränk gar nicht aus heimischer Produktion. Gerade aus dem sonnigen Südtirol kam viel Konkurrenz.

Röder hatte am letzten Ferienwochenende zum Grillfest eingeladen, nachdem sich die Familie drei Wochen lang in Griechenland in einem Fünfsternehotel hatte verwöhnen lassen. Manu plagten gelegentlich noch Kopfschmerzen und Schwindel, aber die Abstände zwischen den Anfällen wurden immer länger. Anfang Juli war sie aus dem Krankenhaus entlassen worden, und statt sich zu schonen, wie ihr die Ärzte dringend empfohlen hatten, hatte sie sich sofort in die Schreibarbeit gestürzt. Ihr Artikel erschien kurz darauf im »Spiegel«, der sich trotz Sommerflaute zur Veröffentlichung entschieden hatte, weil die Redaktion fürchtete, dass sonst ein anderes Magazin das Rennen um die brisante Geschichte machen würde. Die Story schlug ein wie eine Bombe, und aus der Sommerpause meldeten sich Politiker aller Parteien und forderten lautstark einen Untersuchungsausschuss. Als der Rummel zu groß wurde, waren sie nach Griechenland geflüchtet, und jetzt, nach ihrer Rückkehr, gab es erste Stimmen, dass Manu für einen renommierten Journalistenpreis nominiert werden sollte.

Hauer saß in Untersuchungshaft. Die Beweise gegen ihn waren erdrückend. »Lebenslänglich« war ziemlich sicher, und die besondere Schwere der Schuld würde man ihm nachweisen können, wenn das Verfahren formell richtig lief. Das würde anschließende Sicherheitsverwahrung bedeuten, was ganz im Sinne Röders war, den Mordphantasien plagten, sobald er an ihn dachte. Hauer hatte bei Manu angerufen und gefragt, wann Röder wieder zurückkommen würde. Er sagte, er habe neue Erkenntnisse über den Mord auf dem BASF-Parkplatz und dass es Parallelen zu einem Fall in Köln gebe. Daraufhin erzählte ihm Manu arglos von ihrer anstehenden Fahrt nach Köln.

Felicitas war nicht von der Schule verwiesen worden, aber sie erhielt einen Direktoratsverweis. Hauers Sohn Arno hingegen wurde nahegelegt, sich sofort eine neue Schule zu suchen, was dieser auch getan hatte.

Röder wendete die Würstchen und pikte Hellinger mit dem Ellbogen in die Seite, weil dieser Anstalten machte, ihm mit einer langen Fleischgabel ein Würstchen vom Grill zu klauen.

Hellinger war mit seinem kleinen Sohn Max gekommen, der dank Röders Töchtern riesigen Spaß hatte und von vorne bis hinten verwöhnt wurde. Katrin blieb verschollen. Hellinger hatte auf Umwegen erfahren, dass sie mit ihrem Sportlehrer in einem Hotel auf Mallorca als Fitnesstrainerin arbeitete. Er wollte nicht darüber sprechen, aber es sah so aus, als würde er erst einmal alleinerziehender Vater bleiben.

»Sag mal, ich habe nie verstanden, wie du eigentlich auf Hauer gekommen bist.« Hellinger legte die Fleischgabel zur Seite.

»Tja, Ben hat schon immer wie ein Krimineller gedacht«, mischte sich Steiner ein. »Nicht auszudenken, wenn er mal ein besseres Angebot von der Mafia erhält und für die Gegenseite arbeitet. Ich selbst habe erst richtig zu begreifen angefangen, als ich die Überwachungsbilder von der italienischen Sicherheitspolizei erhalten hatte.«

»Es war Feli, die mich darauf brachte. Sie erzählte von ihrem Streit mit Hauers Sohn, und ich erinnerte mich daran, dass es sein Vater war, der mir erzählt hatte, dass Schmidt Lorenz half, Oldtimer zu restaurieren. Das stand nirgendwo in den Akten. Der Zusammenhang hätte uns schon auffallen müssen, als wir erfuhren, dass Hauer vor Jahren einen Oldtimer bei Lorenz gekauft hatte.«

Steiner nickte. »Im Verhör hat er ausgesagt, dass er den Wagen mal seinem Parteifreund, dem Innenminister, vorgeführt hatte. Als Hauer ihm erzählte, von wem er den Wagen hatte, da hat dieser ihm die alte Geschichte erzählt.«

»Einfach so?«, fragte Hellinger.

»Es war wohl auch eine erhebliche Menge Alkohol im Spiel, sonst wäre der Minister nicht so redselig gewesen.«

»Das war kurz nachdem Piatore Everts umgebracht hatte«, fügte Röder hinzu. »In Hauer reifte der Plan, das Geld irgendwie abzugreifen. Also fing er an, sich in einschlägigen Clubs rumzutreiben, um sich an Knecht ranzumachen. Wobei sein eigentliches Ziel Sulger war, der ehemalige Bundesanwalt.«

»Seine Frau hat davon Wind bekommen und reichte daraufhin die Scheidung ein«, warf Steiner ein. »Allerdings gab es auch andere Gründe.«

»War er denn schwul?«

»Nein, es ging ihm nur ums Geld. Aber als er seine Familie verlor, war er vollkommen entwurzelt.«

»Er hatte also alles von langer Hand geplant?«

»Genau. Er zog Knecht auf seine Seite, indem er ihm die Wahrheit über Sulger erzählte und ihm das Blaue vom Himmel versprach«, sagte Röder. »Daraufhin hat Knecht wohl für Hauer spioniert und ist auf Piatore gestoßen, der ebenfalls hinter der Kohle her war. Aber Hauer war für die anderen Morde verantwortlich, wobei er Piatores Taten kopierte. Auch Knecht hat er auf dem Gewissen. Wir nehmen an, dass Knecht sich wieder Sulger zugewandt hat, als der Mord an Lorenz geschah. Er muss geahnt haben, dass Hauer dahintersteckte, und das war sein Todesurteil.«

»Hauer hat also gemeinsame Sache mit Piatore gemacht?«

»Ja. Er handelte eiskalt. Er nahm Kontakt mit Piatore auf und schlug vor, Sulger zu erpressen, der seiner Ansicht nach das schwache Glied in der Kette war. Sein eigentlicher Plan aber war, alle Mitwisser aus dem Weg zu räumen und die Schuld auf Sulger abzuwälzen. Sulger war bereit, das Geld herzugeben. Es hatte niemandem Glück gebracht.«

»Warum musste er bloß so grausam sein? Der Mann war Richter.«

»Hauer ist ein Sadist und Psychopath. Seine Frau hat das schon früher zu spüren bekommen. Schon zu Studienzeiten konnte er ziemlich unangenehm werden, aber nur, wenn er getrunken hatte. Damals haben wir seine Ausfälle aber irgendwie toleriert.«

»Er war außerdem habgierig und total abgebrannt. Die teure

Scheidung, der Lebensstil«, erklärte Steiner. »Im Verhör hat er gesagt, dass er abhauen wollte. Nach Neuseeland, um ein neues Leben zu beginnen.«

»Hauer ist demnach der Urheber des Plans, das Geld während der Vino Miglia zu übergeben?«, fragte Hellinger.

»Ja. Er war es, der in Bozen Piatore nach der Geldübergabe umbrachte, das Geld an sich nahm und den Verdacht auf Sulger lenkte«, sagte Röder, und Steiner fügte hinzu: »Mit seiner Flucht hat Sulger sich verdächtig gemacht. Aber wäre er geblieben, wäre er in Italien in den Bau gegangen. Tauss behauptete übrigens, dass er nichts wusste. Das mag sogar stimmen, wir können ihm jedenfalls nicht das Gegenteil beweisen. Sein einziges Vergehen ist wohl, dass er Sulger im Kofferraum des MG in die Mühle schmuggelte. Er muss eine Weile im Keller gelebt haben, bis Hauer ihn aufstöberte. Das war kurz bevor Ben in die Mühle kam.«

»Unglaublich«, sagte Hellinger und hob das Dubbeglas.

»Unglaublich ist auch, dass er mit seinen politischen Beziehungen die ganzen Ermittlungen behindert hat. Der Schulz ist jetzt weg vom Fenster, stimmt's?«, fragte Steiner.

»Ja, er hat ein Disziplinarverfahren am Hals«, antwortete Röder. »Es sieht aber so aus, dass er nicht rausfliegt«, fügte er hinzu. »Er wusste nichts, ist bloß in seinem Ehrgeiz von Hauer manipuliert worden. Gerüchte sagen, dass er in die Eifel strafversetzt werden soll.« Die drei lachten und stießen mit den Gläsern an.

»Miltenberger kommt übrigens Ende September wieder. Er hätte beinahe noch mal einen Herzinfarkt bekommen, als er hörte, dass ein Amtsrichter ihn umbringen wollte, bloß weil er ein paar Telefonanrufe gemacht hatte.«

Hellinger kam noch mal auf Hauer zu sprechen: »Was ich dem Arschloch auf keinen Fall verzeihe, ist, dass er meinen BMW angezündet hat, nur damit du nicht bei der Vino Miglia mitfahren und ihm auf die Schliche kommen kannst.«

»Da hat er aber voll danebengelegen. Er hat bestimmt nicht damit gerechnet, dass dadurch sogar noch ein Kriminalpolizist mitfährt«, sagte Steiner.

»Kommt mal mit, ich muss euch was zeigen«, sagte Röder und ging voraus in Richtung Garage. Hellinger und Steiner folgten.

In der Garage stand ein Trailer mit einem Fahrzeug, das mit einer Plane abgedeckt war. Röder bat Hellinger, die Plane herunterzuziehen. Der wollte seinen Augen nicht trauen, als ein alter BMW Cabrio darunter zum Vorschein kam. »Der ist ja rosa!«, rief er aus.

»Ja, aber gleiches Baujahr und gleiche Baureihe. Hab ich bei ebay ersteigert. Der Motor hat allerdings einen Schaden. Aber wie ich dich verstanden habe, ist der Motor von deinem Schrotthaufen noch einigermaßen in Ordnung. Aus zwei mach eins.«

Hellinger wusste nicht, was er sagen sollte. Kleinlaut bemerkte er: »Tolles Auto, aber die Farbe ist nicht original.«

»Ach so, ich vergaß, dir schöne Grüße von Mariusz auszurichten. Er wird den Umbau für dich machen, und er weiß auch schon, wie er die Originalfarbe hinbekommt. Aber ich finde, es reicht, wenn wir deine Decke reinlegen, dann ist das Auto auf alle Fälle wieder original.«

Ich danke all meinen Beratern:

Christel Steinmetz und Marit Obsen für die lektorielle Beratung,
Ulrich Störzner, Wilhelm Sluiter und Jub Boywidt für die rallyetechnische Beratung,
David Grünbeck für die Testlese-Beratung,
Helmut Gayer für die pfälzische Sprachberatung,
Dr. Andreas Kirsch für die juristische Beratung,
Dr. Claudia Bald für die medizinische Beratung,
Anna Maria Krause für die Mühlenberatung,
Michaela, Alexander und Felix für die Lebensberatung.
Sex, Crime & Wine in der Pfalz. Es wird weitergehen …

Markus Guthmann
WEINSTRASSENMORD
Broschur, 192 Seiten
ISBN 978-3-89705-491-2

»Eine mörderisch spannende Story, humorvoll eingebettet in die Welten des Weinbaus, der Konzerne und der Computerkriminalität.« Stadtanzeiger Neustadt

»Seine Figuren zeichnet Guthmann detailliert, und mit einigen überraschenden Wendungen schafft er es, bis zum Ende Spannung in der Geschichte zu halten.«
Pirmasenser Zeitung

www.emons-verlag.de

Olaf Paust
HANDICAP 13
Broschur, 224 Seiten
ISBN 978-3-89705-309-0

»Zutaten, die einen guten Krimi ausmachen: nächtliche Verfolgungen, eine vergessene unterirdische Bunkeranlage, ein 30 Jahre zurückliegendes Verbrechen, ein Mordanschlag auf eine der Hauptpersonen und eine zarte Liebesgeschichte ...«
Die Rheinpfalz

»Ein Lesegenuss.« SR